"중세 이스탄불에 ⋯⋯⋯⋯ 쓰였다면,
우리에게는 《붓다의 십자가》가 있다. 팔 년 전, 막북漠北의 캄캄
한 눈밭에 누워 김종록의 《바이칼》을 읽던 때를 잊지 못한다."
_전성태(소설가)

"이야기의 힘을 잃지 않으면서 철학과 역사의 경계를 자유로
이 넘나든다. 의미 없이 흩어져 있던 역사 기록들이 이 특별한
작가의 놀라운 상상력 앞에서 새로운 진실로 다시 태어난다."
_무비 스님(전 동국대 역경원장)

"팩션의 거침없는 속도감과 철학적 깊이가 동시에 살아 있는,
그동안 어디에서도 경험하지 못했던 놀라운 소설."
_이홍섭(시인)

"장대한 서사와 충격적인 가설로 독자를 옴짝달싹 못하게 압도
해버린다. 에코보다 날카롭고 크라이튼보다 기발하다."
_손용석(jtbc 기자)

"장대하면서도 섬세하다, 도발적이면서도 진실하다. 팔만대장
경에 대한 기존의 생각을 통째로 뒤흔들어버렸다."
_이임광(전 〈포브스〉 기자)

"글을 접하면서 일순간 마음을 빼앗기고 말았다. 평소 도서관을
흠모해온 작가의 혼이 물씬 배어 있다. 마음은 어느새 나무도서
관이 있는 해인사로 내달린다."_조수연(국립중앙도서관 홍보사서)

"풍부한 지성과 날카로움이 넘치는 솜씨로 언어를 조탁한다.
우리 문단에도 이런 작가가 있다는 사실에 경의를 표한다."
_이미경(환경재단 사무총장)

何由數習力若於彼境界巳極串習
巳極諳悉心即於彼多作意生若異
此者應於一所緣境唯一作意一切
時生又非五識身更乤而生又一刹
生亦无展轉无間更乤而生又一刹
那五識身生巳從此无間必意識生
從此无間或時散亂或耳識生或五
識身中隨一識生若不散亂必定意
識中第二決定心生由此尋求決定
二意識故分別境界又由二種因故
或渄汙或善法生謂分別故及先所
引故意識中所有由二種因在五識
那者唯由先所引故所以者何由渄汙
及善意識力所引故從此无間於眼
等識中渄汙及善法不由分別彼
无分別故由此道理說眼等識隨意
識轉如經言起一心若眾多心云何
安立此一心耶謂世俗言說一心刹
那者非生起刹那云何世俗言說一心
介所了別生一處為依止於一境界事有
刹那謂一慶為依止所時名一與第二念極
又相似相續亦說名一與第二念極
相似故又意識任運散亂緣不串習
覺前无次等生介時意識

諸
何由數習力若於彼境界巳極串習
巳極諳悉心即於彼多作意生若異
此者應於一所緣境唯一作意一切
時生又非五識身更乤而生又一刹
生亦无展轉无間更乤而生又一刹
那五識身生巳從此无間必意識生
從此无間或時散亂或耳識生或五
識身中隨一識生若不散亂必定意
識中第二決定心生由此尋求決定
二意識故分別境界又由二種因故
或渄汙或善法生謂分別故及先所
引故意識中所有由二種因在五識
那者唯由先所引故所以者何由渄汙
及善意識力所引故從此无間於眼
等識中渄汙及善法不由分別彼
无分別故由此道理說眼等識隨意
識轉如經言起一心若眾多心云何
安立此一心耶謂世俗言說一心刹
那者非生起刹那云何世俗言說一心
介所了別生一處為依止於一境界事有
刹那謂一慶為依止所時名一與第二念極
又相似相續亦說名一與第二念極
相似故又意識任運散亂緣不串習
瑜伽師地論卷第三　第七幅　堂

●
고려 초조대장경판(위)과 재조대장경판으로 인쇄한 《유가사지론》. 초조대장경 오른쪽 위에 교열한 흔적이 보인다. 초조대장경의 '이극제실己極諸悉(이미 아주 잘 익히고 모두 다)'이 재조대장경에서는 '이극암실己極諳悉(이미 아주 잘 익히고 다 기억하면)'로 바로잡았다. (1권 87쪽)

●

上 일본 후쿠오카 겐코사료관에 전시된 몽골군 갑옷.
　갑옷 장식 하나하나에 십자가가 새겨져 있다. ⓒ돌베개 (2권 307쪽)

下 몽골 기마군단이 전쟁에 동원했던 사자견.
　소설 속 '가온'이 애완견으로 길들인다. (1권 224쪽)

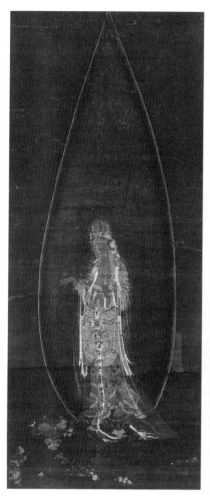 

^좌 〈수월관음도〉. 물방울 형태의 광배 안에 관음보살이 법을 구하러 온 선재동자를 맞이하고 있다. (1권 22쪽)

^우 〈아미타불 내영도〉. 아미타불이 이마에서 빛줄기를 뿜어내고 있다. (2권 297쪽)

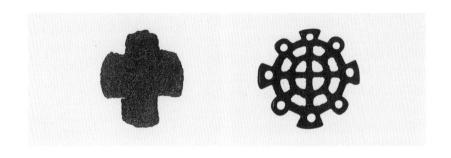

경주 불국사에서 발견된 신라시대 돌 십자가.

左 발해의 수도였던 만주 훈춘에서 발견된 경교 삼존불상. 가슴에 십자가 문양을 달고 있다. 불교와 동방기독교를 접목한 신앙이 일찍부터 이 땅에 있었음을 짐작케 한다. (2권 307쪽)

右 대진경교유행중국비. 경교가 중국에 전래한 635년부터 약 백오십 년간 있었던 선교 활동 및 교세의 역사가 새겨져 있다. (2권 277쪽)

붓다의 십자가 1

붓다의 십자가 1

지은이_김종록

1판 1쇄 인쇄 _ 2014. 1. 10.
1판 1쇄 발행 _ 2014. 1. 17.

발행처 _ 김영사
발행인 _ 박은주

등록번호 _ 제406-2003-036호
등록일자 _ 1979. 5. 17.

경기도 파주시 문발동 출판단지 515-1 우편번호 413-756
마케팅부 031) 955-3100, 편집부 031) 955-3520, 팩시밀리 031) 955-3111

값은 표지에 있습니다.
ISBN 978-89-349-6631-9 03810
        978-89-349-6633-3 (세트)

독자의견 전화 _ 031) 955-3200
홈페이지 _ http://www.gimmyoung.com
이메일 _ bestbook@gimmyoung.com

좋은 독자가 좋은 책을 만듭니다.
김영사는 독자 여러분의 의견에 항상 귀 기울이고 있습니다.

붓다의 십자가

1

김종록 장편소설

김영사

일러두기

1. 수기, 김승, 최이, 탁연, 심경, 일연, 정안, 선사 소군, 이규보, 유승단 등은 모두 역사 기록에 등장한다.

2. 공간적 배경인 강화도는 몽골 침략기 고려의 임시도읍이 된 후 강도江都로 불렸다. 소설에서는 강화도와 강도를 혼용하고 있다.

3. 지명의 경우 괄호 안에 현재 지명을 밝힌 후 당시 지명을 쓰는 것을 원칙으로 했다. 예) 염하(강화해협), 완산주(전주), 수선사(송광사)

4. 강화도 천도 시절 고려는 몽골에 완전히 항복한 것이 아니었다. 소설에서도 고종은 황제로 등장한다.

진리를 찾아가는 모험의 역사

바람이 불었다. 몽골 초원에서 일어난 황색 칼바람이었다. 칭기
즈칸과 그 후예들이 일으킨 황색 바람은 대평원과 쿤룬 산맥, 사
막의 경계들을 거칠 것 없이 짓쳐 넘어갔다. 몽골 기마군단이 내
딛는 곳마다 황제와 술탄, 칼리파 들이 쓰러졌고 사람들은 공포
에 떨었다. 그사이 대륙의 동쪽 끝에서 서쪽 끝까지 온 세상천지
가 몽골반점으로 얼룩져갔다. 몽골반점은 십자군전쟁이 벌어지
고 있던 서유럽에서 가까스로 멎었다.

　1231년, 그 칼바람은 동방의 찬란한 문명국 고려에도 휘몰아쳤
다. 이듬해, 최씨 무인정권 천하의 고려 조정은 몽골 기마군단이
쉽게 들어오지 못하는 바다 건너 강화도로 수도를 옮기고 거기서

무려 39년간이나 버티며 저항했다. 그사이 버려진 국토는 몽골군 말발굽에 처참히 유린당했다. 본토에 남겨진 생민들과 산천초목, 가축들이 적들의 소모품이 되어 시간을 벌어주었다.

1232년 대구 부인사 고려대장경판이 불탔다. 1011년 새기기 시작하여 76년 만에 완성한 초조대장경이다. 고려는 대장경을 다시 새기기로 한다. 강화도 선원사에 대장도감이 만들어지고 고려는 총력을 기울여 대대적인 판각불사를 벌인다. 1236년(고려 고종 23)에 착수하여 1251년 무렵까지 이어진다. 이 국책사업의 결과물이 오늘날 세계문화유산이 된 해인사 팔만대장경판이다.

해인사 장경판전은 천 년의 숨결이 흐르는 나무도서관이다. 2010년 봄, 대장경 지킴이 관후 스님의 안내로 판전을 속속들이 취재할 때, 오래된 경판들이 내게 말을 걸어왔다. 속삭임은 수천, 수만의 음성이 되어 나를 들볶았다. 나는 주술에 걸려 그 시절을 날아다녔다. 이 팩션소설은 진리의 등불을 전하기 위하여 별을 보고 눈을 밟으며 동쪽으로 온 사람들, 그 기억을 찾아 서쪽으로 간 사람들, 그리고 세상의 모든 경전을 목판에 새겨 후세에 남기려 했던 고려 지성들에게 바치는 찬가다.

당대를 치열하게 살았던 인간의 기억은 모두 사라지고 훗날 재구성된 역사만 남았다. 그 역사 어디에 사람의 체온과 열정이 남아 있으랴.

역사보다 인간의 기억이다.

신성보다 인간의 체온과 숨결이다.

그리고 아름다운 세상을 꿈꿨던 이들의 열정이다,

나는 경계한다.

모든 신성은 찬양되는 그 순간이 곧 신성모독일 수 있음을!

2014년 문화 원년 벽두에

김종록

붓다의 십자가
1

붓다의 십자가
2

지밀(指密, 1210~?) 밖으로 몽골군의 침략을 받고 안으로 무신정권의 폭압과 타락한 불교계가 전횡하던 시대의 불운아. 생민들의 뿌리 뽑힌 삶을 가엾게 여기는 청정비구. 대장도감 총책 수기 스님을 도와 대장경 재조 국책사업을 지휘한다. 작가가 초조대장경판 인경본 가운데《유가사지론》제3권을 훑어보다가 붉은 먹물로 교열한 흔적을 발견하고 문헌학에 정통한 젊은 스님을 등장시키기로 착상했다.

수기(守其, 1168~1251) 고려대장경 제작 총책임을 맡은 승려. '근대 문헌비평의 아버지' 에라스무스보다 이백 년 앞선 당대 최고의 문헌학자. 저서로《고려국신조대장교정별록》30권이 전한다. 해박하지만 말수가 적은 견자로, 주인공 지밀의 스승으로 등장한다.

최이(崔怡, ?~1249) 고려 무신정권 제2대 집정. 1225년 정방을 설치하여 인사권을 장악하고 도방을 확장했다. 1231년 몽골군이 침공하자 이듬해 강화도 천도를 단행했다. 몽골군과 맞서 싸우는 대신 타락한 불교계와 손잡고 팔만대장경 판각사업을 정권 연장책으로 활용했다.

이규보(李奎報, 1168~1241) 한국 문학사의 지평을 넓힌 문호. 민족 영웅서사시《동명왕편》등 다수의 저작이《동국이상국집》에 전한다. 문인들이 반대했던 강화도 천도 찬양시를 썼고〈대장각판군신기고문〉을 작성, 몽골 오랑캐가 부인사 초조대장경을 불태웠으므로 다시 새겨야 한다는 논조를 폈다.

김승(金升, ?~?) 해인사 출신 고려 최고의 각수장이. 현존하는 팔만대장경판 가운데 무려 772장을 새긴 것으로 전해진다. 소설에서 대장경판이 불탔을 때 실상을 여실히 목격한 장본인으로 불교에 회의를 느낀다. 세상의 모든 경전을 대장경판에 담고 싶어했던 혁명가.

심경(心鏡, ?~?) 《고려사》 열전에 등장하는 미색으로 최이 집정의 아들 최항의 애첩. 소설에서는 복수를 위해 최씨 집안으로 틈입한다. 독과 향을 다루는 재주를 타고났다.

정안(鄭晏, ?~1251) 최이 집정의 처남. 음양과 산술에 정통하고 두뇌 회전이 빠른 지략가. 최이의 식읍지 진양의 수령이 되었으나 최이의 횡포가 날로 심해지자 남해로 낙향했다. 독실한 불교도로 사재를 희사하여 남해에 분사대장도감을 설치하고 팔만대장경 재조불사를 이끌었다.

일연(一然, 1206~1289) 《삼국유사》를 찬술한 학승. 남해 분사대장도감에 삼 년 동안 참여했다. 1283년 국존으로 책봉되었으나 홀어머니의 봉양을 위해 고향 경산으로 돌아갔다. 소설에서는 지밀의 친구로 그와 함께 세상에 하나뿐인 특이한 《반야심경》을 경판에 새긴다.

여옥(?~?) 몽골군에 끌려갔다 돌아온 신비의 환향녀. 고려를 침공한 몽골군 총사령관 살리타의 군사軍師 어르글의 소유물이었다. 칭기즈칸의 막내아들 툴루이의 아내와 의자매의 연을 맺고 그녀의 영향으로 경교도가 된다. 전쟁으로 상처받은 이들을 보듬어 치유하는 '마리아 관음'의 초상.

가온(?~?) 어린 예수의 화신으로 〈도마복음〉을 삶으로 실천하는 영혼. 베일 것 같은 맑음과 미래를 꿰뚫어보는 영성으로 지밀을 사로잡는다. 여옥과 함께 한 알의 밀알이 되어 기꺼이 죽음으로써, 훗날 이 땅이 십자가 숲으로 뒤덮이게 하는 기적을 만들어낸다.

1
청산별곡

붓다의십자가 1

1

사자의 심장을 훔쳐라.

눈 번히 뜨고 살아 있는 사자가 제 심장이 털린 줄도 모르게 그렇게 아주 감쪽같이.

수행자들의 세계에서 백수百獸의 왕, 사자는 진리의 수호자로 통한다. 지혜를 상징하는 문수보살은 그 사자를 타고 온다. 사자에게 잡아먹히지 않고 어거할 수 있어야 마침내 사자의 등에 올라탈 수가 있다. 모름지기 진리를 깨치려는 자라면 사자의 심장도 훔쳐낼 수 있어야 한다. 그런데 진리를 구한다면서 도리어 그 사자에게 잡아먹혀버린다면 얼마나 어리석은 노릇인가.

2

그해(1248) 어느 봄날, 강화도 선원사.

서른아홉 살 나던 나는 대장도감 판당 옆 숙소에서 밤이 이슥하도록 원고 교정작업에 몰두해 있었다.

"지밀 승정, 지밀 승정!"

문밖에서 우렁우렁한 목소리가 울렸다. 꼭 목어 우는 소리를 닮았다. 은사 스님의 시자 인보다.

"무슨 일이냐?"

"도승통께서 찾으십니다."

"이 시간에 어인 일로?"

등잔불 아래서 《대장목록大藏目錄》 초고를 보던 나는 한밤중 은사 스님의 부르심이 생급스러웠다. 은사 스님은 초저녁잠이 많았다. 일찍 잠들었다 꼭두새벽에 일어나는 편인데 지금은 새벽이 아니었다.

"며칠째 밤을 지새우고 계십니다."

나는 저고리를 걸치며 마루로 나왔다. 어둠 속에서 조족등을 들고 섰던 인보가 댓돌을 비췄다. 갓신을 꿰신고 그를 따라나섰다.

뒷산 벚나무 숲에서 소쩍새가 울었다. 낮 동안 산들바람에 흩날리던 연분홍 꽃잎들은 밤의 검은 비단장막에 가려져 가뭇없고, 숨 막히도록 달콤한 암향만이 그윽했다. 이 멀미 나는 꽃향기 속에서도 무덤덤해야 하는 나는 심오한 경전의 숲을 헤쳐가는 수행자다.

은사 스님의 처소는 판당과 산신각을 지나서 오백 보가량을 더 올라가야 있었다. 옴나위없는 대장도감 일에 매달려온 스승은 저녁공양 수저를 놓기 바쁘게 숙소로 올라가곤 했다. 그랬다가 새벽예불 시간에 어김없이 참례했다. 반면 나는 올빼미 습성이라서 밤늦게 잠자리에 들었다. 그런 내게 새벽예불은 고역이었다. 그래서 주로 건너뛰었고 어쩌다 한 번씩 참석해서 눈도장이나 찍혀 두는 게 고작이었다.

"찾아계십니까."

옥등잔 불빛이 은은하게 비치는 툇마루 끝에서 그렇게 고하자, 방문이 시부저기 열렸다. 그사이 인보는 윗방으로 들었다. 은사 스님의 방은 책과 경판이 어수선하게 널브러져 있어서 비집고 들어앉을 틈조차 없었다. 나는 경판들을 조심스레 밀치며 엉거주춤 앉았다. 적삼만 걸친 스님의 몸에서 땀내가 풍겼다. 봉긋하게 솟은 정수리 밑으로 깊게 파인 이마의 주름살이 꿈틀거렸다. 책상 위에는 두루마리 경전과 사전류 들이 펼쳐진 채로 겹겹이 포개져 있었다.

"흔량매현 각수刻手장이 마을에 가봤더냐?"

은사 스님 특유의 매 눈이 번뜩였다. 강렬한 그 눈빛과 마주치자 나는 설핏 눈길을 돌렸다. 고려국 도승통 수기. 책으로 돼 있는 건 모조리 읽어서 고스란히 기억하고 있다고 알려진 당대의 지성이었다. 승려로도, 문헌학자로도 정평이 나 있었다. 그런 분을 스승으로 모시고서 일하는 나날이 보람찼다. 흔량매현은 전라도 보안현(부안)의 백제 때 이름이었다.

"한번 가본다 하고선 여태 못 가봤습니다. 우리나라 최고의 각수장이 김승이 운영하는 공방 아닙니까."

"맞다."

"거기서 무려 772장의 경판들을 새겨 올렸지요."

"780장이다."

"예?"

나는 고개를 갸웃하며 스승을 쳐다보았다. 수기 스승이 눈을 감았다. 왼손에 쥔 염주가 천천히 돌아가고 있었다.

"전국의 각성인刻成人과 그 작업량을 집계한 게 불과 며칠 전입니다. 772장이 확실합니다, 스님!"

"엊그제 여덟 장이 더 올라왔느니."

"내려보낸 판하본版下本대로 이미 완성했는데 여덟 장이 더 올라오다니요?"

판하본은 경전 원문을 경판 크기에 맞게 일정한 규격으로 필사한 밑글씨본이었다. 이 필사본의 글씨가 써진 면을 판자에 붙여서 거꾸로 비친 글씨들을 각수장이가 조각칼로 새긴다. 나는 널브러진 경판들을 톺아보았다. 이미 인쇄해본 듯 경판들은 먹물을 뒤집어쓴 채였다. 거꾸로 새겨진 것이지만 한눈에 특이한 경판이라는 걸 알 수 있었다. 글씨 한쪽에 혹은 전면에 그림이 있었기 때문이다.

"인쇄해보겠느냐."

스승이 책상 위 책들을 방바닥에 내려놓고 검은 보자기를 깔았다. 경판 하나를 골라잡은 스승은 윗목에서 먹물 그릇과 솔, 밀랍칠한 말총 뭉치를 끌어당겨놓았다. 먹물 그릇에는 관솔 태운 그을음이 아직 물기를 머금고 있었다. 스승은 마시다 남은 자리끼를 보태 솔로 저었다. 소나무 뿌리를 빻아서 만든 솔이었다. 먹물이 만들어졌다. 솔을 받아든 나는 경판에 먹물을 발랐다. 그 위에 한지를 덮고 말총 뭉치로 오른쪽에서 왼쪽으로 위에서 아래로 부드럽게 문질렀다. 그런 다음 인쇄된 한지를 좌측에서부터 떼어내 뒤집었다. 마구간에 갓난아기가 누워 있고 한 여인과 수염이 풍성한 사내들이 경배하고 있는 장면이었다. 나는 세로글씨에 주목했다.

말염회후산일남명위이서 末艷懷後産一男名爲移鼠

잘 새긴 글자들은 선명했다.

"무슨 뜻인지 알겠느냐?"

"글쎄요."

나는 방바닥에 내려놓은 사전 쪽으로 눈길을 주었다. 모르는 글자는 하나도 없었다. 그런데 뜻이 모호했다.

"말염과 이서가 문제네요."

"사전에도 없는 말이다."

"풀이하면 뜻이 엉뚱해져버려요."

"어떻게 말이냐?"

"'말염'이야 농염한 걸로는 꼴찌라는 뜻이니까 박색의 여인이 됩니다. '이서'는 쥐를 옮기는 자가 되고요. 그러므로 '박색의 여인이 임신한 후에 사내아이 하나를 낳고 쥐 옮기는 자로 이름 지었다'가 되지요."

"그냥 사람 이름으로 읽으면 어떻겠느냐."

맞다. 스승의 말처럼 '이서'는 사람 이름일 가능성이 높았다.

"'박색이 임신한 후에 사내아이 하나를 낳고 이서라고 이름 지었다.' 여기서 이서가 누굴까요? 대장경은 물론 속장경에서도 본 적이 없는 생소한 이름입니다."

"너는 말염을 박색으로 풀었느냐? 그림으로 봐서는 꽤 미인인 걸. 사내 이름인 이서와 마찬가지로 말염은 어느 여인의 이름을 음차한 것일 게다. 중국어 발음으로는 모양인데 실제 이름은 마리얀, 아니 마리아일는지도 모르지. 젊을 적 중국 장안에 갔을 때 언뜻 들어본 이름 같기도 하구나."

"마리아요?"

나는 생소한 여인의 이름을 확인차 되물었다. 수기 스승은 아무런 대꾸도 하지 않았다. 골몰한 생각에 잠겨 있어서 내 물음은 뒷전이었다.

'마리아가 임신한 후에 사내아이 하나를 낳고 이서라고 이름 지었다.'

나는 스승의 말씀을 기다리며 다른 경판들을 살폈다. 나머지 경판들은 《화엄경》이나 《금강경》 변상도變相圖들이었다. 진리는 여러 가지 모습으로 세상에 드러난다. 변상도는 그걸 표현하고 있었다. 고려국 최고의 각수장이가 새긴 작품답게 그림들은 장엄하면서도 섬세했고 글씨는 미려했다. 그런데 맨 마지막 장이 또 이물스러웠다. 바위동굴 무덤 앞에 서 있는 사내의 그림이었다. 사내의 머리 뒤로 달무리 같은 광배가 떠 있었다. 존귀한 성인이 뿜어내는 서광을 표현한 것이었다. 나는 벽에 걸린 〈수월관음도〉와 맞비교해본다. 기다랗고 투명한 푸른 물방울 속에서 고아한 자태의 관음보살이 법을 구하러 온 선재동자를 맞이하고 있다. 유리처럼 비치는 얇은 사라 너울과 화려한 비단옷이 눈부시다. 방금 인쇄한 흑백 판화 속의 주인공은 저 관음보살과는 또 다른 존귀함을 지녔다.

"세존부활승천!"

나는 다른 판화의 세로글씨를 소리 내 읽었다.

"그럼 이서라는 인물이 석가세존이라는 말씀인가요?"

"······"

스승의 침묵은 계속되었다. 본래 말수가 적은 스승이지만 지금의 침묵은 내 궁금증을 점점 더 커지게 했다. 나는 본래 호기심이 많은 하근기下根機였다. 나 같은 위인은 지식의 총량과 상관없이 늘 의문투성이다. 신앙인의 미덕인 '의심하지 않고 그냥 믿고 따르기'란 애초 글러먹었다.

"말염이 마리아라면 이서는 어떤 이름의 음차일까요?"

"이수로 발성되지만 글쎄······ 아직 확실한 건 아무것도 없구나. 너에게 불분명한 걸 말해줄 수는 없지 않겠느냐."

스승은 복잡한 생각이 담긴 눈길로 나를 빤히 쳐다봤다. 그 눈길에서 십 년 전 돌아가신 백부의 모습을 떠올린 건 왜였을까. 나의 백부 유승단은 줄가리가 빳빳한 문인으로 고문古文에 능통했다. 그래서 하늘 높은 줄 모르는 최씨 무인정권 세력들도 함부로 대하지 못했다. 금상今上(지금의 임금. 고종)의 스승이어서 더 그랬다. 글 빨리 짓는 주필走筆의 일인자 이규보 상국과는 동년배이자 막역한 지음이었으며, 수기 스승을 어릴 적부터 거둬서 키우다시피 했다. 그런 연줄로 수기 스승은 나를 대장도감 일에 끌어들여 측근으로 삼으셨다. 나도 그런 스승을 여느 큰스님을 경모하는 감정 이상으로 대해왔음은 물론이다.

내가 알고 있는 석가세존의 죽음은 지극히 인간적이었다. 만여든 살 때, 대장장이 춘다가 올린 버섯 요리를 먹고 식중독에 걸렸다. 그는 두 그루의 사라나무 사이에서 북쪽으로 머리를 향하고 오른쪽으로 누워 편안히 열반했다. 자등명법등명自燈明法燈明하라는 마지막 가르침을 남기고서였다. 저마다 자기 스스로를 등불로 삼고 진리를 등불로 삼으라는 말씀이었다. 신이나 우상을 믿고 의지하라는 말씀은 없었다. 물론 자신이 우상화되는 걸 바라지도 않았다. 하물며 절집을 화려하게 꾸미고 승려들이 호사생활을 하라 했겠는가. 종교가 지니기 마련인 독단을 스스로 경계한 점도 그의 위대성이었다. 진리는 오직 불교에만 있는 게 아니라 우주에 편만해 있는 것임을 간파했다. 신분제도의 악습에 맞서 몸소 왕자의 자리를 벗어던져 보인 혁명가이자 냉철한 철학자형 인간다웠다. 이 위대한 선각자의 유해는 다비되었고 몸에서 나온 영롱한 사리는 여덟 부족에게 나뉘어 사리탑에 모셔졌다. 물론

부활하지도 않았다. 아무리 성자라도 하나의 생명을 가질 수밖에 없는 인간이기에 한 번 죽으면 그뿐, 다시 살아날 수는 없었다. 부활하여 다시 죽지 않고 영원히 사는 건 성자의 몸이 아니라 성자가 남긴 말씀들이다. 아니다. 엄격히 말해서 영원히 남는 성자의 말씀도 있을 수 없다. 이 세상에 영원한 것이 어디 있겠는가. 이 대지는 물론 저 광대하고 유원한 우주까지도 언젠가는 소멸하게끔 돼 있다. 소멸은 또 다른 형태의 생성으로 이어지기도 하겠지만.

"이서, 아니 이수라는 이가 세존이라는 건 궤변입니다. 그가 죽었다 되살아나 하늘로 올라갔다는 것은 사뭇 신선도神仙道나 도교와 흡사하네요. 시해선尸解仙 말씀이죠."

분명한 소론을 펼친 나는 스승의 인가를 받고자 반응을 기다렸다. 스승의 주름진 얼굴에 얼핏 엷은 미소가 떴다 사위었다. 시해선은 육신이 죽은 뒤 매미 껍질 벗듯 혼이 선계에 날아가 영생하는 신선술의 결정체다.

"시해선…… 재밌는 관점이로구나. 하지만 아직은 모든 게 오리무중이다. 문헌을 찾지 못했고 대식국大食國(이란)이나 대진국大秦國(로마)에서 온 눈 밝은 상인들에게 확인해보지도 못했으니까 말이다. 이도 저도 어렵다면 개경(개성)의 다루가치에게 선을 대어 물어볼 수도 있겠다만."

나는 내심 놀랐다. 스승도 모르는 게 있었다. 당신은 먼저 문헌을 뒤져볼 요량 같은데 이 전쟁통에 그런 게 남아 있을까 싶다. 이곳 대장도감 안에는 그런 문헌이 없다. 벽란도를 통해 개경을 출입하던 대식국이나 대진국 상인을 만나는 것도 불가능하다. 화려했던 국제도시 개경은 몽골의 침입으로 불타 쑥대밭이 되어버렸고, 번창했던 벽란도 항구는 거의 폐쇄되다시피 했다. 세곡선稅穀船이 올라오는 이곳 강화도 선원사 인근 더리미나 갑곶에 위험을 무릅쓰고 들어오는 무모한 외국 상선들이 더러 있긴 했지만 기약할 수 없는 일이었다. 게다가 다루가치에게 선을 대다니. 몽골군이 물러가면서 고려국 곳곳에 남겨둔 지방관이 다루가치였다. 애초에 일흔두 명이나 두었으나 고려인들에 의해 대다수가 제거되고 지금은 얼마 남지 않았다. 섬이나 깊은 산중으로 숨어들지 않고 몽골군의 점령지에서 버티고 살아가는 생민들과 다루가치는 불편한 동거를 해왔다. 그런 다루가치와의 접촉은 분명 위험을 감수해야 하는 일이었다.

스승에게 이 일이 그렇게 중요한 일일까. 온 나라가 총력을 기울인 대장경 판각작업이 순조롭게 마무리되어가는 시점이었다. 제아무리 뛰어난 각수장이가 올려보낸 물건이라 해도 이 마당에 그런 모험을 할 일은 아닌 것 같았다. 세상에 기이한 변설과 무지개 놀음 같은 허깨비로 사람들을 현혹하는 무리들은 넘쳐난다. 특히 민심이 뒤숭숭한 이런 전쟁통에는 더 그렇다.

"도대체 김승이라는 자는 왜 이 마당에 이런 엉뚱한 그림들을 올려보낸 걸까요? 요즘 제가 교정을 보고 있는 《대장목록》만 새기면 대역사가 마무리되는데요."

눈을 감은 스승은 말없이 염주만 돌렸다. 무시해버리면 그만인데 그러기에는 석연치 않은 게 있는 모양이었다. 그랬다. 스승은 강렬한 뭔가에 사로잡혀 있는 것처럼 보였다.

나는 경판 오른쪽 변계선邊界線(테두리 선) 밖 하단에 거칠게 음각한 김승의 이름을 손가락으로 문질렀다. 거스러미만 일 뿐 떠오르는 건 아무것도 없었다. 인쇄될 경전 내용이 거꾸로 새겨진 것과 달리, 인쇄되지 않을 외곽부에 새긴 각수장이 이름은 똑발랐다. 金升. 뚜렷이 음각한 그 이름을 매만지면서도 나는 정작 김승에 대해서는 아는 게 거의 없었다. 그가 올려온 경판들은 새김이 정밀하고 미려할뿐더러 그 내용이 완벽해서 온갖 찬사를 받아왔다는 것, 판각 장소가 남녘땅이라는 정도가 내가 아는 전부였다. 그의 공방이 있는 흔량매현은 전라도 바닷가와 접한 산중 마을이었다. 백제 유민들이 끝까지 저항한 험준한 반도 지역으로 선계산 혹은 변산으로도 불리는데 인근에 내소사가 있었다.

"그자는 어떤 사람입니까?"

"해인사 출신 승려지."

"그런데 왜 서해 바닷가 쪽에 공방을 만들었다죠?"

"이런! 바람 따라 물 따라 만행하는 스님들이 쌔고 쌨으니 그건 어리석은 물음이다."

스승의 말씀이 옳았다. 운수납자雲水衲子가 중의 별칭이다. 절이 싫어지면 언제라도 그 절집을 떠나는 게 중들의 생리였다. 세속에서 한 발 내린 그들은 때가 안 타는 먹물옷을 입고서 바람 따라 물 따라 지내곤 했다. 높은 직위가 있거나 큰 사찰 소임을 맡아서 가진 게 많은 중들은 그러지 못하지만. 승선과에 급제해 알량한 승록사 승정 벼슬을 지내는 나만 해도 마음대로 떠날 수가 없지 않은가.

"그자를 보신 적은요?"

"전혀. 해인사 강원에서 그와 한 철을 난 학인이 있다만 쉰 살쯤 되었을 거라는 것 외에는 다른 정보가 없다."

"그 많은 경판을 새겨 올린 자를 이렇게 모를 수가 있습니까?"

"그럴 수도 있지. 흔량매현 공방은 완산주(전주) 계수관 관할이 아니더냐."

그런 곳은 특별한 경우가 아니면 대장도감이 나서서 이래라저 래라 할 일이 없었다. 지방 장관인 계수관이 도급인이므로 그의 책임이었다.

"이 여덟 장의 경판은 계수관을 통해서 올라왔을 리가 없겠지요."

"장사꾼의 배편에 올라왔더구나. 대장도감이 아닌 나 개인 앞으로."

나는 어이가 없어 스승의 눈을 똑바로 쳐다보았다. 여느 때 같으면 스승의 강렬한 눈빛을 의식해서 살짝 마주치고 다소곳이 눈길을 거뒀을 터였다. 스승은 두 손으로 연거푸 마른세수를 했다. 하얀 눈썹가로 물무늬 같은 주름살이 일렁거렸다. 마른세수를 마친 스승은 목을 뒤로 젖혔다 세웠다. 핼쑥한 얼굴에 피로한 기색이 가득했다.

"좀 쉬셔야 할 텐데……"

"허허허. 오늘밤은 너랑 같이 새우자는 뜻이로구나. 하지만 그만 자자. 내일은 필시 우리가 바다를 건널 일이 있을 테니. 넌 윗방 인보에게 건너가 잠시 눈을 붙여라."

"예? 바다를 건넌다고요?"

스승은 대답 대신 방바닥에 어지러이 널브러진 책들을 주섬주섬 거둬 꼭 한 사람 누울 자리를 만들었다.

"같이 보내온 간찰 같은 건 없었나이까?"

"없었다."

"그 사람 참 실없군요."

"넌 그래 보이느냐. 이렇게 우리 밤잠을 빼앗고 있는걸."

스승은 벽장에서 이부자리를 꺼내 깔았다. 나는 목례를 하고 윗방으로 건너왔다. 자리에 누워 길래 생각을 달리다 혼곤한 잠에 빠져들었다. 등에 무거운 추 같은 게 달려서 밤새 나락으로 끌어내려지는 느낌이었다.

3

"지밀 승정, 지밀 승정! 해가 중천입니다. 그만 공양하러 가
죠?"

밖에서 울리는 소리에 무거운 몸을 일으켜 마당으로 나왔다.
절집 아래 바닷물이 드나드는 갯골로부터 희뿌연 해미가 피어나
는 새벽이었다.

"인보, 네놈이 날 놀리는구나."

"내가 그렇게 한가한 줄 알아요? 마구간에서 말 먹이까지 주고
왔다고요. 승정께서 타고 나가실 말요!"

투덜대며 방문을 꽝 소리 나게 닫는 그를 뒤로하고 산길을 미
끄러져 내려갔다. 혈구산 동쪽 낙맥 나지막한 지산 밑에 염하(강화

해협)를 바라보고 터 잡은 선원사는 새벽부터 활기가 넘쳤다. 공양간은 수백 명의 대중으로 북적댔다.

전란이 휩쓸고 있는 고려는 온 국토가 쑤셔놓은 말벌집과 다름없었지만 이곳 강화도는 평온하기만 했다. 임시 수도로 정한 이 섬에 적들의 말발굽은 미치지 못했다. 국경을 넘어온 외적뿐만이 아니었다. 나라 안에도 적들은 도사리고 있었다. 전라도와 경상도 일대에서 끊일 줄 모르는 민란의 무리가 그들이었다. 하지만 그들 또한 강화도에는 발붙이지 못했다. 안팎의 적들이 범접하지 못하는 이 섬은 고려 지배층의 천국이었다. 특히 이 절집 안에서는 전란이나 민란의 그림자조차 찾아볼 수가 없었다. 대장경 경판이 가져다준 상서로운 기운이었다. 이곳 대장도감에서 주도하는 판각작업은 순조롭게 진행되었고 곧 낙성식이 거행될 참이었다.

본래 이 자리에는 대장도감이 먼저 들어섰다. 이 년 전, 무신정권의 집정 최이(본명 최우. 1243년 개명)는 대장도감이 있는 마을과 붙어 있는 산자락에 터를 닦고 자신의 원찰願刹(소원을 빌기 위해 세운 절) 선원사를 창건했다. 전라도 수선사(송광사)의 큰스님 진명국사를 초대 주지로 모셨다. 진명국사는 이백 명의 문도를 데리고 올라와서 선풍禪風을 날렸다. 고종황제가 친히 다녀갔고 최이 집정은 어가행렬을 방불케 하는 호위무사들을 거느리고서 수시로 드나들었다. 팔만대장경 판각을 주도한 그는 임시로 세운 판당 대신 어엿한 장경판전을 세우고 경판을 모실 계획이었다.

나는 내 방으로 돌아와 채비를 한 뒤, 도감 사무소로 내려갔다. 스승은 천기 스님과 마주 앉아 차를 끓여 마시고 있었다. 녹차 향기가 방 안 가득 자욱하게 퍼졌다. 심호흡으로 그 향기를 마시는 것만으로도 머릿속까지 정화되는 느낌이었다. 천기 스님은 내게도 차 한 잔을 따라주었다. 천기는 승록 벼슬을 사는 대장도감의 이인자로서 스승 수기의 화엄종 계보를 잇는 학승이었다. 개풍 홍왕사 소속이지만 지금은 이곳 선원사 경내 대장도감에서 머무르면서 우리 일을 돕고 있었다.

"궁궐 장서각부터 가보자꾸나."

스승은 바랑을 짊어졌다.

"큰스님, 장서각에 없으면 그냥 돌아오소서. 절대 바다는 건너지 마시고. 얼마 전 적들이 치고 빠졌다고는 하지만 아직은 위험합니다."

스승의 기질을 잘 아는 천기 스님이 신신당부했다.

"아직 할 일이 남았는데 설마 염라대왕이 벌써 잡아가기야 하겠는가."

스승은 장삼자락 끝에 쌩한 바람 소리를 달고 바깥으로 나와 마구간으로 향했다.

"지밀 승정, 각별히 주의해서 큰스님을 뫼셔라."

마음이 놓이지 않는지 천기 스님은 사하촌 동구 밖까지 따라나섰다. 하지만 누가 말린다고 들을 스승이 아니었다. 더구나 문헌을 찾고 뒤지는 일이 아닌가. 필요하다면 중국이나 일본에까지도 능히 가실 분이었다. 우리는 중성과 도성의 남문을 차례로 통과하여 궁궐 쪽으로 향했다.

"와아 와아 타구! 타구!"

대로변 넓은 격구장에서 함성이 울렸다. 말을 탄 무관들이 뒤얽혀서 공치기를 하고 있었다.

"득점!"

청색 깃발이 올라가고 둥둥둥 북이 울렸다. 벌떼처럼 몰려든 구경꾼들의 환호성이 귀청을 때렸다. 차일을 치고 그 그늘 밑 의자에 앉은 배불뚝이 늙은이 하나가 잔뜩 거드름을 피우며 박수를 쳤다. 최이 집정이다. 화려하게 치장한 두 기녀가 실버들처럼 낭창낭창한 몸매를 간드러지게 흐느적대며 어깨를 주무른다.

득점한 청군 공격수가 당당하게 말 머리를 돌려 차일 쪽으로 치달린다. 대찬 공격수는 뜻밖에도 계집같이 곱고 희멀건 귀공자다. 아직 소년티가 완연하다. 그래서 군중들이 더 연호하는 것 같다. 차일 안에서도 우렁찬 박수 소리가 터져나온다.

최이가 팔을 번쩍 치켜들고 일어서며 소년을 맞이한다. 소년은 말 위에서 옆으로 몸을 뉘이듯 기울이며 손을 길게 뻗는다. 탁자 너머 최이 집정과 손뼉을 마주 쳐 보이고 질주하려는가 싶었는데 최이 집정이 그만 털썩 주저앉고 만다. 흥분해서 급거히 일어서느라 힘이 부친 터다. 그 사품에 물 찬 제비처럼 멋진 동작을 보이려던 소년이 허공을 휘저으며 휘청거린다.

"저런, 저런!"

낙마하기 직전, 소년은 지남철에 쇠못 달라붙듯 말 잔등에 곧추 자리 잡더니 안장을 잡고 물구나무를 서 보인다. 달리는 말 위에서의 기막힌 마상무예다.

"와!"

군중들이 함성을 내지른다. 미소년에게 넋이 빠져 있던 가냘픈 기녀들은 최이 집정의 우람한 팔을 잡고 부축하는 시늉만 한다. 최이는 성가셔하며 팔을 털어낸다. 그러더니 들입다 박수를 치며 대견해한다.

상대 진영에서 말 한 필이 달려나온다. 돌장승 같은 홍군 공격수가 타고 있다. 공격수는 최이 앞에서 우뚝 멈춰 선다. 최이 집정의 아들 최항이다. 그가 힘줄 뻗친 굵은 팔뚝을 치켜들고서 천세千歲를 외치자, 차일 안에서 일제히 천세 구호가 울려퍼진다. 천세는 왕을 위한 구호였다. 지금 이곳에 왕은 없다. 집정 최이가 있을 뿐이다. 황제를 위한 구호, 만세萬歲를 외치지 않은 게 그나마 다행이다.

최항은 최이가 기생 서련방과 관계하여 얻은 친출이다. 그의 본명은 만전이었는데 형 만종과 함께 일찌감치 수선사로 강제 출가했다. 만전은 얼마 전까지도 경상도 산청 단속사, 전라도 화순 쌍봉사에서 개망나니 중노릇을 하다가 환속 후 이름을 최항으로 바꿨다. 그는 절집에서 무뢰배 승려들을 모아 공공연히 고리대금업을 하고 계집질과 분탕질을 일삼았다. 승려 신분으로 남의 집 종과 사통해 아들도 낳았다. 방금 득점한 미소년이 바로 그렇게 얻은 아들 최의다. 당대 최고의 권력을 누리고 있는 최씨 가문은 자그마치 삼대를 내리 사생아로 이어온 집안이었다.

파안대소하던 최이가 손을 들어 구호를 잠재웠다. 경기가 다시 이어졌다.

"이건 궁궐 바로 코앞에서 숫제 시위하는 거네요. '나는 병들었다만 내 아들과 손자가 이렇게 끌날같이 시퍼렇다. 그러니 누가 됐건 권력 찬탈할 생각이나 허튼수작 마라'고요."

"어허! 말을 삼가라!"

내게 주의를 준 스승은 멀리 최이가 앉아 있는 차일을 향해 머리를 숙여 보였다. 최이와 내 눈길도 얼핏 마주쳤다. 뜨끔했다. 이렇게 되면 피해갈 수 없는 자리였다. 나는 스승의 그림자에 숨어서 묻어가는 것처럼 기신기신 뒤따랐다. 잠시 소강상태인 격구장에 물이 뿌려졌다. 뒤얽혀 치닫는 말발굽에 마른 먼지가 풀풀 일어났기 때문이다.

무장한 병사들이 에워싼 차일 뒤에서 말을 내렸다. 최이의 사병들은 여느 때와 달리, 번거로운 검색 절차를 생략하고 순순히 길을 터줬다. 그만큼 스승은 사찰 밖에서도 두루 명망이 높았다. 술과 고기가 그득그득 넘치는 주안상 틈으로 비집고 들어갔다.

우락부락한 무인들이 대부분이었다.

"영공, 빈도 문안드리오."

스승은 당신보다 몇 살 아래인 최이에게 정중히 합장하며 머리를 조아렸다. 나도 머리를 숙였다. 그때 기녀 하나와 눈이 마주쳤다. 꽃잎 흩날리는 봄바람에 휘감겨 온 진한 분내 탓이었을까. 고개를 드는데 미세한 현기증이 일었다. 잠깐 눈을 감았다 떴다. 그런데 기녀가 느실난실 한쪽 눈을 찡긋해 보였다. 망측하다. 아무리 웃음과 몸을 파는 기녀라지만 수행자에게 못 하는 짓이 없다. 어쩌자고 이번 봄날에는 터무니없이 수상쩍은 일들만 잇달아 벌어지는 것인가.

"어서 오시오, 도승통."

고개를 뒤로 젖힌 최이가 스승과 나를 번갈아 훑었다. 그가 하는 일에 사사건건 몽니를 부렸던 나의 백부를 떠올렸던 걸까. 그는 나를 나지리 보며 무시하는 눈치였다. 이규보 상국만 해도 적당히 그의 비위를 맞춰줘가면서 권력을 누렸지만 내 백부는 달랐다.

"장서각에서 찾아볼 자료가 있어 오랜만에 성안에 들어왔는데 영공을 뵙는군요."

"수기 스님, 쉬엄쉬엄하시오. 과로는 병을 부르거든."

"이제 막바지올시다."

"날 봐요. 평생 격무에 시달리다보니 남은 건 이렇게 병든 몸뚱이뿐이잖소. 몸뚱이가 부처랍니다. 몸뚱이가 결딴나버리면 닦고 자시고 할 건더기도 없단 말이오."

최이는 곰발바닥같이 두툼한 손바닥을 펴 보였다. 혈색이 푸르 죽죽하여 산송장이나 다름없었다. 그간 수도 없이 많은 피를 묻 힌 저승사자의 손이었다. 기녀들이 양쪽에서 그 손을 세발낙지처 럼 휘감고서 주물러댔다. 이 늙은이가 말하는 격무란 결국 탐욕 이다. 그가 악착보살같이 매달려온 권력욕, 식욕, 색욕을 격무라 고 태연스레 미화하고 있었다.

"그럼 빈도들은 이만."

"아주 먼 길을 다녀오실 모양인데 곡차나 한 사발씩 하고 가시 오."

집정으로서의 직감일까. 스승이 궁궐 장서각 가는 길이라고 일 러줬는데도 최이는 이쪽 내막을 훤히 들여다보고 있는 사람처럼 넘겨짚었다.

그가 옆자리를 권했다. 기녀가 종종걸음으로 의자 하나를 끌어 다 붙였다. 스승은 마지못해 자리에 앉으며 합장해 보였다. 나도 바깥쪽 자리에 엉거주춤 앉았다.

"내 술 아무나 못 얻어먹거든. 허허허허."

죽순 모양의 상감청자 주전자를 들어 스승의 잔을 채운 최이는 내 잔 따윈 쳐다보지도 않고서 꿩고기 산적과 송어찜을 가리켰 다. 시중들던 기녀가 음식 그릇들을 우리 탁자로 디밀었다. 술잔을 입에 댔다 뗀 스승은 찹쌀전병 하나를 집어서 내게 건네주었다.

"내 앞에서야 가릴 게 뭐 있겠소. 쭈욱 들이켜고 꿩고기 산적 하나 뜯어보시구려."

너희 중놈들 우리 안 보는 데서는 별짓 다 한다는 거 빤히 알고 있다는 말투였다. 말세를 당하여 승려들이 갖은 권세를 부리고 호사를 누린다 해서 모두가 다 그런 건 아니다. 세상에는 누가 보건 보지 않건 올곧게 정법을 지키고 정도를 걷는 사람들이 더러 있게 마련이다. 어지러운 시대에 나라가 망하지 않고 애면글면 버텨내는 저력은 그들에게서 나온다. 썩어빠진 족속들은 그래도 자기들이 잘해서 세상이 유지된다고 여긴다.

"영공, 일이 급해서 그만 가보리다."

나는 스승을 따라 일어서며 합장해 보였다. 이건 처음부터 최씨 삼대를 위한 경기다. 아들 편이 이겨도 좋고 손자 편이 이기면 더 기분 좋은 경기가 될 테니까. 누가 이겨도 그들만의 잔치일 뿐이다. 스승과 나는 서둘러 차일을 벗어났다.

"언제 선원사와 우리 도방 군사들 대항 한번 하십시다!"

등 뒤에서 가래 끓는 탁한 음성이 울렸다. 상무정신을 기른답시고 매양 공치기 놀이에 여념이 없는 그들이었다. 그렇게 기른 상무정신은 정작 나라를 침략한 적 앞에서는 한없이 무기력했다. 상무정신은 오로지 나라님과 백성을 제압하는 데만 쓰였다. 개경에서는 권력을 유지하느라 사람을 사냥했고 강화도로 천도해서는 견자산 북쪽 기슭에 궁궐보다 더 넓은 저택을 짓고 십 리나 되는 원림園林을 꾸미느라 숱한 사람들을 바닷물에 수장시켰다. 바다 건너 개경을 넘나들며 목재를 구해왔기 때문이다. 엄동설한에 백여 리 밖 안양의 잣나무 관상수를 캐 집 안에 옮겨 심기도 했다. 부역꾼이 얼어 죽었음은 물론이다. 겨울철만 되면 석빙고에 얼음을 채워넣었다. 여름철에 시원한 빙수를 즐기기 위함이었다.

"웩!"

격구장을 벗어나자마자 나는 그만 토악질을 하고 말았다.

"고작 하나 얻어먹은 전병이 체한 게냐?"

스승은 끌끌 혀를 찼다.

"저들의 폭정과 방탕은 세상의 조롱거립니다."

나는 소매로 입을 닦았다. 시큼한 냄새에 미간을 잔뜩 찌푸렸다.

"조롱? 숨어서 빈정대는 자들이 하는 건 조롱이 아니라 변죽만 울리는 게다. 당분간 저들 세상은 끄떡없겠지."

"가증스럽습니다."

"그런 말 마라. 가증스러운 건 저들이 아니라 우리일는지도 모른다. 우리는 여태 저들이 세운 절집과 대장도감에서 배불리 먹고 두 다리 쭉 펴고서 지내오지 않았느냐. 역사는 권력을 잡고 누리는 자들이 자기 취향대로 써가는 것임을 몰라서 그러느냐. 그 부산물이 칼이나 창 같은 무기뿐만 아니라 부처님 말씀을 새긴 대장경판이라면 그나마 다행이다."

스승의 그 말씀은 잔뜩 불만을 품고서도 아무렇지 않게 살아온 나 자신을 되돌아보게 만들었다. 나는 부끄러워졌다. 세상에 도가 행해지지 못하고 뒤틀린 힘들이 작동하는 세월에 벼슬을 사는 건 비겁한 일이었다. 승정이라는 중 벼슬도 엄연히 녹봉을 받는 벼슬이었다.

"따지고 보면 최이 집정도 불행한 중생이지. 사람과 사람 사이에 지켜야 할 도덕이 있는 것처럼 조정과 백성, 나라와 나라 사이에도 지켜야 할 도덕이 있다. 저들은 그걸 잃었다. 모두가 불행한 일이다. 자식보다 더 아끼던 사위 김약선을 죽이고 딸과는 원수지간이 되더니 급기야 병까지 깊어졌구나. 검푸른 안색으로 보아 간장에 치명적인 질병이 뻗쳤다."

우리는 북산 아래 터 잡은 궁궐 정문 앞에 다다랐다. 아래쪽 격구장의 함성 소리가 고스란히 올라왔다. 말에서 내리자 대기하고 있던 구종배가 달려들어 말고삐를 낚아챘다.

"수기 도승통 아니시오?"

궁궐 문에 들어서자마자 마주친 이는 서경(평양) 동북쪽 자주성 전투의 영웅 최춘명 추밀원 부사다. 몽골의 1차 침입 때 고려인의 기상을 보여준 무장이다. 겹겹이 포위된 성을 철통같이 지켜내 몽골 장수들을 질리게 만든 고려의 자존심이기도 하다. 고려와 몽골 사이에 화의가 성립되고 몽골군 총사령관 살리타의 압력을 받은 조정으로부터 투항을 종용받았으나 '몽골의 개가 되느니

차라리 죽는 게 낫다. 항복하고 나면 고려는 없는 것'이라며 끝까지 거부했다. 왕족인 회안공의 목숨을 건 회유로 눈물을 머금고 자주성 문을 열어주었다. 몽골군이 물러가고 최이가 항명죄로 처형하려 했으나 도리어 몽골군 다루가치의 변호로 처형을 면했다. 비록 적장이지만 너무도 훌륭한 기개이므로 죽이기가 아깝다고 두둔해주었던 것이다.

최춘명을 보고 나니 아까부터 뒤틀리던 속이 개운해졌다. 스승과 나는 누에고치 나방처럼 하얗게 늙어 꼬부라져버린 그의 뒷모습이 사라질 때까지 한참을 보고 섰다가 장서각 안으로 들어갔다. 꾸벅꾸벅 졸고 있던 교리가 빈약한 장서 목록을 내밀었다. 자욱이 먼지가 내린 서가에는 책이 삼분의 일도 채워져 있지 않았다. 황급히 천도하면서 그 많던 책들을 미처 챙겨오지 못했던 것이다.

"예로부터 문헌지방文獻之邦으로 통하는 우리나라가 어찌 이 지경이 되었을꼬."

장서 목록을 훑어본 스승은 실망을 금치 못했다. 더 볼 것도 없었다. 툭툭 손을 털고 장서각을 나서며 스승은 쓸쓸히 읊조렸다.

"나는 이렇게 들었다. 고구려가 멸망하면서 죽간과 방각본 등 귀중한 문헌들이 석 달 열흘간 불탔다고. 그때 상고 문헌과 고구려 역사서 《유기留記》가 사라진 건 참으로 애석하다. 사서를 집주한 송나라 주자는 《맹자孟子》진심장구盡心章句의 주석에서 중국 문헌에는 없는 내용이 외국본에 있다고 했다. 《주자어류朱子語類》에 보면 제자가 외국본에 대해 질문하자, 주자는 우연지라는 인물이 말한 고려본을 인용해 답변하고 있다. 이렇듯 《십삼경주소十三經注疏》 곳곳에 우리 고려본이 인용되느니라. 훌륭한 인문정신과 문화 유산은 긍지를 갖게 하느니라."

스승의 자부심은 특유의 박식함을 바탕으로 하고 있어서 더욱 크고 빛나 보였다. 하지만 이 판국에 옛날의 영화를 들먹여서 뭣하겠는가. 장서각이 이 지경인데 나라에 인문정신이 빛날 까닭이 없고 국자감 유생들이 제대로 공부나 할 수 있을지 의심스럽다.

와아 와아 타구! 타구!

이곳 장서각까지 격구 소리가 시끄럽게 들렸다. 황제의 처소라고 다를 것 같지가 않았다.

"바다를 건너자! 황성의 보문각이 불탔다지만 혹시 아느냐."

우리는 바삐 조랑말을 몰아 승천포로 향했다. 포구에는 군사들이 삼엄한 경계를 서고 있었다. 바랑에서 작은 은병銀甁 하나를 꺼낸 스승은 그걸 중장군에게 건넸다. 대장도감 총감독이자 도승통이라는 직위보다 그 은병 하나가 더 큰 효력이 있어 보였다. 은병은 본래 한 근이나 되는 병 모양의 은화였으나 너무 값비싸 십분의 일로 줄여서 통용되고 있었다. 작은 은병 하나에 쌀 한 섬, 마포 열 필쯤의 값으로 거래되었다. 큰돈이었다.

"신변의 위험은 책임질 수 없습니다. 몽골군 잔당보다 곧잘 출몰하는 화적패가 더 무섭답니다."

중장군은 군선 한 척을 내주면서 경고했다.

"염려 말게. 벽란도까지만 건네주면 알아서 돌아올 테니까."

나는 스승의 그 말씀을 믿었다. 그때까지도 스승이 이런 위험을 감수하며 찾는 책이 뭔지 잘 몰랐지만.

우리 인간은 대부분 제 욕심을 채우며 살기 급급하지만, 때로 신념이나 진실 찾기에 목숨을 걸기도 하는 존재다. 이 혼란스러운 상황을 정리하는 진실이 담긴 책이라면 이깟 모험이 대수인가. 그 여정이 강가의 뗏목, 한밤중의 횃불같이 듬직한 이와 함께하는 것이라면 두려울 게 없다.

북으로 가는 군선에 올라 바다 건너 황해도 땅을 바라보니 가슴이 뛰었다. 백부 유승단이 그토록 완강히 반대했던 강화도 천도. 최이 집정의 강권으로 조정이 한 번 바다를 건너자, 본토의 생민들은 끈 떨어진 연이 돼버렸다.

내 나이 스물세 살 때의 일이었다. 임진년(1232) 1월, 몽골군은 고려에 막중한 공물을 요구하고 일단 물러갔다. 그 전해 8월에 침략해온 지 어언 다섯 달 만이었다. 저들이 요구한 공물은 실로 엄청나 고려가 감당하기 어려운 양이었다.

금과 은, 수달피를 말 이만 필에 실어 보낼 것, 백만 대군이 입을 군복을 지어 보낼 것, 큰 말 작은 말 각각 만 필씩 보낼 것, 황제에게 진상할 왕실과 고관의 자녀 이천 명을 선발해 보낼 것 등이었다.

2월에 집정 최이는 재추회의를 열어 천도 논쟁을 벌였다. 재추 宰樞란 중서문하성의 재신들과 중추원의 추신들을 일컬었다. 수도를 강화도로 옮기자는 집정 최이의 발언은 황도 개경을 발칵 뒤집어놓았다.

"어떻게 본토와 백성을 버리고 섬으로 도망간단 말이오?"

재상 유승단이 핵심을 찔렀다. 왕의 스승인 그는 영향력이 큰 문인이었다.

"도망가다니, 그게 무슨 망발이오!"

속내를 들킨 최이 집정이 발끈했다.

"조정이 본토를 버리고 섬으로 들어가는 건 방어가 아니라 달아나는 것이오. 버려진 본토와 생민들은 처참히 짓밟히게 될 참이오. 도대체 본토와 생민을 버리고 무엇을 지킨다는 것이오?"

유승단이 꼿꼿하게 맞섰다.

"나는 어떻게 해서든 이 나라의 자존심을 세우고 백성들을 지켜내고자 고육지책을 쓰는 것뿐!"

최이의 답변은 변명으로 들렸다.

이 땅에 전쟁이 일어났을 때 국왕이 피난하는 일은 흔했다. 하지만 전쟁을 치르면서 수도를 옮긴 예는 없었다. 거란이나 여진의 잦은 침입 때도 천도 논쟁 같은 건 하지 않았다. 그런데 몽골은 달랐다. 주력부대가 서역 너머 대식국과 금나라를 정벌하느라 동부군 일부를 꾸려서 내려왔는데도 고려가 어떻게 맞서볼 상대가 아니었다. 소수정예 기마군단은 수십 배나 많은 군사로도 당해낼 수가 없었다.

당시 최이는 젊었고 두뇌 회전이 빨랐다. 그는 세계 전사戰史에 기록할 만한 기막힌 전략을 세웠다. 몽골 기마군단은 말에서 내리면 힘을 못 썼다. 물을 보면 더 기겁했다. 개경에서 가깝고 지방에서 올라오는 조운선漕運船이 닿는 섬이 좋았다. 그렇다면 수십만 명이 들어가 살 수 있는 강화도가 적지였다. 강화도는 뻘밭이 넓고 조류가 드셌기 때문에 천혜의 요새였다. 섬을 빙 둘러 성을 쌓고 방어하면 몽골 기마군단은 좀처럼 공격할 수 없을 거였다.

"천도는 불가하오. 대고려 조정이 섬으로 숨다니요."

대신들도 입을 모아 반대했다. 측근 무신들 역시 부정적이었다. 오십만 명이 사는 화려한 도시 개경을 포기하는 건 기득권을 버리는 것과 같았다. 최이는 불안해지기 시작했다. 고려 조정은 이 핑계 저 핑계를 대면서 몽골에 공물을 보내지 않고 있었다. 적들이 남겨두고 간 지방관, 다루가치들을 살해하는 곳도 있었다. 그걸 빌미로 적들은 언제라도 재침공할 태세였다. 더 큰 규모로 쳐내려올 게 뻔했다. 고려가 완전 정복당하면 최이 자신의 권력이 줄어들 건 자명한 이치였다. 최이는 측근들부터 설득하기 시작했다.

3월에 몽골은 동진을 치겠다며 고려에 군선 서른 척, 수군 삼천 명을 요구했다. 고려는 거절하지 못하고 그에 응했다.

최이는 5월에 다시 재추회의를 소집했지만 여전히 불가하다는 게 대세였다. 6월 보름날, 절호의 기회가 찾아왔다. 몽골에 사신으로 갔다가 붙잡혔던 송득창이 도망쳐와 적들이 곧 쳐들어올 거라고 보고했던 것이다. 다음날 최이는 자기 집에서 재추회의를 소집했다.

"송득창의 보고를 전해 들어서 알 것이오. 이제 더 이상 미룰 수 없게 되었소. 놈들이 요구하는 공물은 우리가 도저히 응할 수 없는 양이오. 더구나 여러분들 어여쁜 자제까지 바치라는데 그럴 수 있겠소? 놈들은 대식국과 중국 대륙을 정벌하는 데 우리 고려를 숫제 보급대로 이용할 속셈이오. 놈들의 요구대로 들어주다간 고려는 빈껍데기만 남게 된단 말씀이오. 속히 강화도로 들어가 장기전을 벌여야 할 것이오. 그것이 왕실과 나라, 백성은 물론 재물까지 지켜내는 유일한 방책이오. 강화 천도를 단행할 테니 다들 그리 아시오."

최이의 최후통첩이었다. 그의 장인인 대집성을 비롯해 정무, 김약선 등이 발등에 떨어진 불이라고 강조했다. 적들이 재침공한다는 말에 재추 대신들은 더 이상 반대하지 못했다. 그런데 이번에도 유승단이 완강하게 맞섰다.

"강화도로 천도하면 어쩔 수 없이 본토에 남겨진 수백만 생민들은 조정이 자신들을 버렸다고 여길 터. 가뜩이나 전국에서 초적들과 반민들이 들고일어나는 판에 천도까지 하면 무법천지가 될 게요. 이래저래 힘없고 착한 백성들만 죽어납니다."

대신들은 유승단의 주장에 동조하면서도 입도 뻥긋 못하고서 눈을 감고 앉아 있었다.

"옳거니! 이제 보니 재상에게는 직계 자손이 없구려. 내가 그 생각을 못 했소이다. 적국에 보내거나 전장에 내보낼 자손 걱정도 없겠다, 대놓고 백성들 편들 수 있어서 좋겠구려."

최이가 비웃음을 날렸다.

"말씀을 삼가시오! 집정은 나를 소인배로 보는 것이오? 이 늙은이에게 일가친척이야 어찌 없겠느뇨. 뿐더러 일국의 재상에게는 백성 하나하나가 모두 가족이 아니겠소이까. 그 백성을 돌보는 건 관료 된 자의 의무요."

위엄을 갖춘 노老정객의 어조에는 서릿발이 서렸다. 최이가 잠시 멈칫거렸다. 그 틈에 아까부터 눈치를 살피던 추밀원 지사 김인경이 유승단을 거들었다.

"왕사의 말씀이 지당하오. 백성들과 같이 살고 같이 죽는다는 정책을 써야지요."

"쳇! 나라가 어려울 때 들고일어나는 초적들과 반민들은 몽골놈들보다 더 고약한 악질들! 조정이 그런 것들을 돌볼 이유가 없지. 안 그런가?"

최이가 측근 무신들에게 물었다.

"아무렴요. 이참에 반골들이 적당히 제거되는 효과도 볼 것이 옵니다."

"그렇습니다요."

"아, 이 사람들! 그건 할 말이 아니고."

눈치 없는 심복들에게 최이가 눈을 흘겼다. 어쨌거나 몽골군뿐만 아니라 초적들과 반민들도 두려운 존재인 건 사실이었다.

"본래부터 악한 백성이 어디 있겠소이까? 공자님도 뗏목 엮어 타고 와서 살고 싶다 하셨던 군자국이 우리나라입니다. 맑고 파란 하늘빛 닮은 착한 백성들이 사나워진 건 그들 탓이 아니오. 추밀원 지사의 말마따나 임금과 조정이 백성들과 고락을 함께한다면 저절로 감화하여 순박해질 게요."

유승단은 최이 집정 앞에서 조금도 뜻을 굽히지 않았다.

"그럼 누구 탓이라는 거요?"

"제대로 못 다스린 정치 탓이겠지요."

"그 책임이 문약한 문신들과 왕사에게도 있다는 걸 알아야 하오."

불곰 최이와 백발의 노정객 유승단이 날카롭게 대립각을 세웠다. 좌중의 무인들은 눈을 부라렸고 문인들은 입술이 말랐다.

"그래서 무턱대고 강화도 천도를 마다하면 도대체 어쩌겠다는 거요? 사나운 몽골 기마군단을 그 번지르르한 입으로 막아낼 자신 있소?"

최이가 가소롭다는 표정을 지었다.

"입으로 막아내야지요."

노정객이 천연덕스레 읊조렸다. 모두가 화들짝 놀라며 최이와 유승단을 번갈아 바라보았다. 최이는 벌레 씹은 얼굴인데 유승단은 진지하기만 했다.

"적들을 입으로 막는다? 침이라도 튀겨서?"

"칼 든 무인들이 못 막는다니 말재주 글재주 가진 문인들이 막아야지요. 이 늙은이가 막아낼 테니 천도할 생각일랑 그만 접으시오."

유승단은 조롱하는 최이를 타일렀다.

"허허허. 어떻게 하시겠다는 건지 한번 들어나봅시다."

"맹자가 옳소."

"뜬금없이 웬 맹자?"

"사대事大와 교린交隣! 나라도 백성도 모두 지켜낼 수 있는 방도요."

"으하하하하. 고작 생각해낸 게 항복이오? 왕사가 망령이 들었구려."

자리에서 벌떡 일어난 최이가 위압적인 태도로 삿대질을 했다. 그 위세에 눌려 좌중이 숨소리조차 제대로 내지 못했다. 하지만 유승단의 논조는 차분했다.

"사대, 곧 작은 나라가 큰 나라를 섬기는 건 치욕이 아니오. 나라를 보존하는 지혜지요. 반대로 사소事小, 곧 큰 나라가 작은 나라를 섬길 수도 있는 것이오. 주나라가 은나라를 섬긴 것이 그 예지요. 그러면 천하가 태평한 시절이 되는 거요. 문명국들의 교린은 그런 것이오. 하나 유감스럽게도 지금 몽골과 우리 고려 사정은 다르오. 야만국 몽골이 천하를 집어삼키기에 이르렀는데 저들이 문명국을 알아보고 우리 고려를 섬길 까닭이 없소. 그렇다면 우리가 사대할 수밖에요. 맞섰다간 망하고 말아요. 화친을 맺고 외교를 잘하면 전쟁은 물론 과중한 공물도 얼마든지 면할 수 있소."

"듣기 싫소! 왕사는 부끄러운 줄 아시오. 야만족인 몽골놈들을 사대하자고 하니 배알도 없나보오. 난 고려인의 자존심을 걸고 죽는 날까지 항몽할 것을 천명하는 바요. 장마가 오기 전에 천도를 단행할 테니 다들 그리 아시오. 만일 못 가겠다는 대신이 있다면 각오하시오!"

최이가 황제에게 뜻을 전하려고 자리를 뜨는데 예상치 못한 일이 벌어졌다. 야별초 지유 김세충이 최이의 앞을 가로막고 섰던 것이다.

"그래도 천도는 부당하오."

"이놈이 간덩이가 부었구나. 어느 자리라고 함부로 나부대는고?"

최이는 손에 쥐고 있던 흑단나무 지휘봉으로 김세충의 목을 내리쳤다. 김세충은 목을 감싸 쥐다가 이내 다시 입을 열었다.

"송경(개성)은 태조 이래 삼백여 년이나 지켜온 도성이오. 성이 견고하고 군사와 양식이 족하오. 모두가 힘을 합쳐 지켜내야지 지도층이 백성을 버리고 섬으로 가서는 절대 아니 되오."

"네놈이 무슨 수로 황도를 지켜낸다는 것이냐? 합당한 계책을 내지 못하면 목을 베리라!"

최이의 눈에서 불꽃이 튀었다.

"맹자 가로되, 작은 나라가 해자를 깊이 파고 성을 높이 쌓아 백성이 죽기를 무릅쓰고 맞서면, 큰 나라와의 일전도 해볼 만한 일이라 했습니다. 자주성 전투에서 몽골군에게 끝까지 저항하여 적들이 포기하고 돌아가게 한 최춘명 부사가 그걸 증명해 보였어요."

"네놈도 맹자냐? 게다가 최춘명까지? 이자가 죽고 싶어 환장한 게로구나."

최이가 다시 지휘봉을 휘둘렀다. 이번에는 이마를 가격했다. 혹이 툭 불거져나왔고, 다시 가격하자 피가 튀었다. 감히 천도를 반대한데다 최춘명을 거론한 게 결정적인 화근이었다. 최춘명은 최이가 항명죄로 죽이려 했던 장수였다. 그만 항복하라고, 그래야 적장 살리타의 분이 풀려서 몽골군이 물러간다고. 아무리 종용해도 최춘명은 끝까지 성에서 버텨냈기 때문이다. 그 일로 최춘명은 영웅이 되었고 최이는 세상 사람들의 놀림감이 되었다. 불과 한 달 전에 벌어진 일이었다.

"저자가 감히 합하를 능욕했사옵니다. 참수하소서!"

"참수하소서!"

어사대부 대집성과 응양군상호군 김현보가 소리쳤다.

"당장 끌어내 목을 베라!"

최이는 분통을 터뜨리며 밖으로 나가버렸다.

천도 논쟁은 그렇게 피를 뿌리며 끝났다. 최이는 백 대의 녹전
차祿轉車에 살림살이를 싣고 강화도로 먼저 들어갔다. 임금과 관리
들은 며칠 버텨내지 못하고 그 뒤를 따를 수밖에 없었다. 조정이
강화로 떠난 7월 6일, 이통이 이끄는 황성 안의 노예들과 경기도
초적, 여러 절집의 중들이 연합군을 조직해 반기를 들었다. 개경
을 수호하자는 봉기였지만 최이는 잔혹하게 진압해버렸다.

백부 유승단은 처음부터 알아차렸다. 강화도 천도는 항몽을 명
분으로 한 무신들의 집권 연장책이라는 것을. 원치 않은 천도였
지만 황제를 호종해야 했다. 강화도에 들어온 백부는 곧 몸져누
웠다. 대를 이을 자식도 없는 노정객은 그해를 넘기지 못하고 세
상을 버렸다. 반면 살아남기 위해 최이 집정의 편을 들었던 이규
보는 유려한 문장으로 천도를 찬양했다. '도읍 옮기는 일은 하늘
로 오르기만큼 어려운 일, 마치 공을 굴리듯 하루아침에 옮겨왔
네. 천도 계획을 서두르지 않았으면, 우리 삼한은 이미 오랑캐의
땅이 되었을 것일세.' 천도한 이듬해, 이규보는 일약 재상에 올랐
다. 당대를 대표하던 두 친구의 엇갈린 인생역정이었다.

무신들은 몽골군과 싸우지 않았다. 천도한 강도에 겹겹이 성을 쌓고 마냥 버티기로 나갔을 뿐이었다. 그야말로 농성이었다. 몽골군이 짓밟고 지나간 본토에서는 무자비한 살인과 강간, 약탈, 방화가 벌어졌다. 시체가 산을 이루고 피가 도랑물처럼 흘렀지만 최이와 무신들은 강화도에서 한 발도 나오지 않았다. 생민들의 삶은 그렇게 피폐해져가고 있었다.

"그 옛날 소년 시절의 기억에 남은 황도는 찬란했습니다."

뱃머리에서 눈을 지그시 감으며 내가 읊조렸다. 낙향한 아버지를 따라 떠나온 이래 어언 삼십 년 만에 다시 가보게 되는 개경이었다.

"수행자는 그 어떤 경계선에서도 감상적이어서는 안 되느니."

스승은 눈을 감고 있었다. 섬과 본토 사이로 흐르는 해협은 이승과 저승의 갈림길만큼이나 확실한 경계선이었다. 전쟁과 평화, 복속과 항전이 해협 하나로 갈렸다. 물이 그어놓은 선은 물의 벽이기도 했다.

하지만 아무리 수전에 약한 몽골군이라 하더라도 이 비좁은 바다를 못 건너온 것은 믿기지가 않는다. 숱한 강을 건너 세계를 정복한 그들은 숙련된 공병들과 최고의 기술자들을 거느리고 다녔다. 그들의 손아귀에 있는 고려 땅에서 배와 수군을 징발하는 일도 전혀 어렵지 않았다. 실제로 그들은 칠중하(임진강)와 아리수

(한강)도 쉽게 건너 남하했다. 그런데도 적들은 왜 이 좁은 바다를 건너오지 않은 것일까. 전에 몇 번인가 시도했다가 시부저기 그만둔 까닭을 알 수 없었다.

벽란도가 다가올수록 의문이 부풀었다. 우리가 모르는 걸 지배층은 잘 알고 있을 터였다. 정치인들은 곧잘 꼼수를 쓰곤 하는 법이니까.

그때 군선이 뱃머리를 선착장에 대고 있었다.

나중에 태자 저하를 만나면 더 캐물어봐야겠다. 지금은 황도 개경으로 책을 찾으러 가는 길이다. 엉뚱한 각수장이 김승이라는 작자가 던져온 해괴한 내용의 그림들과 마리아나 이수 따위의 낯선 용어들을 파악하기 위해서.

4

"세상에! 믿을 수가 없어요."

벽란나루는 초토화돼 있었다. 전쟁 직전까지도 이십여 개 나라의 상선들과 지방에서 올라오는 세곡선, 기찰선, 어선들로 북적대던 개경의 외항은 처참했다. 외국 사신을 접대하던 관사 벽란정은 물론 나루터에 즐비하던 객관客館과 세계의 만물상을 차려놓던 상가들도 거짓말처럼 사라지고 없었다.

"몽골군들이 불태운 항구를 반란군과 초적, 화적패가 다시 덮쳤소. 토벌에 나선 관군들도 불을 질러야 했고 말이오."

군선의 지휘관인 별장이 저간의 사정을 일러줬다.

"아무래도 말은 배편에 되돌려보내야 할 듯싶구나."

배에서 내리기 전, 수기 스승이 말했다. 몽골군의 네 번째 침입 뒤끝이었다. 승려가 말을 타고 적들의 점령지에 들어가는 건 표적이 되기를 자초하는 일이었다. 자신들을 패대기쳐버린 조정에 대한 불만이 극에 달해 있는 백성들이었다. 그간 많은 토지를 점유하고 수탈해온 승가僧家에 품는 불만도 관에 대한 적개심 못지 않았다.

"도승통 스님, 돌아갔다가 집정 합하의 야별초군들과 함께 오시면 어떻겠습니까?"

별장이 우려스러운 눈빛을 하고서 제안했다.

"아닐세. 조촐하게 잠행하면 되네. 말은 승천보 군영에서 거둬주게."

우리를 적지에 내려놓은 군선은 서둘러 뱃머리를 돌렸다. 거지 꼴을 한 난민 무리가 득달같이 달려들어 갈퀴처럼 앙상한 손을 내밀었다. 헐벗은 그들의 몰골은 차마 눈뜨고 볼 수가 없을 지경이었다. 누렇게 뜬 반쪽 얼굴에 퀭한 눈이 해골이나 다름없었다. 차라리 강화도에 들어와 성곽 돌을 지거나 간척지에 흙을 져 나르면 주린 창자라도 채울 수 있으련만 속박 없는 자유를 택한 저들은 비렁뱅이로 전락했다. 나는 바랑을 벗어서 무엇이건 꺼내주려고 했다.

"쓸데없는 짓 마라. 껍데기 벗겨지고 싶지 않으면."

수기 스승이 매몰차게 경고했다. 스승은 비렁뱅이 떼들을 무시해버리고 휘적휘적 내달아 항구를 벗어났다. 자비의 표상인 부처님 제자 된 이로서 참 무자비하고 야박하다는 생각이 들었다. 하지만 그 무자비가 최선책임을 알아채는 데는 그리 오랜 시간이 걸리지 않았다. 뱃머리를 돌린 별장이 보다 못해, 보자기에 싼 주먹밥 뭉치를 던져주었던 모양이다. 그걸 낚아채려고 무리가 돌진하다 박이 터지고 짓밟히는 사태가 벌어졌다. 저렇듯 근본적인 해결책이 아닌 섣부른 동정이나 위로는 화를 부를 뿐이었다. 나라님도 해결하지 못하는 전란중의 지옥 같은 굶주림이었다. 만약 내가 바랑을 열었다면 그야말로 껍데기까지 벗기려 들 거였다. 매정하게 거절하고 떠나버리는 우리를 곱게 보내준 걸 다행으로 여겨야 했다. 불도를 닦는 이에 대한 예우랄까. 그런 정서가 민간에 아직 남아 있었다.

황궁까지 사십 리 길은 단청한 기와집으로 이어진 화려한 거리였다. 양옆으로 여섯 자씩 달아낸 처마는 햇볕과 비를 막아주었다. 어릴 적 기억이 손에 잡힐 것처럼 생생한데, 지금 눈앞에 보이는 건 시체가 뒹굴고 시궁쥐와 도둑고양이가 얼쩡대는 폐허의 거리였다.

날이 저물어 스승과 나는 자남산 아래 개울가 주막집에서 새우잠을 잤다. 벼룩과 빈대가 극성인데다 왈짜패들이 밤새 노름판을 벌여서 도무지 숙면을 취할 수가 없었다. 인간의 타성이란 이렇게 질기고 무섭다. 적들의 내침과 민란으로 도읍지가 결딴나고 사람이 죽어나가는 세월에도 술판과 노름판은 끊일 줄 모른다. 버릇되어 습習으로 자리 잡은 욕망은 좀처럼 다스려지기 어려워 죽어야만 멎는다. 아니, 개체가 죽더라도 핏줄을 통해, 혹은 관습과 제도를 통해 후대에 유전한다. 소름 끼치는 일이다. 붓다는 그걸 잘라버려야 윤회하는 속박에서 벗어나 대자유인이 될 수 있다고 역설했다.

이른 아침 궁성을 찾았다. 송악산 아래 그 장엄하던 궁성은 모두 불태워지고 잿더미 속에 주춧돌만 드문드문 보였다. 북쪽 현무문 못 미쳐 보문각도 깨끗이 타고 없었다. 스승은 한숨을 쉬었다.

"보문각의 그 많던 장서가 잿더미로 변했구나. 옴 살바 못자 모지 사다야 사바하."

스승은 참회진언을 외었다. 나는 망연자실해 있는 노스승을 위로할 말을 찾지 못했다. 그러다 제법 온전한 원형을 유지하고 있는 커다란 건물 하나를 발견했다.

"보세요. 저 뒤쪽에 건물이 있네요."

나는 보문각 자리 북쪽을 가리켰다.

"제석원帝釋院이로구나. 궁성 안 세 개의 사찰 가운데 하나로 내제석원이라고도 하지. 이 전쟁통에 가까스로 화재를 면한 건 그나마 다행이다."

우리는 지붕 기왓장이 부서지고 풀과 와송 버섯이 무성한 제석원 건물로 들어갔다. 마파람에 풍경 소리가 울렸다. 인기척을 들고 봉두난발한 각설이들이 몰려나왔다. 그 가운데 몇몇은 팔다리를 잃은 반편들이었고 한 여인은 만삭이었다. 각설이들도 전쟁의 참화로부터 자유로울 수가 없었던 모양이다. 하지만 그 와중에도 새 생명을 만들어내고 있었다. 산다는 건 이처럼 대책 없는 일이던가.

"댓바람부터 웬 중놈들이냐?"

왕초가 벌레 씹은 낯빛으로 뇌까렸다.

"우라질! 오늘 동냥 잡쳐버렸네. 재수 옴 붙었어."

스승의 발밑에다 가래침을 탁 뱉은 자의 말투는 더 거칠고 사나웠다. 나는 속이 뒤틀렸지만 표정을 말끔히 하고 짐짓 물었다.

"이곳 스님들은 어디 계신지요?"

"알 게 뭐야. 백성들 피 빨아먹는 황실에 빌붙어 살던 족속들! 난리가 터져 목숨이 위태로워지니까 쥐새끼들같이 산으로 바다로 내뺐겠지. 너희 중놈들 염불로만 중생구제지 실은 죄다 저 살궁리뿐이야. 시건방지게 누가 누구를 구제해? 누가 구제해달라고 했남? 누구를 위한다는 족속들 알고 보면 다 지들 위하기 바쁘지. 난리 나면 본지풍광이 고스란히 드러난다니까."

왕초가 인상을 쓰며 넌덜머리 난다는 듯 이죽거렸다.

"혹시라도 근처에 승려들이 사는 곳을 아는지요?"

"황성 동북쪽 성벽 너머 귀산사에 중놈 몇이 사는 모양 같더만."

입만 열면 튀기는 침에 중놈이라는 욕설이 섞여나왔다. 그간 호사를 누려온 승려들이 지은 죄가 많아서 우리가 대신 홀대받는 것이려니 여겼다. 동냥을 위해서라면 안 가는 데가 없는 각설이들을 만나 정보를 얻어들은 건 그나마 행운이었다.

울창한 송림이 하늘을 가리는 산길을 탔다. 깔끔한 너럭바위 밑으로 푸른빛이 도는 옥 같은 계류가 조잘조잘 《금강경》을 읊조리며 흘러내렸다. 계곡을 거슬러 올라가다보니 귀산사 승려들이 채마밭을 가꾸고 있었다. 말이 중이지 행색이 영락없는 농사꾼이었다. 내가 수기 스님을 모시고 예까지 온 이유를 말해주자 그들은 깜짝 놀라며 몇 가지 확인 절차를 거쳤다.

"불은이외다. 안화사 어서전御書殿에 가보십시다."

한 승려가 길을 안내했다. 안화사는 황제가 와서 머무는 재궁齋宮과 서재까지 갖춘 절이라고 했다. 계곡을 가로질러 놓은 나무다리를 건너고 정자를 지났다. 몇 마장을 더 올라가니 안화문이 나타났다. 이 전란중에도 온전히 보전된 안화사는 규모가 큰 절집이었다. 무량수전에 들러 예를 갖추고 주지를 접견했다.

"고려국 삼장법사로 통하는 그 유명한 수기 스님을 뵙니다."

주지가 절을 올렸다. 수기 스승도 맞절을 했다. 삼장三藏이란 석가의 가르침인 경經, 실천규범인 율律, 철학체계인 논論을 담은 세 광주리의 불경을 말한다.

"이곳 어서전에 보문각 문헌을 옮겨온 것입니까?"

수기 스승은 점심으로 내온 요깃거리 앞에서 문헌에 대해서부터 물었다.

"거친 조밥이지만 요기부터 하세요. 이따 은밀한 데로 모시지요."

주지의 그 말은 스승과 나를 더 안달하게 만들었다. 우리는 서둘러 공양을 마치고 인적 없는 뒷산 길을 탔다. 한참 만에 송악산 동쪽 줄기 외성의 안화문 근처에 다다랐다. 주지는 오솔길을 벗어나 커다란 바위벼랑길 아래로 내려갔다.

"직제학 어른, 강도 대장도감 수기 도승통께서 오셨습니다."

주지가 아래쪽에 대고 외쳤다. 우리는 주지를 따라 내려갔다. 두껍게 쌓인 낙엽에 발목이 빠졌다. 그만큼 사람 발길이 닿지 않는 곳이었다. 그곳에 커다란 동굴이 있었다. 동굴 입구에 널쩍한 누각이 자리 잡았다. 누각 마루 밑에 커다란 항아리들이 즐비했다. 그 누각 안에서 칠순의 백발노인이 동자와 함께 나왔다. 속기를 벗어버린 도인의 풍모였다. 매 눈처럼 날카로운 수기 스승과는 사뭇 다른 느낌을 주는 맑고 그윽한 눈빛이었다.

"어려운 걸음을 하셨군요."

직제학 노인은 우리를 누각 위 방 안으로 안내했다. 마루 밑 항아리들마다 책이 들어 있다고 했다. 보문각 장서들을 옮겨와 보관해오고 있단다.

"그러니까 십육 년 전 일이로군요. 최이 집정과 그 족당, 황제가 차례로 승천부를 건너 강화도로 이주했소. 장마철이고 적들이 다시 쳐들어온다는 소문이 나돌아서 워낙 경황이 없었소. 그때 길에서 수천 명이 죽어 나자빠졌소. 홀아비와 과부, 고아의 울음소리가 천둥번개 내리치는 진흙탕 속에서 아비규환을 연출했다오. 보문각 직제학이었던 나는 차마 분신 같던 책들을 내팽개쳐두고 황궁을 떠날 수가 없었소. 그래서 식구들을 설득해서 남기로 한 거요. 황궁에서는 반란군과 초적들의 노략질이 벌어졌소. 우리 식구들은 스님들의 도움을 받아 책들을 안화사로 옮겨놓았다오. 그런데 절집도 불태워지기 일쑤여서 안심할 수가 없었소. 결국 이곳으로 다시 옮겨놓고서 오늘까지 이렇게 지켜온 것이라오."

노인의 이야기가 끝나자 주지가 식구들의 행적을 일러줬다. 마나님과 손자들은 전란에 희생되었고 두 아들과 며느리는 모두 몽골군의 포로로 잡혀갔다는 것이다. 기막힌 노릇이었다.

"직제학 어르신과 가족의 거룩한 희생으로 문헌의 나라 체통을 지키셨구려. 참으로 고맙습니다."

수기 스승은 노인의 손을 잡으며 진심 어린 감사를 표했다. 스승은 문헌의 나라라는 고상한 표현을 썼다. 자부심이 깃든 그 말이 내겐 왠지 초라하고 구차하게 들렸다.

"내 직분을 다한 것뿐이오. 팔자가 사납지요. 하나 허물은 없는 삶이었노라고 여긴다오."

강단 있는 노인을 따라 누각으로 올라갔다. 두루마리 책 권축

장卷軸裝과 차곡차곡 접어 포개놓은 절첩장折帖裝, 호접장蝴蝶裝으로 된 책들이 시렁에 가지런히 쌓여 있었다. 마루 아래 항아리에 담긴 책들도 보관상태가 완벽했다. 게다가 목록도 깔끔히 정리돼 있었다. 감동이었다. 스승은 거기서 어렵지 않게 소기의 목적을 달성했다. 확인하고 싶어했던 책들을 찾은 것이다. 절첩장으로 된 《지현안락경志玄安樂經》《서청미시소경序聽迷詩所經》《경교삼위몽도찬景敎三威蒙度讚》《존경尊經》이 그것들이었다. 모두 한 부씩이었는데 거의 펼쳐본 적이 없는 듯 아주 새것이었다. 기적이나 다름없었다. 문헌을 중시해온 동방의 전통이 이 혼란스러운 전란통에도 살아 있었다. 눈물겨웠다. 책을 사랑하고 그 속에 담긴 진리에 신명을 걸어온 직제학 노인과 당대 최고의 학승인 수기 스승의 만남은 이렇듯 극적이고 역사적이었다. 고려 지성의 맥이 단절되기 직전, 가까스로 이어지게 된 그 운명적 순간을 오래오래 기억하고 싶어서 나는 눈을 감고 뇌리에 새겼다. 심령에 초롱초롱한 등불이 켜지는 느낌이었다. 눈을 뜬 나는 그 자리에서 스승과 직제학 노인께 큰절을 올렸다. 뇌리에 새긴 감동을 그렇게라도 표출하지 않고서는 견딜 수 없었다.

"이제야 알겠다. 마리아나 이수는 당나라 태종 때 아시아에 전파된 대진국 경교景敎의 용어들이다."

"경교요?"

"그들은 하느님을 메시아彌施訶 등으로 부르지. 대식국에서 유래하여 대진국에서 다듬어진 종교가, 마팔국馬八國(인도)에서 유래하여 서역에서 다듬어진 불교와 당나라 장안에서 만나 서로 영향을 주고받은 거다. 서쪽에서 온 이 종교를 빛의 종교, 하늘의 종교, 경교라고 부르지. 당 태종이 공인한 이래 경교는 아시아에 두루 유행했지만 지금은 거의 사라졌다. 아참,《신당서新唐書》나《자치통감資治通鑑》에서도 경교에 대한 기록을 찾아볼 수 있을 게다. 통감 권248이던가. 당나라 무종황제가 외래 종교를 배척하여 비구와 비구니, 대진승大秦僧(경교 승려), 목호승穆胡僧(마호메트교 승려), 현승祆僧(조로아스터교 승려) 등을 모두 환속하게 했다. 네가 찾아보아라."

수기 스승은 허기진 사람처럼 눈에 불을 켜고 경교 문헌들을 읽어내렸다. 스승의 비상한 기억력을 믿어 의심치 않지만 나는 《자치통감》을 펼쳤다. 과연 그런 기록이 뚜렷했다.

"그럼 김승이라는 작자가 경교도라는 말이로군요."

"글쎄다."

직제학 노인에게 경교 문헌들을 빌려 안화사 요사채로 내려왔다. 호롱불 앞에서 머리를 맞댄 우리는 산사에 새벽이 올 때까지 그 책을 붙들고 있었다. 생소한 용어들로 인해 뜻이 정확히 파악되지는 않았지만 충분히 흥미로웠다. 예전에 들도 보도 못한 이색적인 이야기들로 넘쳐났기 때문이다. 이제 그만 눈을 붙이기로 하고 자리를 펴려 했을 때, 밖이 소란스러우면서 환해졌다.

"습격이다! 몽골군의 습격이다!"

고함 소리가 울렸다. 마루로 뛰쳐나가본 나는 기겁을 하고 말았다. 갑옷 차림의 기마병들이 절집을 휘젓고 다니며 분탕질을 하고 있었다. 절집 곳곳에 불이 붙었고 비명이 울렸다. 나는 무작정 스승의 팔을 부여잡고 뒷문을 박찼다. 우리는 신발도 신지 않은 채 산길로 냅다 뛰었다. 기마병의 예리한 칼날이 등줄기를 내갈길 것만 같았다. 나는 아까 낮에 갔던 동굴 서고를 떠올렸다. 하지만 그곳으로 길을 잡지는 않았다. 아무리 황급해도 그곳만큼은 들통 나게 할 수 없었다. 그래서 부러 반대편으로 가기로 했다.

"추! 추! 바이르태!"

소름 끼치는 단음절 몽골말이 귓전에 울렸다. 돌아보니 추격해오던 몽골 기마병 중 하나가 초승달 모양의 언월도를 치켜들고 있었다. 스승의 머리 바로 위에서. 아찔했다. 나는 스승을 끌어안고 수풀 속으로 들입다 몸을 날렸다. 그때 획, 하고 바람이 불었다. 스승과 내 목이 달아난 거라고 생각했다. 그런데 아무런 통증이 없었다. 나는 어스름한 수풀 속에서 스승의 머리를 더듬어 감쌌다. 온전했다. 다행이었다. 우린 살아 있었다. 대신 철제 투구에 박힌 목이 데굴데굴 구르고 있었다. 그것은 분명 몽골병의 목이었다. 조금 전, 스승과 내 등 뒤에서 칼바람을 일으킨 것은 언월도가 아니라 고려의 장검이었다. 어디선가 고려인 복장을 한 기병대가 출현했던 것이다. 그들은 불난 절집 언저리에서 몽골군을 하나하나 제거해나갔다. 믿을 수 없었다. 번뜩이는 눈빛, 비호

같이 날쌘 동작은 지상의 군대가 아니었다. 저 고려인들은 어디에 있다가 나타난 걸까. 복장으로 봐서 절대 관군은 아니었다. 이런 데 나타나줄 관군은 처음부터 이 나라에 있지도 않았다.

"어서 이 말에 타시오!"

스승과 나는 두 장정에 이끌려 말에 탔다. 나를 뒤에 태운 장정의 등에서 끈적끈적한 땀내와 피비린내가 뒤섞여 진동했다.

두 필의 말은 불바다로 변한 안화사 경내를 빠져나왔다. 빽빽한 소나무 숲에 다다라서야 겨우 한숨을 돌릴 수 있었다. 말들이 가쁘게 숨을 몰아쉬었다. 다시 박차를 가하는데 말들이 주춤거렸다. 나무둥치들 사이에서 무언가가 어른거렸다. 솔방울들이 후두둑 떨어지는가 싶더니 두억시니 같은 몽골병들이 나타났다. 몽골병들은 도깨비불처럼 소나무 숲 사이를 순식간에 날아와 우리 앞을 막아섰다. 말도 우리도 주박呪縛에 걸린 듯 꼼짝달싹할 수조차 없었다. 겁에 질린 말 잔등이 푸들푸들 떨렸다. 여기가 죽을 자리로구나. 오로지 그 생각뿐이었다. 하지만 이렇게 죽을 수는 없는 노릇이었다. 아랫배로 호흡하며 입을 열었다. 가슴께에서부터 관자놀이까지 섬전 같은 게 일었다.

"옴치림!"

나는 쩌렁쩌렁 소리 나게 호신진언을 외었다. 그것만이 내가할 수 있는, 이 극도의 공포로부터 벗어날 수 있는 마지막 방편이었다. 거짓말 같지만 진언은 통했다. 단단히 걸렸던 주박에서 풀린 듯 나를 태운 말이 앞발을 들면서 몽골병과 맞섰다. 그 찰나 스승을 태운 말이 옆으로 돌아나가서 몽골병들의 후미로 파고들었다. 장정이 날렵하게 칼을 휘둘러 몽골병을 풀잎처럼 쓰러뜨렸다. 내가 탄 말은 히히힝 울부짖으며 적의 시신을 뛰어넘었다.

적을 죽여야 우리가 살 길이 트였다. 살생만이 우리의 명줄을 보존하는 유일한 길이었다. 나는 바랐다. 스승과 나를 구하기 위해 싸우는 장정들의 칼날이 여지없이 적의 숨통을 끊어놓기를. 살생을 간절히 바라는 이 순간, 나는 승려가 아니었다. 마귀나 나찰처럼 살생을 간절히 염원하고 있었다. 내가 살기 위해, 내 스승이 살기 위해 적들이 죽어 나자빠지기를 빌고 또 빌었다. 구차스러운 것 같지만 적의 칼날에 목이 떨어져 개죽음당하고 싶지는 않았다.

나의 염원은 빛을 보았다. 우리는 적들을 베어 만들어낸 길로 무사히 송림을 빠져나와 평탄한 들판을 달리고 있었다. 그런데 어느새 추격자들이 또 따라붙었다. 나는 똥끝이 타들어가는 것 같았다. 적들을 태운 말들은 날쌨고 둘씩 탄 우리 말들은 달음박질이 둔했다. 이대로 가다간 얼마 못 가서 붙잡히게 될 터였다.

그때 바람이 불었다. 들판을 가로질러온 그 바람은 정확히 스승과 내 뒤에서 칼바람으로 돌변해 적병들을 베어나갔다. 들판 너머에서 고려인 복장을 한 기마대가 또 출현했던 것이다. 꼭 하늘이 보낸 신병神兵 같았다.

이제 더 이상의 추격자는 없었다. 뒤따르던 고려인 기병대도 어디론가 자취를 감춰버렸다. 우리는 먼동이 트는 동쪽을 오른편에 두고 남쪽으로 내달리고 있었다. 등 뒤 하늘이 노을빛으로 붉게 물들었다. 송악산 아래 절집 안화사가 불타면서 만든 노을이었다. 칼바람이 뿌린 적들의 피가 섞여서일까. 동녘 하늘의 노을보다 북녘 하늘이 더 붉고 선연했다. 그랬다. 전쟁은 이렇듯 하늘의 기운마저 바꾸는 것이었다.

말이 몸을 날려 실개천을 뛰어넘었다. 그 사품에 장정의 등짝으로 내 몸이 쏠렸다. 오른쪽 어깨가 욱신거렸다. 장정의 허리를 감았던 왼손을 풀고 어깨를 주물렀다. 끈적거리는 게 묻어났다. 여명 속에서도 그게 핏물이라는 걸 알 수 있었다. 그것은 바로 내 몸에서 흘러나온 핏물이었다. 언제 다친 것일까. 아까 몽골군이 내리치는 언월도를 피하느라 스승을 끌어안고 숲속으로 몸을 날릴 때 돌이나 그루터기 따위에 찍힌 것 같았다. 나는 상처 부위를 손으로 압박했다. 내 몸은 땀내 전 장정의 등짝에 더 밀착되었다. 등이 허전했다. 그제야 나는 알았다. 황급히 빠져나오느라 미처 바랑을 챙기지 못했음을. 앞서 달려가는 스승의 등도 비어 있었다. 요사채 책상에 펼쳐놓고 온 《지현안락경》《서청미시소경》과 《경교삼위몽도찬》《존경》은 지옥불세례를 면치 못했을 것 같았다. 당나라로부터 고구려를 거쳐 고려국에 전해진 그 귀중한 문헌이 우리 때문에 사라지게 되었다. 인간의 손길은 그래서 위험하다. 차라리 금동부처 복장이나 석탑 안에 봉안됐더라면 보다 안전했을 터였다. 아니, 직제학 노인의 동굴 장서각에 놔뒀더라면 아무 탈이 없었을 거였다. 하지만 이렇게 될 줄 어찌 알 수 있었으랴.

"저기 나루터에서 아침을 먹고 바다를 건너시오."

말을 세운 장정이 내게 퉁명스럽게 말했다. 장정의 등에서 모락모락 김이 피어올랐다. 바다 건너 강화도가 손에 잡힐 거리에 떠밀려와 있었다. 이처럼 가까운 섬이건만 건너온 지 사흘 만에 되돌아가는 길이 황천길만큼이나 멀고 험했다.

"아니, 당신은?"

그는 어제 낮 궁성 내제석원에서 본 거지왕초였다. 봉두난발을 삼베끈으로 질끈 동여매고 칼을 찬 것만 달랐다.

"그렇소. 벼슬 사는 귀하신 스님께서 거지 등짝에 빌붙어서 살아 돌아온 게 못마땅하오?"

저승 문턱에서 목숨을 구해준 은인의 어투치곤 까칠했다. 내심 거스러미가 일어나고 있다는 얘기다. 이로써 이들은 하늘서 내려온 신병이 아니라 감정을 지닌 인간임이 분명해졌다.

"어떻게 된 거죠?"

"보이는 그대로요. 배고프면 동냥질하고 적이 나타나면 칼 휘두르고. 뭐가 잘못인 게요? 이 전쟁통에 산과 바다로 숨어들지 않고 살아가는 묘법인데. 살기 위해 먹고 싸우고……"

나는 스승의 안전을 확인하면서 그쪽 장정의 행색을 살폈다. 송충이 눈썹에 차돌같이 단단하게 생긴 그는 거지 무리 속에서 본 얼굴이 아니었다. 이자들은 누구이며 아까 들판에서 추적자들을 쓸어버린 무리는 누구인가. 동냥질해서 연명하는 이들이 말을 탄다는 건 있을 수 없는 일이었다.

"궁금한 건 나중에 쭈그려 앉아 참선으로 풀든지 말든지 하고 우선은 응급치료부터 받아야겠소. 봉놋방으로 들어갑시다."

거지왕초가 말안장 뒤에 매단 가죽주머니를 풀며 내게 말했다. 그 경황 중에도 어느새 내 상처를 알아챘던가보다. 스승이 다가와 내 어깨를 살폈다.

댓바람에 들이닥친 우리 일행을 맞는 주막집 주인 내외는 태연했다. 거지왕초는 물론 송충이 눈썹과도 익히 알고 지내는 눈치들이었다. 빈 봉놋방에 웃통을 벗고 누웠다. 피멍 든 어깨는 퉁퉁 부어 있었다. 온몸이 몹시 욱신거리고 두통이 밀려왔다. 열까지 뻗쳤다.

"상처도 상처지만 어깨뼈가 부러진 것 같소. 강화도로 건너가면 한 달가량은 절대 어깨를 움직이지 말아야 하오."

가죽주머니를 열어 고약을 붙여준 그는 대나무 조각을 구해와 어깻죽지를 고정시키고 헝겊으로 칭칭 동여맸다. 노스승 앞이지만 터져나오는 신음을 감출 수가 없었다. 탕약 한 사발을 마신 나는 이내 깊은 잠 속으로 빠져들었다. 선친이 꿈길로 찾아왔다. 아련한 기억 속에 개켜져 있는 선친의 손은 해사했지만 메마르고 차가웠다. 그토록 매달려왔던 과거에 급제하자, 선친은 식솔을 거느리고 향촌을 떠나와 개경에 둥지를 틀었다. 백부 유승단의 보살핌이 있긴 했지만 남루한 생활이었다. 개경에서 문사들과 사귀며 관직에 나갈 날을 기다리던 선친은 점점 초조해져갔고 신경질적으로 변해갔다. 삼 년이 지나도 임명될 기미조차 보이지 않았기 때문이다. 물론 임명권자는 무신정권의 최고 권력가 집정 최이였다. 그의 인가 없이는 출사出仕가 불가능했다.

"젊을 적, 끼니가 곤란하던 내 친구 이규보는 최충헌을 찾아가 충성맹세를 했다. 과거에 급제하고도 무려 십팔 년간이나 막혔던 벼슬길이 그제야 비로소 열렸지. 아우도 그리 해야지 않겠는가."

워낙 자존심이 강한 백부였지만 망가져가는 아우를 더는 두고 볼 수가 없었다. 최이는 그의 아버지 최충헌보다 관후한 성정이었다. 따라서 다소 구차하더라도 충성맹세만 제대로 하면 얼마든지 아우의 벼슬길이 열린다고 보았던 것이다.

"형님, 무신정권에 빌붙어 사느니 차라리 향촌으로 돌아가 농사나 짓겠습니다."

당신에게는 아무런 잘못도 없었다. 그저 때가 사나웠을 뿐이었다. 때가 아니면 물러나면 그만이다. 경상도 구미로 낙향한 선친은 산골에서 농사를 지었다. 백면서생이 짓는 농사가 잘될 리 없었다. 식솔들 입에 풀칠하기도 버거웠다. 벼슬 못 한 가난한 서생의 말로는 비참했다. 처지가 빈궁해도 원망하지 않는 게 군자라지만 의식주가 해결되지 않으니 도리가 없었다. 가슴앓이를 하던 선친은 화병을 얻었다. 그리고 불혹의 나이도 못 돼서 생을 마감했다. 나는 과거시험을 위해 달달 암기하던 유가경전들을 집어던지고 대구 공산 부인사에 들어가 행자노릇을 했다. 몽골군이 쳐들어오기 수년 전의 일이었다.

스승이 나를 불러올린 건 강화도에 대장도감이 세워지면서부터였다. 물론 나는 그때 승과에 합격해 임명 대기중이었다. 수기 스승은 의상대사와 균여대사로 이어지는 계보에 속했다. 하지만 나는 원효대사와 대각국사 의천 스님 계보였다. 두 계보 모두 화엄종이라도 그 성향이 사뭇 달랐다. 수기 스승 계보가 최씨 무신정권과 밀접한 관계가 있다면 내가 속한 계보는 무신난 이전의 문벌 세력과 맥이 닿아 있었다. 그럴지라도 나를 임명해준 수기 스승은 나의 아버지나 다름없었다.

"곧 날이 저물겠구나."

내가 눈을 떴을 때 방 안에는 수기 스승 혼자뿐이었다. 스승은 세숫대야에 수건을 적셔 내 이마의 열을 내려주고 있었던 것이다. 콧날이 시큰했다.

"그 사람들은요?"

"네가 잠들자 곧 사라졌느니라."

"어디로요?"

"누군지도 모르는데 어디로 사라졌는지를 알아서 무엇 하리?"

수기 스승은 손으로 내 이마를 짚었다. 알 수 없는 것에 마음 쓰지 말고 어서 몸이나 추스르라는 듯. 하지만 나는 우리를 구해준 거지왕초와 송충이 눈썹 사내, 그들과 함께 나타나 추격자들을 거꾸러뜨린 사람들의 정체가 몹시 궁금했다. 거지꼴을 한 자들이 어떻게 그 날렵한 기마병으로 변신할 수 있단 말인가. 몽골군이 점령한 개경에 남아서 겨우 목숨만 부지하던 고려인 부랑자들이었다. 기세등등한 최씨 무인정권 세력들조차 감히 못 맞서는 몽골군에 어떻게 그들이 맞서느냐 말이다.

"세계 최강 몽골군을 제압해버린 그들은 지상의 군병이 아니었어요. 신병처럼 용맹했어요."

"우리가 세상을 잘못 살아온 건 아닌 모양이구나."

스승은 장정들이 출현해 우리 목숨을 구해준 걸 우리가 지은 선업善業의 대가로 여겼다. 매사가 늘 그런 식이었다. 당신이라고 왜 구세주 같은 저들의 출몰이 궁금하지 않겠는가. 하지만 분명치 않으면 매사를 그냥 그대로 던져두고 다음의 추이를 기다리는 게 스승의 일 처리 방식이었다. 따라서 결코 안달하는 법이 없었다. 인생의 무겁고 복잡한 의미를 알아내기 위해 머리칼을 싹 밀어내버린 중다웠다.

미음 한 사발을 비웠다. 어깨는 여전히 욱신거렸지만 열은 많이 내렸다.

"어서 바다를 건너죠."

나는 이부자리를 털고 몸을 일으키려고 했다. 그러다가 칼로 저미는 듯한 어깨 통증을 느끼고 도로 누웠다.

"힘들면 예서 자고 내일 건너자."

"아닙니다."

나는 왼팔로 방바닥을 짚고 기신대며 몸을 일으켰다. 휘청거리는 몸을 벽에 기대고서 호흡을 가다듬었다.

"그나저나 경교 문헌들이 사라지게 됐네요."

"아쉬워할 것 없다. 너와 내가 내용을 얼추 파악했지 않느냐. 책이란 보관에만 치중할 장식물이 아니다. 펼쳐보고 연구하는 자를 위해 만들어진 것이지."

스승은 이미 읽어낸 그 경교 문헌에 특별한 가치를 두지 않는 듯 보였다. 눈여겨보아서 웬만큼은 그대로 베껴낼 수 있을 거였다. 그건 나 역시도 마찬가지였다. 무엇이건 눈여겨본 것은 절대 잊지 않는 기억력이 있었다. 스승이 내게 《대장목록》 작성과 교정을 맡긴 까닭도 다 그래서였을 게다.

승천부에서 석양을 등지고 바다를 건넜다. 장정들이 주선해놓은 배를 탔음은 물론이다. 본토를 벗어나면서 느끼는 이 안도감이라니. 가증스러운 생의 애착이었다. 나는 적에게 내준 국토와 멀어지면서 속이 쓰렸다. 몸통을 떼어주고 거북등만 한 섬에서 버텨내는 세월은 삶이 아니다. 돌아가야 한다. 하루바삐 본토를 회복하고 온전한 삶을 살아야 한다. 나는 주먹으로 배 바닥을 짓찧어댔다.

초파일 연등행사 준비를 하고 있는 궁성은 부산했다. 나는 소 닭 보듯 지나쳐버렸다. 이깟 등 축제는 본질을 흐리는 유희다. 국토에 버려진 생민들을 놔두고 이 무슨 호사란 말인가.

선원사로 돌아오자마자 스승은 대장도감 사무소로 직행했다. 죽음의 경계를 밟았다가 극적으로 살아 돌아오면서 스승은 복잡한 생각을 명쾌하게 정리한 듯했다. 엉뚱하던 마리아와 이수 판화는 이번에 경교 문헌을 열람하면서 가닥이 잡혔다. 추가로 보내온 여덟 장의 경판이 바로 경교를 표현한 것임을 알게 된 이상, 그것들을 다시 살펴볼 필요가 있었다. 스승은 김승이 새겨 올린 문제의 경판 그림들을 하나하나 다시 살펴보기 시작했다. 이미 판당 시렁에 올려놓은 경판들을 끌어낼 필요까지는 없었다. 경판이 올라오자마자 인출해놓은 종이 뭉치를 펼쳐보면 되었기 때문이다.

수기 스승이 내 방으로 건너왔다. 나는 부러진 어깨뼈가 붙기를 기다리며 쉬엄쉬엄 세 권의 《대장목록》 교정을 보고 있었다.

"이 그림을 자세히 보거라."

스승은 《화엄경》 변상도 한 장을 펼쳐 보였다.

"지난번에 본 거 아닙니까?"

마리아가 낳은 이수 이야기와 세존이 부활하여 승천한 내용이 담긴 그림 말고 나머지 여섯 장은 《화엄경》이나 《금강경》 변상도들이었다. 그 변상도 가운데 한 장인데 뭘 자세히 보라는 것일까.

"이상한 점을 발견하지 못하겠느냐?"

"어떤……"

"그럼 이 그림도 보아라."

스승이 두 번째로 펼쳐 보인 건 《어제비장전御製秘藏詮》 판화 가운데 한 장이었다. 북송 태종이 찬술한 시편이었다. 불교 비법의 깊은 뜻이 담겨 있었다.

"초조대장경 변상도보다 더 완벽하네요."

나는 김승이라는 자의 판각 솜씨를 예찬하지 않을 수 없었다. 상서로운 구름과 도교적인 배경을 담은 판화다. 천축국天竺國(인도) 설산(히말라야)에서 육 년간 고행하고 진리를 깨달은 석가세존이 세상에 나와 설법을 하는 장면이었다. 천상의 꽃비를 지상에 내리게 한 어느 위대한 수행자의 고난과 득도의 역정을 환상적으로 묘사하고 있었다.

"너 역시 문제점을 발견하지 못하는구나."

스승이 고개를 끄덕였다.

"거룩하고 장엄하기만 합니다."

"과연 사람은 자기가 보고 싶어하는 것만 보는 존재로구나."

"무슨 말씀이신지……"

"여기, 여기를 똑바로 보거라."

스승이 두 장의 판화를 맞대놓고서 번갈아가며 석가세존의 목 주름 부위를 손가락으로 짚어 보였다.

"목걸이에 걸린 만卍자 형상을 표현한 것이로군요."

"너는 이게 만자로 보이느냐. 이건 꼬부라진 갈고리 문양이 아니라 곧은 십자가다."

"그게 그거 아닙니까."

이 작은 그림에 갈고리 문양까지 완벽히 새길 수야 없는 일이었다. 그러기는 글자들도 마찬가지였다. 아무리 정성을 들여 한 획 한 획 새겼다지만 사람이 하는 일이라 흠결이 생기기 마련이었다. 나는 수기 스승의 추정이 지나치다고 여겼다.

"그럼 밑그림이 된 이 초조대장경 판화를 보아라."

스승은 똑같은 그림이되 초조대장경 경판으로 인출한 변상도를 품에서 꺼내 펼쳐 보였다. 그것은 몽골군에 의해 불태워지기 전 인출해놓았던 초조대장경 《어제비장전》 판화였다. 나는 석가세존의 목주름 부위를 살펴보았다. 거기에는 목걸이가 없었다. 물론 갈고리 혹은 십자가 모양의 형상도 없었다.

"이게 어떻게 된 일이죠?"

"초조대장경에 없던 것을 재조대장경에는 왜 새겼다지?"

"글쎄요."

"이 십자가 형상은 바로 경교의 표지다!"

"예?"

나는 머리에 번갯불이 일어나는 듯한 충격을 받았다. 수기 스승의 말씀처럼 서방 멀리 대식국에서 유래하여 대진국에서 다듬어진 종교가 경교다. 불교와는 너무도 동떨어진 그 경교 표지를 왜 이 거룩한 대장경 경판 안에 새겨넣은 걸까. 초조대장경에는 없던 그것을 말이다. 이 십자가가 경교의 표지라면 김승이라는 자, 너무 발칙하다. 어떻게 감히 부처님의 말씀을 담아낸 이 성스러운 대장경판에 이처럼 불경스러운 장난을 칠 수가 있단 말인가. 이것은 명백한 모독이다.

"보통 일이 아니네요. 대체 그자가 노리는 게 뭘까요?"

나는 지금껏 우리를 우롱해온 그가 괘씸하면서도 두려워지기 시작했다. 보통 사람이라면 전혀 생각할 수조차 없는 일이었다. 그 어마지두한 일을 그는 오래전부터 스스럼없이 자행해왔던 것이다. 다만 우리가 눈치채지 못했던 것뿐이다.

"아무래도 그자를 만나봐야겠다!"

수기 스승은 특유의 날카로운 매 눈을 번뜩였다.

"그자를 만나시겠다고요?"

나는 너무 놀라서 하마터면 앉은뱅이책상을 걷어찰 뻔했다.

"판각불사 막바지에 그럴 짬이 나겠습니까?"

서둘러 교정을 끝내야 경판에 마저 새기고 낙성식을 올릴 수 있었다. 내 책상 위에는 필사본《대장목록》이 펼쳐져 있었다. 이 목록에는 지금껏 판각된 총 1,521종의 불경 서지정보가 올라와 있었다. 천자문의 글자 순서로 이름 붙인 함에 일정한 양의 불경을 묶었다. 천天, 지地, 현玄, 황黃, 우宇, 주宙, 홍洪, 황荒의 순으로 각각 천함, 지함, 현함이 된다. 각 함에 들어가 있는 불경의 이름, 권수, 역자 혹은 저자를 밝히는 형식이었다. 그래서 일목요연한 정리가 가능했다.

"그《대장목록》교정, 급할 게 없다."

스승이 내 방에서 나가며 잘라 말했다. 나는 스승을 따라 밖으로 나왔다. 선원사 경내에 봄날이 흐드러지고 있었다. 경내 가득 때 이른 연꽃이 피어났다. 줄줄이 내건 지등紙燈들이었다. 내일이 바로 초파일이다.

"그리고《어제비장전》판화들은 죄다 빼버려야겠다."

수기 스승은 단호했다.

"빼어난 판화들인데요."

"껍데기만 빼어나면 무엇 하리. 내용이 삿되고 오활한걸. 나는 새로 새기는 대장경 경판들이 진리를 담은 아름다운 그릇이길 원했다. 그자가 새겨 올린 경판들의 틀거지와 알맹이가 모두 훌륭하여 문질빈빈文質彬彬의 본보기라고 칭찬해왔던 내가 어리석었어."

자책하는 수기 스승을 따라 판당에 올랐다. 시렁 가득 경판들이 빼곡했다. 이 경판들은 단순한 인쇄 도구가 아니었다. 그 자체로 불상이나 다름없이 숭배의 대상이 되는 성물이었다. 이른바 절집의 세 가지 보물인 불佛·법法·승僧 삼보 가운데 법을 담은 성물인 것이다. 그 거룩한 성물을 김승이라는 자가 멀리 서방에서 온 이교의 십자가 표지로 더럽혔다. 명백한 신성모독이다. 이교에 대해서도 한없이 웅숭깊은 불교지만 이번 일만큼은 도저히 그냥 넘길 수 없었다. 이유를 밝히고 단호한 조치를 취해야 할 일이다.

"우리 불교와 대진국 경교는 전혀 다른 종교로 보이는데 김승이라는 자는 왜 서로 뒤섞으려고 했을까요?《어제비장전》판화나 《화엄경》변상도에 십자가를 새겨넣으면서까지."

"뒤섞은 원조는 그가 아니라 당나라 때 경교도들이다. 저들이 숭배하는 이수를 석가세존이라고 부른 것부터가 그렇지. 이수가 누군지 모르지만 이수는 이수고 석가세존은 석가세존이다. 그뿐인 줄 아느냐. 경교도들은 우리에게 익숙한 연꽃도 용 문양도 스스럼없이 가져다 썼다. 각종 의식 도구에 거침없이 새겼어. 그래서 사람들로 하여금 낯선 경교를 친숙하게 만들었던 게야."

판당 안으로 들어서며 스승이 말했다.

"노회한 치들! 거부감 없이 받아들이게끔 방편으로 써먹었군요."

"너도 보았더냐? 안화사 숲길에서 우리 앞으로 데굴데굴 굴러갔던 몽골군 머리!"

끔찍한 장면이다. 그렇잖아도 그 흉측한 참상이 자꾸 꿈에 나타나 가위에 눌리곤 했다. 하필이면 스승은 왜 그 참상을 상기시키는 걸까. 나는 아미타불을 찾으며 합장했다.

"몽골군들은 투구를 쓰고 있었다."

"그랬던 것 같습니다."

"그네들이 쓰고 있던 철제 투구나 입고 있던 철갑옷에도 경교 표지인 십자가가 돋을새김돼 있었다."

"정말입니까?"

수기 스승이 얼마나 날카로운 눈을 가진 분인지 잘 알지만 나는 좀처럼 믿을 수 없었다. 물론 수기 스승이 잘못 볼 리는 없었다. 새벽 어스름이었지만 절집이 불타면서 사방이 환했다. 철제 투구에 박힌 목이 데굴데굴 굴러가자 애써 외면한 나와 달리 스승은 그걸 주시했던 모양이다. 스승의 매 눈은 세상 누구보다도 날카로웠다. 그렇다면 몽골군 가운데도 경교도들이 있다는 얘기가 아닌가.

"경교가 몽골까지 퍼져 있단 말씀입니까?"

"경교는 고구려, 백제, 신라는 물론 발해까지 전해졌다. 보문각에 경교 문헌이 전해오는 것만 봐도 분명한 증거다."

"그렇다고 몽골까지야……"

"모르는 소리! 몽골은 멀리 서역 너머 대식국, 대진국까지 초원으로 이어진 나라다. 유목민인 저들은 정착 농경민인 우리와 다르다. 교역도 활발하고 이족의 문화 수용에도 아주 적극적이지. 당나라 때부터 혹은 그 후라도 비단길을 통해 얼마든지 전해질 수가 있었단 얘기다."

"흉악한 몽골놈들이 믿는 거라면 경교 그거 무서운 종교임에 틀림없군요. 아무 죄 없는 이웃 나라를 쳐들어와 도륙하는 야만인들의 종교!"

나는 안화사 요사채에서 스승과 함께 읽었던 경교 문헌들을 떠올렸다.

천존天尊(하느님)은 정풍淨風(성령), 그 정결한 바람을 동정녀 마리아에게 향하게 했고 그 바람이 배 속에 들어가 회임했다. 이수의 아버지(요셉)는 정결한 바람을 향하여 말했다.

"사람들은 무지하여 정풍으로 회임했다는 것을 도무지 믿으려 하지 않습니다."

세상에! 정풍, 그 정결한 바람으로 임신을 시키다니. 그건 신화일 뿐이다. 지렁이처럼 암수가 한 몸이 아닌 바에야 모든 동물은 암컷과 수컷의 짝짓기로 새끼를 배는 법이다. 승려의 신분으로 차마 입에 담기가 뭣하지만 생식기를 통해 서로 정精을 섞어야 임신한다는 말이다. 남녀 교접 없이 정결한 바람으로 임신을 시켰다고 믿으니까 죽은 자가 다시 살아나 하늘로 올라갔다는 거짓말도 거침없이 할 수 있는 거다. 도교나 불교에도 황당한 이야기들이 많긴 하지만 씨알머리 안 먹히는 그런 허풍은 없다. 암컷 수컷의 짝짓기는 뭇 생명 탄생과 번식의 본질이다. 그걸 부인하고 정결한 바람을 들먹인 데에는 어떤 모의가 있다. 신성성을 가장하기 위한 조작 말이다.

"몽골인이 경교만 믿는 건 아니다. 불교도 믿고 무속도 믿지."

스승은 시렁에서 경판 한 장을 꺼냈다. 경판이 뒤틀려 있었다. 양쪽 모서리에 마구리를 끼워 뒤틀림을 방지하고자 했지만 그래도 간혹 이렇게 틀어지는 경판들이 생겼다.

"바다가 너무 가깝다."

절집 바로 아래 산기슭까지 들어온 바닷물은 이곳 판당으로 계속해서 습기를 뿜어올렸다. 물이 잘 빠지는 마사토로 바닥을 다지고 벽마다 위아래로 크고 작은 환풍구를 설치했지만 몰려드는 습기를 완전히 제거할 수는 없었다. 판각에 쓰일 목재는 처서가 지나 나무에 물이 내릴 때 벴다. 그래야 벌레가 슬지 않았다. 그늘에서 말린 목재를 톱으로 켜서 판자를 만들었다. 그 판자들을 소금물에 삶고 다시 그늘에서 말렸다가 경전을 새겼다. 경판보다 약간 두꺼운 마구리에 끼워 보관하면 취급하기도 편했고 경판들 사이에 틈이 생겨서 통풍도 잘되었다. 경판을 차곡차곡 세워 보관할 때, 글자들이 서로 부딪쳐서 깨지거나 마모되는 것도 막을 수 있다.

"대각국사 의천 스님은 대장경을 조성하는 일이 '천 년의 지혜를 천 년 뒤의 후학들에게 넘겨주기 위한 일'이라고 하셨다. 닥나무로 만든 한지에 인출한 두루마리 경전은 능히 천 년을 갈 수 있지만 이 벚나무 경판은 천 년은커녕 백 년도 도모할 수가 없어 보이는구나. 전란통에 어렵사리 새긴 경판이거늘……"

스승은 경판을 쓰다듬었다. 지금껏 어언 십여 년 동안 신명을 바쳐온 경판들이었다. 거란이 쳐들어왔을 때 새겼던 초조대장경이 불타버리자, 온 나라가 총력을 기울여 다시 새겼다. 그런데 그 경판에 장난질하는 작자가 생겼는가 하면, 습기까지 달려들어 뒤틀어놓고 있었다. 옻칠을 해도 바닷가의 습기를 완전히 차단할 수는 없었다.

"이걸 어쩌죠?"

"불태우고 다시 새겨야지."

언제나 그렇듯 수기 스승에게는 어려운 일이 없었다. 가령 여기에 얽힌 삼실타래가 있다고 치자. 나는 한 올 한 올 고를 풀기 위해 끝까지 낑낑대는 쪽이다. 하지만 스승은 술술 풀리는 묘책이 찾아지기를 기다렸다가 용이치 않으면 그냥 불쏘시개로 써버릴 게다.

"문제는 판당의 위치로구나. 아무래도 궁성에서 가까운 산기슭 어딘가를 물색해야겠다."

수기 스승은 당장 진명 스님을 만나기 위해 주지실 쪽으로 발걸음을 옮겼다. 뒤틀린 경판을 옆구리에 낀 채였다.

"김승이라는 자를 몸소 만나러 가실 겁니까?"

"그럴 생각이다. 일간에 함께 가자꾸나. 네 어깨뼈가 붙고 내 급한 일 추스르고 나면."

"예, 전 오늘 궁궐에 다녀올까 합니다만."

"벌써? 어깨뼈가 붙을 때까진 조심해야지."

그뿐 더는 말리지 않았다.

5

　지금 이 나라의 권력은 삼각구도였다. 황제, 최씨 무인정권, 불교계가 그것이었다. 최씨 무인정권에게는 막강한 사병조직이 있었다. 특수군대 삼별초다. 불교계에는 사원에 딸린 많은 토지와 승병조직이 있었다. 그에 비해 황제는 초라했다. 몽골에게 황도 개경을 내주고 강화도로 밀려온 황제에게는 나약한 문인들이 전부였다. 이미 등 돌려버린 민심은 황제 편이 아니었다. 최씨 무인정권 세력이나 불교계에 대해서만큼 반감을 품지는 않았지만 그렇다고 황제를 떠받들지도 않았다. 생민들은 기회만 닿으면 반란을 일으켰다. 몽골군이 쳐들어왔을 때 나라가 생민들의 목숨과 삶의 터전을 지켜주지 못했으므로, 그들을 탓할 수만도 없었다.

집정 최이, 도승통 수기 스승, 왕식 태자.

내가 맘 먹으면 어렵지 않게 만나볼 수 있는 이 나라 삼각구도 권력의 핵심들이었다. 그러고 보면 나도 권력의 핵심부에 꽤나 깊숙이 들어와 있는 셈이다. 권력지향적인 인물이 전혀 아닌데도 말이다. 아무튼 지금은 태자를 만나봐야 할 때다. 내 마음 안에 싹튼 숱한 의문점들을 푸는 단초가 태자 저하에게 있을 것만 같다.

나는 선원사 뒷산으로 난 샛길을 탔다. 치료중인 어깨 때문에 말을 타지 않고 걷기로 했다. 궁궐에 다다라 태자가 머무는 동궁에 기별을 넣었다. 나보다 열 살 아래인 왕식 태자는 나를 신뢰했다. 나의 백부 유승단이 태자의 부왕인 금상의 스승이었던 관계로 자연스럽게 친해질 수 있었다. 절첩본《유가사지론瑜伽師地論》을 보고 있던 태자는 나를 불러들인 뒤, 방바닥이 꺼져라 하고 한숨을 쉬었다. 이 책 제목의 유가란 요가의 음차다. 요가 수행자의 경지를 논한 경전을 보면서 웬 한숨일까. 감색 종이에 은가루를 개어 쓴 화려한 경전 속에서 근심걱정을 캐내고 있는 태자는 수척했다.

나는 사경원寫經院에서 만든 태자의 절첩본을 들여다보았다. 권3의 한 대목을 찾았다. 원문과 맞게 제대로 사경되었는지를 확인해보기 위함이었다.

무엇을 욕력欲力에 의한다고 하는가?

이곳에 대하여 마음이 애착하면 마음이 곧바로 저곳에 대해서도 자주 작동하는 것을 말한다.

무엇을 염력念力에 의한다고 하는가?

만약 저 경계에 대해서 그 상相을 잘 취하고 나서 잘 지으면 마음이 곧 저 경계에 대해서 자주 작동하는 것을 말한다.

무엇을 경계력境界力에 의한다고 하는가?

매우 광대하거나 혹은 매우 뜻 맞는 저 경계가 바로 드러나면 마음이 곧바로 저 경계에 대해서 자주 작동하는 것을 말한다.

삭습력數習力에 의한다고 하는 것은 무엇인가?

과거 현재 미래의 경계에 대해서 이미 아주 잘 익히고 다 기억하면 마음이 곧바로 저 경계에 대해서 자주 작동하는 것을 말한다.

나는 끝 문장 중간 '다 기억하면'이라는 뜻의 '이극암실已極諳悉'이라는 대목을 짚어보았다. 초조대장경 경판에는 이 대목이 '이극제실已極諸悉'로 돼 있었다. 경판을 조성할 때 암諳(기억하다)자를 제諸(모두)자로 잘못 새겨서 오자 그대로 인쇄되었던 것이다. 그러면 '다 기억하면'이 '모두 다'로 바뀌어 뜻이 통하지 않게 된다. 하나의 오자로 인해 내용이 잘못 전달될 수가 있다. 경전을 해석하고 이해하는 데 매우 중요한 일이다. 다행히 태자가 보시는 이 절첩본은 오자를 교정하여 바르게 사경한 것이었다.

본래 책이라는 건 오류가 많기 마련이다. 원저자나 편찬자가 뜻을 잘못 이해하거나 잘못 써서 생기는 오류도 있고, 단순한 오자도 있다. 아무리 정성을 다해 새기는 경전이라도 마찬가지다. 완벽을 지향하는 나지만 솔직히 내가 교정봐온 재조대장경에도 오자가 없다고 장담할 수 없다. 교정을 보고 또 보아도 누군가가 숨겨놨다가 다시 끼워놓은 것처럼 새로운 오자가 나타나 나를 당혹스럽게 만들곤 한다. 귀신이 곡할 노릇이다. 오자뿐이겠는가. 사람이 하는 일이란 본래 흠결이 있게 마련이어서 내용상의 오류 또한 비일비재하다. 때문에 어느 종파가 됐건 세상에 완전무결한 경전이란 있을 수 없다. 세월이 흐르면 시대에 동떨어진 대목도 생겨난다. 그래서 끊임없이 수정하고 보완해야 한다. 안 그러면 사람들에게 외면당하고 만다.

"스님, 여기 좀 보셔요."

내가 딴생각을 하는 걸 눈치챈 태자가 청자상감 주전자를 가리키며 말했다.

"예, 태자 저하."

"예컨대 여기에 한 여인이 있다고 칩시다. 호랑이가 보면 먹을 것으로 인식하고, 사내가 보면 여색으로 인식하고, 부처님이 보면 썩어 문드러질 허상으로 인식하지요. 대상은 이렇듯 실체가 없고 오직 우리의 인식만 있지요."

태자는 갸름한 표주박 형태의 청자상감 주전자가 여인이라도 되는 듯 어루만지며 소론을 펼쳤다.

"맞습니다. 삼장법사 현장이 마팔국 나란타 대학에서 새로운 《유가사지론》을 들여와 번역했잖습니까? 바로 이 《유가사지론》을 바탕으로 형성된 신유식학新唯識學을 배우기 위해 신라 때 원효대사께서 당나라에 유학을 가려 했던 겁니다. 원효대사는 의상대사와 함께 유학길에 오릅니다. 가는 도중 신라에 병합된 백제 땅 당진 근처에서 해골 바가지에 담긴 물을 마시고 퍼뜩 깨달음을 얻어 당나라 유학을 접지요. 삼국통일전쟁 직후라서 해골이 지천에 널려 있었던가봅니다."

"마음이 생기니 갖가지 법이 생기고 마음이 꺼지니 갖가지 법도 없다!"

"그렇습니다."

"불교의 핵심은 중도中道지요. 일마다 양면성이 있다는 걸 알면서 한쪽에 집착하지 않고 마땅한 도리를 행하는 거요. 이 세상에 독립적인 존재는 아무것도 없고 다만 서로 의존하여 생겼다 사라지는 것들뿐이니까요. 상호 의존해서 생겨나는 걸 연기緣起라고 하잖습니까? 만물은 실상이 없다고 전제하고 보는 중론中論이나, 실상이 있다고 전제하고 보는 유식唯識이나 결과는 똑같죠. 어떻게 보든 독자적으로 영원한 건 없어요. 허무하죠. 결국 우리가 아등바등 붙들고 추구해야 할 것은 아무것도 없는 셈이지요."

"그건 그렇지요."

나는 본질을 정확히 파악하고 있는 태자가 대견했다.

"남녀간의 목숨 건 사랑도, 심지어 국가까지도!"

"······"

나는 그것만은 동의해줄 수가 없었다. 나같이 출세간出世間한 수행자라면 모르겠으되 세속에서 살면서 남녀간의 사랑이 아니면 도대체 무엇을 붙들고 살아간단 말인가. 그리고 태자 된 이가 국가를 버린다면 그 뒷감당은 누가 하는가. 무책임한 일이다. 그것은 결코 중도가 아니다.

"지밀 스님, 답답한데 바닷바람이나 쐬러 갈까요?"

내가 고개를 숙여 보이자, 태자는 밖에다 대고 하명했다. 반합에 음식을 담고 수레를 대령하라고.

우리는 금빛 휘장을 두른 수레 위에 나란히 앉았다. 두 필의 말이 끄는 커다란 수레였다. 튼튼한 일산이 햇볕을 가려줬다. 일산 끝자락에서 꺾인 햇살이 우리 무릎께로 부서져내렸다. 우리는 수레 위에서 정답게 점심을 먹었다. 동문을 나온 수레는 무사들의 호위를 받으며 북산 뒷길로 해서 집정 최이의 대저택 진양부를 지나고 있었다. 진양(경상남도 진주)은 최이의 식읍지다. 그래서 진양공이라는 작위를 받았고 강도 저택을 진양부로 일컬었다. 진양부 동쪽에는 집정의 아들 최항의 저택을 짓느라 공사가 한창이었다.

"궁궐보다 최이 집정 부자의 저택과 원림이 더 웅장하구려. 백성들이 우리 황실을 동정하는 건 정사를 잘 펼쳐서가 아니라 황실이 최이 집정 가문보다 초라해서요."

태자 저하가 냉소적으로 말했다. 너무도 분명한 실상 파악에 나는 토 달 말을 찾지 못했다.

오동나무 아래 욕망의 불꽃이 타올랐던 터가 보인다. 망월루가 있었던 자리다. 장익공 김약선, 그는 집정 최이의 사위이자 지금 내 옆에 계신 태자의 장인이었다. 최이는 문하시중 평장사 김태서의 맏아들인 김약선을 일찌감치 후계자로 점찍어두었다. 만종, 만전 형제를 출가시킨 것도 권력 승계 때 말썽이 생길 여지를 없애기 위함이었다.

작년 이맘 때, 김약선은 망월루 모란방에 낭자들을 모아놓고 음란한 짓을 벌였다. 질투심이 폭발한 그의 처가 친정아버지 최이에게 달려가 고자질했다. 성난 최이는 김약선과 관계한 여인들을 섬에 유배시키고 망월루와 모란방을 헐어버렸다. 그런데 정작 김약선의 처는 집안의 종과 간통하는 처지였다. 김약선이 그 사실을 알게 되자 처가 선수를 쳤다. 친정아버지 최이에게 남편이 권력을 침탈하려 한다고 무고하여 죽이게 했다. 뒤늦게 진상을 간파한 최이는 땅을 쳤다. 딸과 간통한 종놈을 잡아 죽이고 딸과는 의절했다. 질척거리는 음행이 불러들인 비극이었다.

권력가란 다른 권력가에 의해서가 아니라 스스로 무너지기 마련이다. 어김없이 두 가지 연유에서 비롯되는데 돈과 여색이 그것이다. 적당한 정도라면 왜 탈이 생기겠는가. 탐욕이 망친다. 최씨 무인 세력들도 마찬가지였다. 후계로 점찍어둔 사위를 죽여버린 최이의 병은 깊어갔다. 후사가 걱정이었다. 최이는 전에 강제 출가시켰던 만전을 환속시키고 이름을 항으로 바꾼 다음, 호부상서 벼슬을 내린다. 최항은 초고속 승진하여 추밀원 지주사가 되었고 아버지의 가병 오백여 명을 상속받았다.

수레가 드넓은 진양부 원림을 통과하고 있었다.

"주나라 문왕의 칠십 리 정원은 백성이 이를 작다고 여겨 더 키우려고 한 반면, 전국시대 제선왕의 사십 리 정원은 백성이 이를 큰 것으로 여겼다지요?"

태자 저하가 내 의중을 물었다.

"예. 문왕은 그 정원을 백성과 함께 썼지만 제선왕은 혼자 쓰고 즐기면서 백성의 삶을 방해했으니까요. 지금 최이 집정의 십 리 정원을 사람들이 크다고 욕하는 까닭은 강제 노역으로 조성하고서 혼자만 누리기 때문이지요. 궁궐보다 큰 것도 그렇고요."

나는 창자가 뜨개질하는 걸 느꼈다. 그사이 수레는 원림을 벗어나 연미정 밑에 당도했다. 연미정은 바닷가에 둥그렇게 성벽을 쌓은 월곶돈대 안에 있었다. 돈대를 지키던 초병들이 창을 뻗어 경례를 했다. 수레에서 내린 우리는 돈대 석문을 통과하여 정자에 올랐다. 질펀한 풍광이 펼쳐졌다. 북의 칠중하와 남의 아리수가 만나 조강을 이루고, 가운데의 섬 유도에서 제비꼬리 형국으로 갈려 각각 서해와 염하로 빠졌다. 미풍이 불었다.

"태자 저하, 막강한 적들이 왜 저 정도의 물을 못 건널까요?"

나는 태자를 찾아온 내 속내를 드러냈다.

"외성 밖에 심어놓은 탱자나무 가시 때문에! 하하하하."

태자가 실없이 농조를 날리며 웃었다. 섬을 빙 둘러쌓은 외성은 충분히 튼튼했다. 그런데도 그 바깥에 가시가 많은 탱자나무 숲까지 조성했다. 최이 집정의 작품이었다. 태자는 그걸 조롱하고 있었다.

"……못 건너는 게 아니라 안 건너는 거요."

태자는 이내 냉정해지더니 내가 원하는 대답을 해주었다. 맞다. 못 건너는 게 아니라 안 건넌다는 말이 맞다. 해안에 방어진과 보, 돈대가 빙 둘러쳐져 있다지만 세계를 정복한 천하무적 몽골군이 아닌가.

"안 건너는 이유가 뭘까요?"

"후훗. 나는 그 이유를 알고 있지요. 게다가 이 우스꽝스러운 전쟁을 끝내는 법도!"

태자가 내 눈을 빤히 쳐다보며 말했다. 나는 내 귀를 의심했다. 태자는 내가 예상했던 것보다 훨씬 더 냉정하게 상황을 꿰뚫어보고 있었다. 바닷바람이 내 가슴을 파고들었다. 건너편 육지가 손에 잡힐 듯 성큼 다가오고 있었다.

돈대 성가퀴를 짚고 서서 육지를 바라보던 태자는 몸을 돌려 정자로 올랐다. 호위무사들과 시녀들이 머리를 조아렸다. 화문석이 깔린 정자 마루에 거문고가 놓여 있었다.

태자는 무릎에 거문고를 올려놓고 대나무 술대를 들어 줄을 뜯기 시작했다. 잠자던 줄에서 웅숭깊은 떨림이 소리가 되어 울려 나왔다. 거문고 소리는 연미정과 돈대 성벽을 타고 넘었다. 아름드리 회화나무를 흔드는 바람 소리, 해벽에 부딪히는 파도 소리가 따라서 울렸다. 술대를 쥔 태자의 손이 바삐 날았다. 거문고 소리가 빨라졌다. 오동잎에 소나기 퍼붓는 듯한 기세다. 급기야 그 소리가 천둥소리로 바뀐다. 변주곡이 이어진다. 불협화음이다. 속이 불편해진다. 나는 그 천둥소리에서 어렵지 않게 분노를 읽어냈다. 연한 오동나무와 명주실로 만든 악기가 때로는 시퍼런 칼보다 더한 독기를 뿜어낼 수도 있구나 싶었다.

그때 거문고 소리가 뚝 멎었다. 바닥에 떨어진 대나무 술대가 쪼개져버렸다. 모두가 눈을 휘둥그레 떴다. 거문고를 물린 태자가 몸을 일으켰다. 태자를 따라 연미정을 내려와 수레에 올랐다.

"승천포 쪽으로 돌아서 입궐하자."

태자는 집정 최이의 대저택이 있는 진양부 쪽을 외면하며 미간을 찌푸렸다. 우리는 흔들리는 수레 위에서 한동안 말없이 앞만 보았다.

"개경에서 고려인 기병대를 보았습니다. 그들은 잘 훈련돼 있었고 매우 용감했습니다."

나는 수기 스승과 내가 몽골 추격병들에게 쫓기던 때 들판을 가로질러 출현한 기병대를 떠올렸다.

"아, 그래요?"

깜짝 놀라며 반기던 태자가 이내 씨무룩해졌다.

"……나는 그들에 대해 말할 자격이 없습니다."

"황제 폐하의 백성들이자 훗날 태자 저하의 백성들입니다."

"천만에요. 그들은 몽골제국 황제의 백성들이지요. 칭기즈칸의 후예인 오고타이칸, 귀위크칸, 그리고 지금은 공석인 네 번째 황제의 백성……"

"태자 저하."

나는 민망하여 고개를 숙였다.

"그걸 부인하는 건 이 강도 사람들뿐입니다. 백성들을 버리고 이 섬에 들어와서 그간 우리가 한 일이 무엇입니까? 힘을 길러 적들을 물리칠 준비를 한 것도 아니고 그저 버티기로 일관해왔을 뿐이지요. 송나라와 대등한 힘을 겨루고 세계와 교역하던 우리 고려가 어쩌다 이 지경이 돼버렸을까요."

태자는 아랫입술을 깨물었다.

"전쟁을 속히 끝내시면 되잖습니까."

"그러자면 내가 저 물을 건너야 합니다. 몽골 황제와 만나 협상을 해야 하니까요. 부왕께서도 그걸 원하시지만……"

태자가 갯벌이 드러난 오른편 해협을 보며 말꼬리를 흐렸다.

"최이 집정이 가로 막고 있지요?"

"그뿐이겠소이까? 스님이 몸담은 불교계도 잘한 게 없습니다."

뜻밖이었다. 어찌 불교계를 그 형편없는 최씨 무인 세력들과 싸잡아 내몰 수 있단 말인가. 아무리 불교계가 썩었어도 무인 나부랭이들보다야 나았다. 나는 눈에 띄게 신경질적인 태자가 불편해졌다. 차분하고 평정심을 잃지 않던 예전의 태자가 아니었다.

"어째서 승병을 일으켜 전쟁을 끝내려 들지 않는 거지요?"

태자의 예리한 지적은 아팠다. 그것은 내가 이따금씩 회의를 품어왔던 일이기도 했다. 하지만 지금은 이 나라 불교계가 총력을 기울이는 대역사가 있었다.

"지금 우리 불교계는 적들이 불태운 대장경을 재조하는 데 여념이 없습니다."

"아무렴요. 아주 좋은 구실이지요."

대화에 날이 섰다. 신성한 대장경 재조불사를 구실이라니! 아무리 태자라지만 과람한 말씀이었다. 나는 대거리하지 않으려고 화제를 돌렸다.

"태자 저하, 몽골병들이 왜 건너오지 않는 것인가요?"

"반격할 생각조차 하지 않는데 대규모 주력부대를 보내 끝까지 쫓아와 초토화시킬 필요는 없지요. 어차피 그들이 원하는 보급물자도 그럭저럭 받고 있고요. 말 안 들을 때마다 적당히 매질해서 길들이면 그뿐. 1차 침입 직후 몽골의 2대 황제 오고타이칸은 말 만 필, 백만 대군의 군복, 수달피 이만 장, 왕족과 귀족의 아들딸 각각 천 명씩을 보내라는 조서를 보내왔습니다. 이른바 이소승다

以少勝多 이전양전以戰養戰이라는 겁니다. 적은 군대로 많은 군대를 이기고 점령지에서 다음 전쟁 물자를 조달받는 전략전술이지요. 전쟁의 달인들답습니다."

태자는 과연 여간내기가 아니었다. 상황을 꿰뚫고 있는 정치가였다. 지위가 통찰력을 좌우한다. 아랫것들은 도저히 볼 수 없는 것들도 높은 자리에서 보면 한눈에 보이는 모양이다.

우리는 한참 동안 말이 없었다. 흔들리는 수레는 승천포에서 남쪽으로 내려가고 있었다. 봉천산 기슭 봉은사 앞에서 태자가 입을 열었다.

"나는 다른 타협안을 준비중입니다."

"어떤?"

"아직은 말할 수 없습니다. 고통 받는 백성들이 편해지는 길을 찾고 있다고만 알고 계세요. 이따 저녁 연등회에서 다시 볼 수도 있겠군요. 그럼……"

나를 내려놓은 태자의 수레는 서문 쪽으로 멀어져갔다. 길가에는 오색 비단을 감은 장대들이 겹겹이 세워져 있었고 형형색색의 연등이 즐비하게 매달려 있었다. 군데군데 연등으로 장식한 다락과 가설한 꽃동산들이 보였다. 성 안팎에 술과 음식을 파는 난장이 섰고 사람들이 몰려들었다. 오늘밤에 벌어지는 연등행사는 모처럼 통행금지가 풀리는 축제이기도 했다.

나는 황실의 원당願堂인 봉은사 경내로 들어갔다. 봉은사는 연등행사 준비로 부산했다. 이른 저녁공양을 하고 나자 연등에 불이 켜지기 시작했다. 수만 송이의 연꽃이 지상에 피어났다. 가난한 이의 손에도 병든 이의 손에도 저마다 한 떨기의 연꽃이 피어났다. 이윽고 강화도가 하나의 거대한 연꽃으로 피어났다. 어스름 바다 위에 피어난 거대하고 화려한 연꽃이었다.

풍악이 울렸다. 황제의 행차가 성을 관통하고 서문 밖으로 나오고 있었다. 자황포를 입은 황제는 금과 은, 상아로 장식한 초요연軺轎輦을 탔다. 왕식 태자와 집정 최이, 후작과 백작, 재상들의 가마와 말이 뒤를 따랐다. 행차 앞뒤로 의식용 병기를 든 위의사威儀師들이 도열했다. 행렬 사이사이로 시신들과 내시들이 수행했고 맨 뒤에는 백 명으로 구성된 교방악관과 갖가지 재주를 부리는 잡기들이 따랐다. 행차에 수행하는 인원이 삼천 명이나 되었다. 연도에 몰려든 사람들이 연꽃 물결을 이뤘다. 봉은사 경내에는 채붕綵棚이라는 계단식 관람석이 가설되어 문무백관이 착석해 있었다.

봉은사 연등행사의 절정은 황제가 태조 왕건의 진영眞影을 배알하는 일이었다. 석가탄신을 봉축하는 각 사찰의 연등행사와 다른 점이었다. 왕권이 약해지면 국가의 존립이 위협받는다. 국조國祖인 태조 왕건의 진영을 부처님과 동격으로 숭배하는 조진祖眞 배알의식은 잠시나마 무인정권 세력들을 견제하는 뜻을 담고 있었다.

의식이 끝나고 황제의 행차가 봉은사를 나섰다. 황제가 탄 초요연의 뚜껑이 열렸다. 구중궁궐의 황제가 백성들과 가까이서 대면하는 순간이었다.

　"황제 폐하 만세! 만세! 만세!"

　연등을 들고 구름처럼 몰려나온 사람들이 만세를 연호했다. 춤과 노래판이 벌어졌다. 나는 태자 저하의 가마 곁에 바짝 붙어서 수행했다. 수기 스승은 황제 폐하의 초요연 바로 뒤에서 말을 타고 따랐다. 집정 최이와 추밀원 지주사 최항의 가마가 황제의 바로 뒤를 이었다. 그들은 감히 태자의 앞자리를 차지하고 있었다. 그런데도 아무도 제지하는 사람이 없었다. 만일 나의 백부 유승단 상국이 살아 계셨다면 도리를 따지며 카랑카랑하게 한마디쯤 하셨을 테지만 유감스럽게도 지금은 그런 기개 어린 문인의 씨가 말라 있었다. 창과 칼을 들고 갑옷까지 갖춰 입은 호위무사들이 최씨 부자를 둘러쌌다. 그들이 탄 가마는 황제 폐하의 초요연만큼이나 화려한 장식물을 달고 있었다. 참람하기 이를 데 없었다.

　행렬이 시전 거리를 지나고 있었다. 연등이 다닥다닥 달린 높은 등대를 세워두고 술판을 벌이며 흥겹게 춤추는 광경이 보였다. 사람들이 그곳으로 몰렸다. 그때였다. 높이 세워둔 등대가 휘청거리는가 싶더니 한쪽으로 쏠렸다. 연등을 들고 행렬을 따르던 비구니 하나가 등대에 부딪혔다. 비구니는 몸을 피하면서 그 등대를 부여잡았다. 그러다 그만 최이 부자의 가마 사이에 등대를 메다꽂고 말았다. 지등들이 흩어지면서 가마에 불이 붙었다.

"불이야!"

최이와 최항의 가마에 둘러친 화려한 비단장식이 타기 시작했다. 불은 순식간에 번져 옷에도 옮겨붙었다. 미처 피할 겨를도 없었다.

"물을 대령하라! 어서 물을!"

호위무사가 외쳤다. 때마침 가게 앞에 커다란 나무 물동이 두개가 놓여 있었다. 장정들이 나타나 가마에 물을 퍼부었다. 다행히 바로 불길이 잡혔다.

"이런 잡것들을 봤나!"

둔한 몸으로 높은 수레에서 내려오려다가 물을 뒤집어쓴 최항이 성난 호랑이처럼 으르렁거렸다. 두툼한 목울대에 힘줄이 꿈틀거렸다. 병이 깊어 기력이 쇠한 집정 최이는 넋이 반쯤 나간 상태였다. 물속에 빠진 사람처럼 곰발바닥 같은 손을 휘적거렸다.

"저 잡것들을 모두 포박하라! 저 중년도!"

최항은 수건으로 얼굴을 닦으며 악을 썼다. 호위무사들이 삽시에 열댓 명을 포박해서 최항 앞에 무릎을 꿇렸다. 최항은 우악스러운 손으로 머리를 툭툭 치거나 젖혀가며 하나하나 얼굴을 훑었다.

"등대는 우리가 쓰러뜨린 게 아니오. 지나가다 몰려든 사람들이 한 짓이오. 우리는 물동이로 불을 껐을 뿐이외다."

쌍둥이로 보이는 두 장정 가운데 하나가 호소했다. 최항이 호위무사에게 눈길을 주었다.

"맞습니다, 지주사 나리."

"이 둘은 풀어줘라. 저 중년의 짓이다. 내가 분명히 보았거든."

눈을 부릅뜬 최항이 고개 숙인 비구니 앞으로 다가섰다. 그는 비구니의 갸름한 턱을 억세게 움켜쥐었다. 이마가 닿을 만큼 가까이 붙어서 비구니의 얼굴을 노려보던 최항의 눈이 휘둥그레졌다. 수려한 백련 한 송이가 눈앞에 피어 있었다. 옥 같은 피부, 파르라니 깎은 머리에서 신비로운 광채가 뿜어져나왔다. 눈이 부실 지경이었다.

"모, 모두 방면하라! 이, 이만하기 다행이야."

최항은 말을 더듬었다. 비구니를 곁눈질로 보던 그가 아버지 최이의 가마로 다가가서 어디 다친 데는 없느냐고 물었다. 최이는 고개를 흔들어 보이더니 손을 앞으로 까불렀다. 최항은 호위 무사에게 비구니를 깍듯이 모셔오라고 이른 뒤 가마에 올라 총총히 멀어져갔다.

이튿날, 선원사로 집정 최이가 위급하다는 전갈이 왔다. 수기 스승은 진명국사와 함께 인보를 데리고 진양부로 달려갔다. 수기 스승은 최이가 주관하는 대장경 판각사업 책임자였고 진명국사는 최이의 원찰인 선원사 주지였다. 둘 다 최이의 최측근 승려였다.

"괴이하다. 최이 집정의 피부에 기포가 일고 염증이 심하게 번졌더구나. 그러기는 최항 지주사도 마찬가지였다. 심지어 가마꾼들도 증상이 같았거든. 설사와 구토가 나고 식은땀까지 흘리는 걸 보면 학질에 걸린 모양인데 의원은 학질이 아니라는 게야. 피부 염증이 너무 이상하다는 거지."

저녁 무렵에 돌아온 수기 스승이 대장도감 사무소에서 일하고 있던 우리에게 일렀다.

"괴질이로군. 드디어 업보를 받는 것인가?"

천기 스님의 말에 방 안의 스님들이 웅성거렸다. 대중들은 방 한가운데 놓인 기다란 탁자에 둘러앉았다. 나도 그쪽으로 비집고 들어가서 의자에 앉았다.

업보, 업으로 말미암은 과보다. 인간이 자신도 모르는 사이에 짓는 모든 행위는 업이 된다. 산다는 건 업을 짓는 일이기도 하다. 이번 생애뿐만 아니라 전생에 지은 업도 늘 잠복해 있다가 우리네 인생을 들볶는다. 벌을 주기도 하고 복을 주기도 하면서. 이처럼 업에 따른 과보를 언젠가는 반드시 받는다는 게 불교의 가르침이다. 우주의 이법, 절대도덕률인 셈인데 그렇다면 인간 세상에서 굳이 정의를 실현하려고 노력할 필요가 없어져버리는 게 아닌가. 오늘의 희생자는 과거의 악업에 따른 업보를 받은 것이 되므로 동정은커녕 비난받아 마땅하다. 가해자의 경우도 비난의 대상이 될 수 없다. 피해자가 과거에 지은 죗값을 치르도록 집행하는 자인 셈이므로. 몽골군에게 침탈을 당하고 있는 오늘날의 고려도 업보 논리라면 당연한 것이 되고 만다. 무슨 이런 궤변이다 있는가. 불교가 성립될 당시 원시종교 힌두교에서 딸려온 참 어수룩한 논리다.

"지밀! 내가 꼭 김승이라는 자를 만나보고 싶었는데 아무래도 못 내려갈 것 같구나. 최이 집정도 위급하고 새로운 판당 건립 문제도 그렇고 내가 자리를 뜰 수 없겠다. 지밀 승정이 인보를 데리고 가거라."

수기 스승 없이 내가 어떻게 김승같이 무섭고 교활한 자를 상대한단 말인가. 앞이 캄캄해졌다.

"왜 대답이 없는 게냐?"

"……"

"왜냐?"

내가 머뭇거리자 수기 스승이 재촉했다. 대장도감 사무소 스님들의 시선이 내게로 쏠렸다. 처음부터 수기 스승과 동행하는 것만 생각했지 내가 현장조사를 주도하게 되리라고는 몽상조차 하지 않았었다. 그것은 내가 감당하기에는 너무 벅찬 일이었다. 무엇보다도 김승이라는 그 불순한 자에 대해서 아는 게 거의 없었다. 기껏해야 해인사 출신의 뛰어난 각수장이 승려라는 것, 서방에서 온 종교인 경교와 관련된 인물이리라는 것 정도가 전부였다. 정보 없는 어두운 힘은 두려움과 통한다. 무지야말로 가장 큰 공포다. 그 두려움은 내 호기심을 훨씬 능가했다.

"아, 알겠습니다."

나도 모르게 목소리가 떨렸다. 정말 꺼림칙했다. 얼마 전 송악산 안화사에서 죽음의 문턱을 넘었던 일이 떠올랐다. 그자 때문에 경교 문헌을 찾으러 갔다가 당한 끔찍한 피습이었다.

"경교 문헌은 흔량매현 각수장이 마을에서 보다 자세히 볼 수 있을 것 같구나. 김승이라는 자가 왜 이런 돌발적인 행위를 했는지도 곧 밝혀지겠지. 《화엄경》 변상도를 십자가로 더럽힌 건 엄중히 책임을 물어야 할 것이야. 필요하다면 완산주 계수관의 도움을 청해라."

수기 스승이 내 호기심과 의협심을 자극했다. 나는 탁자 앞에 빙 둘러앉아 있던 도반들 가운데 천기 승록의 안색을 살폈다. 천기 스님은 대장도감 안에서 수기 스승 다음으로 불경에 정통한 실력자였다. 스승이 그런 천기 스님 대신 나를 감찰로 임명한 건 그보다 십여 년이나 젊은 내 나이를 고려해서였을 게다. 남다른 내 호기심도 감안했을 터.

"지밀 승정! 이참에 경교, 그 수상쩍은 외래 종교에 대해서 회통을 쳐보거라."

정수리가 툭 나불거진 천기 승록이 내게 일렀다. 천기는 정통파 승려로 자부심이 대단한 사문이었다. 도반들 가운데 경교 판화를 펼쳐보는 이들이 보였다. 십자가에 못 박힌 사내의 그림이 펼쳐졌다. 십자가, 저 십자가가 경교의 상징이다.

경교를 문자로 풀자면, 밝은 빛의 종교가 된다. 그런 사특한 것이 빛의 종교라니 가당치도 않다. 내 선입견은 매우 부정적이다. 지금으로선 어둡고 칙칙한 사교邪敎 집단으로만 보인다. 이 참혹한 전란중에 총력을 기울여 해오고 있는 고려국 국책사업이 대장경 다시 새기기다. 이 마당에 웬 엉뚱한 마리아와 이수 그림을 끼워넣어서 사람 입장을 이처럼 난처하게 만드는 것인가.

"김승이라는 자가 어쩌면 남해 분사도감 경판도 맡아서 새겼을지 몰라. 거기에도 장난을 쳤는지 꼼꼼히 확인해야 할 것이야."

수기 스승이 일렀다.

"예? 올라온 인경본印經本에서 확인하셨잖습니까?"

"얼마든지 다른 장난을 칠 수 있는 자야. 중요한 일이다. 언제 떠나겠는고?"

"남해도 가야 합니까?"

"물론이지."

"어깨뼈만 아물면 떠나겠습니다."

나는 수기 스승 앞에서 불록 솟은 오른쪽 어깨를 왼손으로 짚어 보였다. 아직 덧대놓은 부목을 떼지 않은 상태라서 그렇게 먼 길을 떠나는 건 무리였다. 솔직히 시간을 벌어주는 어깨가 고마웠다. 그만큼 이번 파송이 막막하고 어마지두해서 내키지가 않았다. 처음에는 스승과 함께 가는 줄로 알았다. 태산처럼 넉넉하고 북극성처럼 영명한 사표師表가 수기 스승이다. 그런 스승과 함께 하는 모험이라면 세상 끝까지 가더라도 두려울 게 없었다. 하지만 스승 대신 미련스럽고 불퉁거리는 저 망할 놈의 인보와 함께 가라니. 차라리 혼자 가는 게 더 나았다. 나는 인보 놈의 맞붙은 눈썹과 곁눈질 잘하는 눈빛을 떠올리며 도리질을 쳤다.

"남해 분사도감 먼저 들러보고 혼량매현 김승의 공방에 가거라. 이제부터 너는 고려 황제와 대장도감의 명을 받은 감찰관이다. 황제께서 우리 대장도감에 내려주신 은제 인장을 지니고 가라."

"예."

"천기 승록!"

수기 스승이 호명하자, 대장도감 제2인자인 천기 승록이 두루마리 뭉치를 내 앞에 펼쳤다. 멀리 남해 분사도감에서 판각한 경판들을 인쇄해 올려보낸 것들이었다. 남해 분사도감에서는 경판 대신 그 증거로 인경본만 보내는 경우가 많았다.

"보다시피 조잡하기 짝이 없는 인경본들이야. 다시 새기게끔 조치하도록."

"알겠습니다."

"남해는 진양 수령을 지냈던 정안 처사가 총책임자다. 만나보면 해결책이 찾아질 게야. 나는 지밀 승정보다 먼저 길을 나서서 공산 부인사와 가야산 해인사 일대를 둘러볼 참이야. 이곳 판당에 모셔진 경판들이 뒤틀리고 있는데 해인사 판당은 무탈한지 모르겠어."

바닷길로 여행하게 될 나와 달리, 천기 스님은 험준한 내륙 여행을 해야 한다. 천기 스님의 여로는 지난 2차 몽골 침입 때, 공산 부인사 장경판전에 불을 싸지른 적들이 밟았던 길이기도 했다.

"공산 부인사에 가신다고요?"

"판당이 있었던 자리 지세를 조사해보려는 거네. 강도에 새 판당을 세울 때 활용할 참이야. 아마 승천포 가는 길목인 서문 밖 고려산 기슭이 후보지가 될 것이야."

앞서 수기 스승의 지시가 있었던 듯했다.

"정안 처사에게는 내가 서찰을 써줄 것인즉. 예전에 너도 두어 번 봐서 알겠다만 워낙 신심이 깊고 공부가 높은 분이라서 뒷배를 잘 봐줄 게다."

수기 스승은 그렇게 나를 안심시킨 뒤 자리에서 일어나 처소로 돌아갔다. 나는 천기 승록을 모시고 몇몇 도반과 뒤숭숭한 정국에 대해서 난상토론을 했다. 몽골군이 강화도를 건너지 않는 이유, 최이 집정 사후의 권력구도, 경교에 대해서 아는 것들을 낱낱이 펼쳐놓으며 토론했다.

"수기 도승통께서 지밀 승정을 끔찍이 아끼는 이유를 알겠어. 명문가 출신이라 인맥도 좋고 상황을 인식하고 분석하는 눈도 남달라."

"맞아. 우리와는 격이 달라."

누군가 면전에서 입에 발린 찬사를 늘어놓자, 모두가 장단을 맞추고 행가래 치는 분위기였다. 나는 그 찬사가 그다지 반갑지 않았다. 나를 험난한 사지로 내몰기 위한 책략의 일환으로 여겨졌기 때문이다. 물론 자의식일 수 있었다. 수기 스승이 설마 그런 의도로 나를 파송하겠는가. 어쨌거나 이미 결정된 일이었다. 대장도감에서 누군가는 해야만 하는 일이었고 피할 수 없으면 즐겨야 옳았다.

"나는 이제 고려국 대장도감 감찰의 신분이오! 천하에 둘도 없는 진선진미한 대장경 경판이 되도록 반드시 바로잡고 올 겁니다."

나는 우렁차게 천명했고 좌중에서 박수가 울려나왔다. 순간 두려움이 싹 가셔버렸다. 역시 세상사는 마음먹기에 달렸다.

방으로 돌아온 나는 여느 때와 다름없이 《대장목록》 교정작업에 매달렸다. 어려운 감찰 여행을 기정사실로 받아들이니 평정심이 생겼다. 감찰 파송이 뭐 별거인가. 그간 책상머리에 앉아서 경전으로 세상을 읽어왔으니까 이제부터는 두 발로 서서 세상을 읽어낼 일이었다. 감찰 파송이야말로 실증 독서가 아니겠는가.

천기 승록이 먼저 떠나고 열흘가량 뒤, 더리미 선착장에서 전갈이 왔다. 남해를 거쳐 왜국으로 가는 상선 한 척이 곧 뜨리라는 정보였다. 선원사 대장도감은 나와 인보, 그리고 말 두 필의 자리를 확보하고 뱃삯을 치렀다. 어깨를 싸맨 헝겊을 풀어 부목을 떼어냈다. 어깨 부위 상처는 겉으로 보기에 말끔해졌다. 뼈가 붙은 것 같았지만 혹시 모르니 조심하기로 했다.

남해로 떠나기 전날, 나는 궁궐로 왕식 태자를 다시 찾아갔다. 태자 저하는 자신이 걸고 있던 은제 금강저 목걸이를 내 목에 걸어주며 무사귀환을 빌어주었다.

"태자 저하, 꼭 바다를 건너셔요."

내 입에서 강녕하시라는 말 대신 왜 그 말이 튀어나왔는지 모르겠다. 최씨 무인정권에 의해 강도에 볼모로 잡힌 거나 다름없는 고려 황제와 태자다. 태자가 몽골 다루가치의 주둔지인 개경 쪽 바다를 몰래 건넌다는 건 위험천만한 일이었다. 최이 집정이 알게 되면 다시는 그런 일을 도모하지 못하도록 뿌리를 뽑으려 들 것이었다. 하지만 책임 있는 지도자라면 백성과 나라를 먼저 생각해야 옳다. 본토에서 고통 받고 살아가는 이들을 생각한다면 이대로 세월만 보낼 수는 없는 일이었다.

"꼭 건널 거요."

"거미줄 같은 감시망을 쳐놓고 궐내 사정을 훤히 들여다보고 있는 저들을 잘 따돌려야겠지요."

"후훗."

태자는 엷은 미소를 지었다.

궁궐에서 나와 텅 빈 격구장을 지났다. 얼마 전까지만 해도 휘황찬란한 깃발이 나부끼고 금술로 장식한 말들이 뛰던 격구장이었다. 이곳에서 무인들이 내지르던 환호성은 궐내까지 넘실댔었다. 나는 집정 최이, 최항, 최의 삼대의 놀이터에 흐르는 정적에서 이지러져가는 달빛 냄새 같은 걸 맡았다.

집정 최이는 여전히 사경을 헤매고 있으나, 최항은 괴물처럼 털고 일어나 집정 대리 직무에 여념이 없었다. 뒤늦게 글을 익히고 높은 지위에 맞는 격식을 갖춰나가고 있었지만 최항의 주변은 무뢰배들로 넘쳐났다. 게다가 그는 거칠 것 없는 계집질로 사람들의 빈축을 샀다. 특히 초파일 연등회 때 사고를 쳤던 비구니를 측실로 들인 일은 천하의 웃음거리였다.

"그 자색으로 차가운 구리부처를 모신다는 게 말이 되는고. 나같이 따뜻한 피가 흐르는 생불을 모셔야지. 아무렴. 사람이 부처야. 살아 있는 부처. 자고로 여인네는 밑이 빠져서 득도할 수가 없느니. 비구가 지켜야 할 계율이 277개인 데 비해 비구니 계율은 무려 34개가 많은 311개나 되는 이치가 다 근거 있는 거라. 오늘부터 당장 그 퀴퀴한 먹물옷 벗어던지소. 때깔 고운 비단옷을 휘감고 머리를 기르시게."

측근 호위무사가 별당으로 데리고 들어온 백련 같은 비구니를 최항은 그날 밤 무참히 꺾어버렸다. 부친이 사경을 헤매고 자신도 피부에 염증이 번졌거늘 아랑곳하지 않았다. 활활 타오르기 시작한 육욕의 불길은 삼강오륜도 부처님 법도 가리지 않았다.

짐승 같은 잠자리 끝에서 한동안 눈물을 뿌리던 비구니가 야무진 입을 열었다.

"지주사 나리, 한 가지 약조를 해주셔야겠습니다."

"허허허. 먹물옷 다시 입겠다는 거 빼곤 다 들어주리라. 어서 말해보소."

최항은 파르라니 깎은 비구니의 머리를 자신의 털북숭이 가슴에 올려놓고 매매 쓰다듬었다. 손끝에 닿는 까슬까슬한 촉감이 짜릿짜릿했다. 피부에 생긴 염증이 주는 간지럼도 깨끗이 잊을 만한 촉감이었다.

"나리께서 부처님 버리게 하고 취하신 여인이올시다. 무슨 일이 있어도 소첩을 버리지 마소서."

당시 최항은 첫 아내 최온의 딸을 버리고 조계전의 딸을 취한 상태였다. 그녀도 언제 버려질지 알 수 없었다.

"그건 도리어 내가 부탁할 일이로세."

"절대 버리지 마소서."

"자네야말로 나 버리고 구리부처에게 도로 가면 안 되네. 허허 허허."

횡재를 했다고 여긴 최항은 비구니에게 백련이라는 이름을 지어주었다. 무식한 최항의 한계가 드러나는 이름이었다. 비구니는 너무 흔한 이름이라며 차라리 법명을 불러달라고 주문했다. 심경이었다.

"마음거울? 그 이름도 나쁘진 않구나."

최항은 분홍빛이 감도는 심경의 볼을 쓰다듬고 어루만지며 어쩔 줄을 몰랐다. 이 절색의 얼굴은 희다 못해 푸른 기운이 감돌았다.

6

드디어 남녘땅으로 떠나는 날이 밝았다. 물때에 맞춰 말을 타고 선착장에 나갔다. 숭어잡이배와 상선 들이 부쩍 늘어난 선착장은 활기가 넘쳤다. 몽골의 세 번째 황제 귀위크칸이 죽은 뒤로 몽골군은 썰물처럼 빠져나갔고 전쟁은 소강상태로 접어들어 모처럼 평화가 찾아왔다. 그렇다고 계엄령이 풀린 건 아니었다.

인보와 나는 거대한 상선에 올랐다. 어림잡아 한 달가량 걸릴 여정의 시작이었다. 닻줄을 감자 거대한 범선이 움직이기 시작했다. 어른 보폭으로 예순 걸음이나 되는 커다란 배였다. 갑판 위에서 말을 달려도 될 정도였다. 갑판 아래 두 길 높이의 선실에는 칸칸마다 인삼과 지필묵, 불경, 유교경전 같은 교역 물품들이 차곡차곡 쟁여져 있었다. 물품 종류와 수량, 받는 이의 이름을 쓴 길고 납작한 목간木簡을 꽂아놓았다. 선원들이 먹을 식량과 물동 이들도 가득했다. 마구간도 넉넉해서 수십 필의 말을 매어둘 수 가 있었다.

이 상선의 강수綱首(우두머리)는 나이 든 왜인이었다. 앞머리를 밀고 상투를 높이 튼 머리 모양이 눈에 두드러졌다. 왜인들 고유 의 이 상투를 사카야키月代라고 했다. 상선의 우두머리가 왜인이 라고 해도 십수 명으로 구성된 상인들의 국적은 다양했다. 고려 인과 유구국琉球國(오키나와), 중국, 섬라곡국暹羅斛國(태국) 사람들이 뒤섞여 있는 경우도 있었다.

"멈추시오! 잠깐 멈추시오!"

선착장으로 파발마를 탄 군교 한 기가 짓쳐왔다. 등 뒤로 자황 색 깃발 표식이 나부꼈다. 궁궐에서 나온 파발마였다. 계엄 치하 의 선착장에 깔려 있던 군교와 기찰이 배를 세웠다. 배는 뒤로 노 를 저어 다시 접안했다.

"무슨 일이오이까?"

고물 위에서 강수 노인이 바투 다가온 관리에게 물었다.

"집정 합하께서 정안 처사께 보내는 예물 상자요. 대장도감 인 보 스님 어딨소?"

인보에게 붉은 비단보자기로 싼 상자가 건네졌다. 간찰로 보이 는 종이 뭉치와 함께였다. 다시 움직이기 시작한 상선은 썰물을 타고 제법 빠르게 염하를 내려가기 시작했다. 우리는 뱃머리 난간을 붙잡고 서서 해협 양안의 풍광을 조망했다. 초여름 오후의 따가운 볕을 삿갓으로 가린 채였다.

"아까 그자는 액정국 정9품 전전승지가 아니더냐. 김……"

나는 낯이 익은 그의 이름이 잘 생각나지 않았다. 전전승지는 황제 폐하를 가까이서 모시며 명을 전달하는 비서였다.

"맞수. 김준이라는 자요."

인보가 귀찮다는 투로 이죽거린다. 맞붙은 눈썹이 뒤틀린다.

"천한 노비의 아들로 태어나 지엄하신 황제의 명을 전달하는 일을 맡았으니 사람은 역시 큰 사람을 잘 만나야 하는가보다. 줄을 잘 서야 한단 말이지."

나는 최충헌의 노비 김윤성의 아들 김준이라는 자가 발바리처럼 빨빨거리다가 최이의 눈에 띄어 벼락출세한 걸 꼬집었다. 그런 예는 이 무인정권 치하에서 셀 수 없이 많았다. 관직에 오르는 기준이 공부의 깊이와 인격에 있지 않았다. 오직 자신들에 대한 충성도만 높으면 그만이었다. 황제를 보필하는 내시도, 역사를 기록하는 사관과 나라의 앞날을 점치는 서운관원도 최씨 무리가 뽑았다.

"지밀 승정도 은근히 사람 차별하는 거 아시죠?"

인보의 딴죽은 나를 돌아보게 했다. 그렇다고 직수굿이 인정하고 있을 수만도 없었다.

"차별이 아니라 너무 어처구니없는 관직 나눠먹기를 지적하는 거다."

"전생에 닦은 게 있어서 벼락출세한 건가보죠 뭐."

"그렇게 치면 무인정권 세력의 전횡도, 몽골 오랑캐의 고려 침공과 약탈도 그네들이 전생에 닦은 복이 있어서 누리는 정당한 행위가 되겠구나."

나는 평소 못마땅하게 여기던 불교 업보 논리의 부당성을 지적했다. 인보는 더 대꾸하지 못했다. 어디 인보뿐이겠는가. 누구라도 대꾸하기가 곤란할 게다. 결과론으로 인연법을 해석하고 전생록을 들먹이면 세상 모든 현상을 숙명으로 인정하는 오류에 빠지기 때문이다. 불교의 세계관이 지닌 한계다. 세상에는 인과론으로 해석할 수 없는 부조리가 얼마든지 많다. 가령 여름날 느닷없이 벼락에 맞아서 죽는 경우는 인연법이나 업보와는 전혀 무관하다. 착한 이나 악한 이나 천둥 치는 벌판에 서 있다가는 벼락 맞기 십상이다. 선악의 문제가 아니라 서 있는 장소의 문제다. 이런 때는 공자나 석가보다 노자가 옳다. 천지불인天地不仁, 천도는 어질지 않다고 간파한 노자가 속 시원하다.

때마침 배는 물살이 빠르고 암초가 많은 용머리돈대 지점을 통과하고 있었다. 염하에서 가장 험한 뱃길이었다. 해마다 여러 차례 배가 난파되는 곳이었다. 선장이기도 한 강수가 뱃머리에서 진두지휘했다. 돛의 방향을 서쪽으로 틀게 했다가 원래대로 되돌려 좁은 여울목을 능숙하게 빠져나갔다. 경험 많고 노련한 선장 다웠다.

"전생록은 그렇더라도 무인정권 세력을 매도만 하는 건 옳지 못해요."

인보가 정면으로 대거리하고 나왔다. 나는 눈에서 불이 일어났다.

"너 이놈, 지금 무슨 망발을 하고 있는 게냐?"

"무인 세력을 불러들인 원인을 따져봐야 한다는 거요. 문신들이 군비를 줄이고 무인들을 나지리 보며 차별했기 때문 아니겠습니까? 일개 문신이 상장군의 수염을 촛불로 태우고 대장군의 뺨을 때렸으니까요. 문신들은 국방을 등한시하고 퇴폐적인 음악과 시회, 연회만 즐겼죠. 거기에 불교의 팔관회, 연등회까지 겹쳐 세상이 놀자판이 돼버렸으니 무신들이 왜 안 들고일어나겠어요?"

이번에는 인보가 정곡을 찔렀다. 그렇다고 입 다물고 있을 수는 없었다.

"그럼 지금 무인정권 치하에서 당하고 있는 외침은 뭐냐? 몽골 놈들을 왜 못 막았느냐고?"

나는 적들과 싸우지 않고 강화도로 숨어든 무인들의 작태를 꼬집었다.

"국력이 쇠진해져서 이미 이빨 빠진 호랑이가 돼버렸으니까요. 하지만 무능한 황제와 문인들을 겁줄 만한 발톱은 남아 있는 거죠. 조금 더 강한 것이 약한 것을 지배하겠다는데 어쩌겠어요?"

인보는 짐보따리와 간찰 뭉치를 들고 선실로 내려가버렸다. 머릿속이 먹먹했다. 미련한 인보에게 이런 면이 있었다니. 수기 스승이 생각났다. 내가 최씨 무인정권을 못마땅하게 여길 때마다 스승은 침묵했다. 속 시원히 내 편을 들어주지 않는 스승이 나는 야속했다. 지난봄, 격구장을 벗어나자마자 토악질을 하는 내게 스승은 말했다. 가증스러운 건 최씨 무인 세력이 아니라 우리인지도 모른다고. 저들이 세운 절집과 대장도감에서 배불리 먹고 두 다리 쭉 펴고서 지내온 우리인지도 모른다고. 역사는 권력을 잡고 누리는 자들이 자기 취향대로 써가는 것임을 몰라서 그러느냐고. 최이 집정도 따지고 보면 불행한 중생이라고 했다. 지켜야 할 도덕을 못 지킨 탓이다. 같은 논리로 몽골 오랑캐를 보면 될 것 같았다. 아무 죄 없는 이웃 나라를 무력으로 침탈하는 건 문명이 아니라 야만이다. 문제는 야만의 대가가 권력의 획득과 풍요라는 것이다. 그걸 어떻게 이해해야 하는가. 나는 머리가 아팠다.

　내가 탄 배는 드디어 염하를 빠져나가 질펀한 바다로 나갔다. 나는 고물로 자리를 옮겼다. 배는 하나의 작은 섬이었다. 더 큰 섬 강화도가 점점 멀어져간다. 강화도, 아니 강화라는 도읍지 강도는 봉황의 알이다. 오른편 육지는 철퍼덕 주저앉아 넋을 놓고 있는 봉황의 형국이다. 알은 따뜻하게, 그리고 유정하게 품어줘야 부화가 된다. 그런데 지금은 차갑고 무정하게만 보인다. 이 마당에 알을 품지 않는 봉황을 누가 탓할 것인가. 오랫동안 가혹한 조세와 부역, 수탈이 계속되었다. 버림받은 국토에서 하루하루 버티고 살아가는 생민들은 분노했고 민란이 들끓었다. 전쟁은 적들이 시작했지만 그 전쟁을 연장하고 바닥까지 참상을 보여준 건 봉황의 알 속에 든 노른자, 강도의 무인 세력이었다.

> 흉년 들어 거의 죽게 된 백성
> 앙상하게 뼈와 가죽만 남았는데
> 몸에 남은 살이 얼마나 된다고
> 남김없이 죄다 긁어내려 하는가
> 그대 아는가, 물을 마시는 큰 쥐도
> 제 배 하나만 채우고 말 뿐인데
> 묻노니 너는 얼마나 입이 많아서
> 백성들의 살을 겁탈해 먹는가

"멀리까지 가시는데 뱃멀미는 안 하십니까? 전 가네야마金山라고 합니다."

대문장가 이규보 상국의 절창을 속으로 외우는데 강수가 와서 말을 건다. 가네야마, 황금의 산, 장사꾼다운 이름이었다. 이녁은 내 신분을 익히 알고 있었다. 이 상선에 타고 있는 수십 명의 인적사항을 그는 고스란히 파악해두었던 것이다. 이 배에서 그의 지위는 제왕과도 같았다.

"승정 지밀이오. 바람 잔잔해서 괜찮군요."

아직은 태풍이 불어닥치는 계절이 아니었다. 배는 연안을 따라 유유히 내려가고 있었다.

"야간 항해가 이어질 겁니다."

"그믐께라서 달빛도 없는데요?"

"별을 보고 가는 겁니다."

별. 밤하늘 검푸른 궁륭에 돋아난 성좌가 길라잡이라니. 지도와 나침반이 아니라 별을 보고 가는 밤의 항해는 나를 설레게 했다.

"항해사들은 도인과도 같군요."

"저 같은 뱃놈더러 도인이라뇨. 도는 진리를 담은 책 속에 있는 걸요. 문명국 고려에는 값진 문헌들이 많지요. 우리 대마도 사람들은 고려가 펴낸 불교경전을 소장하는 게 소원이랍니다. 경전 한 권 한 권을 보물지도처럼 제본한 고려대장경은 단연코 세상의 으뜸이지요. 게다가 고려자기와 금은세공품까지 지닐 수 있다면 여한 없는 삶이고요."

진리가 책 속에만 있는 건 아니다. 하지만 문명국 고려에 정선된 문헌이 많다는 건 옳다. 특히 고려인이 만든 두루마리 경전들은 미려하다. 경전에 담긴 말씀들도 훌륭하다. 하지만 눈앞에 펼쳐지는 참혹한 현실을 타개하지 못하고 극락세계를 읊조리는 그 말씀들은 왠지 공허하다. 차라리 저 유원한 밤하늘에 뜨는 별이 더 선명하고 가까워 보인다.

"최이 집정이 운하를 뚫으려 했던 곳이로군요."

내가 김포 굴포 운하 공사를 하다 만 지점을 가리켰다.

"최이 집정께서는 탁견을 가진 지도자입니다. 남경(서울)까지 안전한 뱃길도 열고 시간도 단축하고 일석이조죠. 중단한 건 유감입니다."

최이를 높게 생각하는 사람이 여기 또 한 사람 있었다. 최이는 전란중에 엉뚱하게 운하를 판다고 인주(인천)와 김포, 남경 사람들을 혹사시켜서 크게 원성을 산 바 있었다. 백성의 피와 땀은 오로지 자신의 고집을 실현하는 수단일 뿐이었다. 다행히 도중에 암반지대가 나타나자 포기하고 슬그머니 덮어버렸다.

가네야마 강수는 그간 목숨을 걸고 드나들었던 험난한 뱃길을 낭만적으로 묘사했다. 그의 조국 대마도, 일본, 유구국, 섬라곡국, 점성占城(베트남), 마팔국 이야기는 모험과 환상의 세계였다. 그먼 나라들은 고사하고 탐라도 가보지 못한 나는 방안퉁소였다. 남해도 초행길이었다.

강수의 이야기를 듣다보니 어느새 석양 노을이 물들고 있었다. 갑판에서는 저녁을 짓느라 부산을 떨었다. 나무틀에 철제 삼발이 솥과 토제 시루가 걸렸다. 나무 바닥에는 돌판이 깔렸다. 불을 지필 때 갑판이 타는 걸 방지하기 위함이었다.

나는 갑판에서 내려와 퀴퀴하고 비릿한 냄새가 진동하는 선실로 들어섰다. 인보는 원두막만 한 방구석에서 세필로 무언가를 끼적이고 있었다. 절첩본 잡기장이 깨알 같은 글씨들로 빼곡했다. 최이 집정이 인보같이 한참 아랫것한테 편지를 낸 건 의외였다. 얼마 전 가까스로 죽을 고비를 넘긴 처지가 아니던가.

내가 고래 배 속 같은 선실에서 눈을 뜬 건 새벽녘이었다. 통탕거리는 소리와 고함치는 소리가 요란했다. 배가 심하게 요동쳤다.

"동쪽으로 돛을 틀어라! 좌현 노를 저어라! 우로! 우로!"

가네야마 강수가 외치는 소리였다. 코를 드르렁드르렁 고는 인보는 세상모르고 곯아떨어져 있었다. 나는 갑판으로 뛰어올라갔다. 강한 샛바람이 얼굴을 때렸다. 별빛이 총총한 어스름 너머로 어렴풋이 먼동이 트고 있었다. 배의 이물 바로 앞으로 거대한 괴물이 달려들었다. 우뚝 일어선 바위섬이었다. 배는 바위섬과 충돌할 뻔했다가 아슬아슬하게 빗겨나 오른쪽으로 빠져나갔다. 급히 방향을 틀자 갑판까지 파도가 치고 올라왔다.

"항해사 너 이놈 졸았구나!"

가네야마 강수가 돛의 활대를 잡고 용을 쓰던 선원을 다그쳤다. 두 뺨에 거머리처럼 꿈틀대는 흉터가 보였다.

"잠깐 한눈 판 사이에 그만……"

"밤에는 내내 순항하다가 꼭 새벽녘에 사고가 터지는 법이다. 그만 내려가 눈을 붙여라."

가네야마 강수가 이마의 땀을 훔쳤다. 축시(밤 한시에서 세시) 무렵 교대하여 배를 몬 항해사는 푸석푸석한 얼굴로 허둥댔다.

"밤에 연안을 따라 항해하다보면 이런 일이 잦겠군요."

나는 고물 뒤편으로 밀려가는 기다란 곶과 그 앞으로 돌출한 바위섬을 바라보며 가네야마에게 말했다.

"휴! 십년감수했소이다. 태안 고을 관장항 부근이오. 이곳을 지날 때마다 늘 신경을 곤두세워야 해요. 암초도 많거든요. 아마 저 바다 밑에는 난파선이 숱할 거요. 수장된 선원도 부지기수일 거고."

"그렇다면 왜 이런 곳에 등불을 켜두지 않는 거죠?"

"등불이라뇨?"

가네야마가 내게 물었다.

"늘 다니는 상선들이 힘을 모아서 저런 바위곶 위에 오두막을 세우고 밤새 불을 켜두게 하면 되겠지요."

"오오! 지밀 승정님의 발상이 놀랍군요. 난 여태 왜 그런 생각을 못 했다지? 매번 곤란을 겪으면서도 말입니다."

"지밀 승정님 같은 도인이 못 되니까요."

잠자리로 돌아가던 항해사가 일본어로 말했다. 항해사는 마팔국 출신이라고 했다. 가네야마 강수가 내게 통역해준 다음 말했다.

"잠자러 가다 말고 웬 참견이냐?"

"대진국 일대에서는 돌로 높이 단을 쌓고 장작불을 피우죠. 수십 리 밖에서도 보이게요. 그 덕에 밤바다를 안전하게 항해할 수 있습죠. 그걸 등대라고 합죠."

"오두막은 누가 세우고 관리한단 말이냐?"

"국가가 하는 거죠. 바다를 향해 뻗어가는 해양국가라면 그 정도 시설은 갖춰야 합죠. 옛 시절 고려라면 능히 할 수 있었을 텐데 지금은 꿈같은 얘깁죠. 대진국 사람들은 이미 천 년 전에 등대를 세웠다고 합니다만."

마팔국 항해사의 말을 듣고 나는 태조 왕건을 떠올렸다. 해상왕국을 꿈꿨던 그라면 능히 등대라는 걸 세웠을 거다. 내가 생각하는 걸 그처럼 걸출한 영웅이 왜 생각하지 못했겠는가. 세상은 꿈꾸는 자와 그것을 실행하는 자들이 만들어간다. 해상왕국 고려가 다시 융창하려면 바다에 등대부터 세우고 밤새 불을 밝혀야 한다. 그러면 고려 열세 개 조창漕倉이 있는 양광도(충청도), 전라도, 경상도 일원의 항구들이 눈부시게 발전하리라. 세금을 거둬들이는 조운선의 통행이 활발하면 상선들의 출입도 잦아진다. 이익이 난다면 천리만리도 마다하지 않는 게 장사꾼들이다. 불현듯 도선국사가 떠올랐다. 그는 풍수지리설에 따라 강토를 생명체로 여기고 요처마다 절을 세웠다.

"나라에서 관리할 것도 없겠군요. 절을 세워 해수관음 성지로 만들면 등대 역할을 겸할 수 있겠네요."

퍼뜩 드는 생각이 있어 내가 말했다.

"오호! 탁견입니다. 놀라운 발상이십니다! 지밀 다이시사마와 같은 현자를 제 배에 모실 수 있어서 광영이올시다."

이후로 가네야마 강수는 내 이름에 꼬박꼬박 다이시사마大師樣 (대사님)라는 존칭을 붙였다. 낮에 전라도 보안현에 있는 조창인 안흥창을 지났다. 수기 스승이 백제 때의 이름 흔량매현으로 부르는 문제의 지역이었다. 신선의 경계에 든 산, 변산이 그 너머에 우뚝 솟아 있었다. 백해무익한 이나 사면발니는 속곳과 음모 틈 새에 숨어 산다. 질펀한 갯벌 너머로 보이는 저 험준한 산속 어딘 가에 김승이라는 교활한 자가 살고 있을 터였다.

진도에서 다시 밤을 만난 상선은 부두에 정박했다.

"지밀 다이시사마, 내일 아침에 출항할 거니까 배에서 내려 객 관에서 묵어도 됩니다."

가네야마 강수가 우리 선실로 내려와 일렀다. 날이 흐려 야간 항해가 어려운 참인데 마침 내려줄 화물도 있고 식수도 보충해야 한다고 했다.

"아침에는 샛바람이 불어 역풍을 맞지 않나요?"

지겨워하던 침상에서 벌떡 일어난 인보가 생글거렸다.

"이른 아침만 그렇지요. 흑조黑潮(쿠로시오 해류)를 타면 여기서 남해는 반나절 거리라오."

넉넉하게 웃는 가네야마의 깊은 주름이 정겹다. 대마도 사람이 지만 이 나이 든 사내는 고려인의 정서를 지녔다. 바랑을 꾸리는 인보의 손길이 잽싸다. 어제 낮에 배에 오른 이래 줄곧 선실에서

만 뒹굴 그였다. 잠을 자야 멀미를 안 한다며 밥 먹을 때 빼놓고는 줄곧 누워서 지냈다.

앞장서는 인보를 따라 배에서 내렸다. 국제항답게 특이한 배들과 다채로운 복식을 한 상인들이 눈에 띄었다. 전쟁이 발발하기전에는 더 큰 호황을 누렸다고 한다. 땅끝마을과 가까운 이 섬은제법 평온했다. 개경이나 강화도에서 멀리 떨어진 남녘 변방이라서 아직까지도 안전지대였다.

우리는 객관에서 방부터 잡았다. 끈적거리는 몸을 씻고 나니,가네야마 강수가 평상에 농주를 곁들인 저녁상을 받아놓고서 불렀다. 마팔국인 항해사가 그의 옆자리에 앉아 있었다.

"지밀 다이시사마, 곡차 한잔 하시지요."

가네야마 강수는 우리 신분을 의식해서 술을 곡차라고 불렀다.

"좋지요. 그냥 술이라고 하세요. 곡차라고 이름 붙이면 술맛이떨어집니다."

나는 없던 호기를 부리며 술잔을 받아들었다. 그러고는 단숨에한 사발을 쭉 들이켰다.

"항해 도중 배에서 내려 마시는 술맛 참 좋지요?"

"헤헤헤, 게다가 여러 나라 여인들을 품는 재미도 빠뜨릴 수 없습죠. 고려 여인들은 세발낙지같이 착 달라붙는 맛이 일품입죠."

"어허, 다이시사마 앞에서 못 하는 소리가 없구나."

"대진국 여인들은 어찌나 뻣뻣하고 콧대가 높던지……"

강수가 말려도 눈이 왕방울만 한 마팔국 항해사는 저 하고픈 말은 다 했다. 이미 천 년 전부터 밤바다에 등대를 세우고 밝혔다는 대진국이었다. 불현듯 항해사에게 묻고 싶은 게 있었다.

"혹시 경교를 아오?"

"경교라뇨?"

"대진국 사람들이 믿는 종교라오. 십자가를 모시는 특이한 종교요."

나는 양손 검지를 교차시켜 십자가 형상을 해 보였다.

"옳아, 그리스도교 말씀입죠. 예수를 믿는 종교죠. 불교에서 석가를 믿듯이."

항해사가 쌈 싼 막회 안주를 씹느라 커다란 눈을 부라리며 말했다.

"그리스도교? 경교와 같은 종관가요? 예수는 이서 혹은 이수일 테고."

"그래요. 예수교라고도 한답니다. 그리스도를 믿는 대진국과 마호메트를 믿는 대식국이 벌써 백오십 년 넘게 끔찍한 십자군전쟁을 해오고 있다오. 서쪽이나 동쪽이나 그놈의 사람 잡는 전쟁 통에 장사꾼노릇 해먹기 힘들단 말씀이오."

항해사가 넌더리 난다는 표정을 지었다.

"모르는 소리 말게나. 이웃 나라 전쟁 때 떼돈 버는 게 우리 같은 장사꾼이야. 전쟁은 참혹하지만 어떤 면에서는 필연일세. 긍정적인 면도 있다는 얘기야."

노회한 가네야마 강수는 역시 크게 생각하고 멀리 보는 사람이었다.

"긍정적인 면이라면?"

"바다의 태풍 같은 거요. 전쟁은 고여서 썩은 것들을 단번에 쓸어가고 세상을 통합해요. 예루살렘 성지를 뺏으려고 십자군전쟁이 일어났지만 원정군들과 장사꾼들은 동방의 물품을 들여가요. 그래서 상업이 일어나고 도시가 발달해요."

가네야마 강수가 전쟁의 순기능을 설파했다.

"십자군전쟁이라 하셨소?"

"십자가 표지를 앞세운 그리스도교도들이 동쪽으로 원정대를 보내며 시작한 전쟁이라서 그렇게 부르는 모양입죠. 하여간 무서운 사람들이랍니다."

나는 몽골군 투구에 십자가가 새겨져 있었다던 수기 스승의 말씀을 떠올렸다. 몽골군이 그 십자군일 리는 없었다. 그들은 왜 십자가를 앞세우며 전쟁을 하는 걸까. 종교란 본디 화해와 치유가 존재 이유다. 그런데 종교의 이름으로 전쟁을 일으키고 생명을 무참히 도륙하는 그들을 어떤 신이 용납할까. 언제나 사람이 문제다. 찜찜하고 섬뜩한 것은 김승이라는 자가 그런 호전적인 종교의 표지를 거룩한 대장경 경판 안에 새겨넣었다는 사실이었다.

표지 하나가 선명하게 떠오른다. 수평선과 수직선이 직각으로 교차하는 십자가다. 붓다의 성스러운 덕과 행운을 나타내는 만卍 자 길상 안에도 그 십자가가 들어 있다. 구부러진 네 모서리만 떼어내면 바로 경교 십자가가 된다. 황포 돛에도 십자가가 겹쳐져 있었다. 돛대에 가로지른 여러 개의 활대들이 모두 십자가 형상이었다. 그뿐이던가. 표독스러운 여름 한낮의 태양을 쳐다보면 눈부신 십자가가 눈앞으로 무수히 쏟아져내렸다.

"그들에 대해 무엇이건 아는 대로 말해주시오."

나는 마팔국 항해사에게 보채듯 캐물었다. 하지만 거기까지가 그가 아는 전부였다.

"그럼 이만! 우린 아주 급한 용무가 있습죠. 헤헤."

항해사가 강수의 소매를 잡아끌며 일어섰다.

"뭐가 그리 급하다고…… 다이시사마, 대진국의 십자군 동방 원정대를 막은 게 바로 몽골군이랍니다. 칭기즈칸이 살아 있을 때는 십자군이 힘을 못 썼어요. 대식국 마호메트교는 칭기즈칸에게 빚진 겁니다. 동방이나 서방 사람들 피부 색깔과 종교 이름이 서로 다르다뿐이지 본질은 큰 차이가 없어요. 밖에서 답을 찾으려 들지 말고 다이시사마 마음 안에서 찾아보세요. 이 늙은이가 세상을 몇 바퀴 돌아다녀보니까 모든 답이 내 안에 있더이다."

늙은 강수가 남기고 간 말은 울림이 컸다. 그들이 끈적거리는 부둣가의 여름 밤공기를 가르며 어둠 속으로 사라진 뒤에도 나는 한참 동안 자리를 뜨지 못했다.

"지밀 승정, 모기들한테 보시 그만하시죠."

손바닥으로 찰싹 소리를 내가며 모기를 잡던 인보가 채근했다.

"먼저 들어가거라."

"천지간에 함부로 굴러먹던 뱃놈들의 지청구에 너무 마음 쓰는 거 아뇨?"

"수행자가 사람 차별하면 되겠느냐."

"아랫도리에 불이 붙어서 불 끄러 가는 것들이오. 몸 파는 논다니 찾아가는 걸음 같더란 말이죠. 그깟 색욕에서 헤어나지 못하고 뱀처럼 뒤엉켜 사는 중생들을 너무 감싸고도는 거 아뇨?"

인보가 이맛살을 구겼다.

"인보야, 음식남녀淫食男女란다. 세간 사람들은 식욕과 색욕에 얽매이기 마련이지. 저들이 아니라 내가 문제로구나. 방울은 소리를 냄으로 인해 자신을 금 가게 만들고 초는 빛을 발함으로 인해 자신을 녹인다지? 나는 맑은 소리도 밝은 빛도 낼 줄 모르면서 이렇게 애만 태우고 있으니."

"지밀 승정은 고려국 최고의 선지식 수기 도승통께서 인정하는 학승 아니오? 겸양은 지밀 승정과 안 어울려요. 그냥 평상시 하던 대로 아는 걸 맘껏 뽐내고 오만하게 굴어요. '내 눈썰미가 최고다' 하고요."

인보가 그렇게 뇌까리고 방으로 들어갔다. 꼴에 사람 마음 비틀고 염장 지르는 재주는 선수다. 나는 술도 깰 겸 해서 부둣가

마을 고샅을 터덕터덕 거닐었다. 낮게 구름이 깔린 하늘에는 별하나 돋아나지 않았다. 먼 데서 개 짖는 소리가 들려왔다. 이 먼 땅끝마을 언저리까지 물길 따라 흘러내려와 하염없이 거닐고 있는 나는 누구인가. 나는 세간에서는 문약한 독서인이었고 출가해서는 그리 치열하지 못한 승려였다. 부당한 무인 세력을 쓸어내버릴 기개도 없을뿐더러 도를 깨치지 못하면 낭떠러지에서 몸을 던져버리겠다는 발심도 하지 못했다. 무인 천하에 문과 급제가 부질없게 되자 머리를 깎고 승선과를 치렀다. 이른 나이에 합격하여 수기 스승의 부름을 받았다. 이후로 대장도감에서 경전만 보며 지내온 먹물이었다.

사달은 엉뚱한 데서 터졌다. 그리고 어깨뼈까지 부러뜨린 운명은 내가 주체하지 못할 비밀스러운 힘으로 나를 여기까지 이끌고 왔다. 어두운 죽음의 시대, 나 자신의 인생항로는 한 치 앞도 못 내다보는 주제에 경판 제작 현장을 조사, 감찰하겠다고 거추없이 나섰다. 모순이다. 나는 밤이 이슥하도록 부둣가 마을을 떠돌았다. 늙은 뱃사람의 충고대로 그리스도교, 십자가라는 용어에 집착하지 않으려 애썼지만 잘되지 않았다.

다음날 해류와 순풍을 탄 범선은 다도해 동쪽으로 미끄러져갔다. 근해에서 그물질을 하는 어부들의 노랫소리가 고즈넉하다. 야만적인 몽골군의 손아귀에서 멀리 떨어진 남해 일대는 마냥 평화로웠다. 이른바 변방 다도해의 섬들은 꽃봉오리를 닮았다. 나는 기도했다. 적들의 말발굽이 예까지 치고 내려오는 날은 제발 좀 없게 해달라고. 하지만 나는 안다. 천도는 어질지 않고 현실은 냉혹해서 우리네 염원을 여지없이 비웃곤 한다는 걸.

나의 기도는 참선으로 이어졌다.

"저기가 지리산을 감돌아 내려온 섬진강 하구라오. 오른편이 남해 가는개 포구고요."

드디어 1차 목적지에 닿았다. 가네야마 강수가 인보와 나에게 내릴 준비를 하라고 했다. 자궁 같은 남해 가는개 포구가 몸을 열어 우리가 탄 범선을 받아들였다. 갯골 양쪽에 펼쳐진 그림 같은 어촌은 별천지였다.

"다이시사마, 언젠가 꼭 다시 뵙기를!"

가네야마는 가는개 포구까지 배를 몰고 들어왔다. 그는 끝까지 존칭을 아끼지 않았다.

"그대 바다의 현자여, 해수관음의 가피가 함께하기를!"

나는 가네야마 강수 노인을 축복했다. 오다가다 만난 인연이지만 그에게 배운 게 참 많았다. 그의 말처럼 전쟁은 참혹하지만 문물이 교류되는 좋은 기회이기도 하다. 그리고 인생의 궁극적인 답은 밖이 아니라 내 안에 있다. 세상의 바다는 하나다. 그 바다를 떠돌면서 지혜롭게 늙어간 사람이 얻은 깨달음이었다.

바닷가에는 통나무들이 가득 쌓여 있었다. 경판을 켜려고 말리는 벚나무 원목들이었다. 멀리 지리산에서 베어 내린 원목들을 섬진강에서 뗏목으로 엮었다. 뗏목은 기다래서 어떤 건 백 보가 넘었다. 강물에 흘러내려온 뗏목은 하구를 거쳐 바닷길로 이곳 가는개 포구까지 들어왔다.

인보와 나는 며칠간 땅을 밟아보지 못한 말과 함께 걸어서 대사리 쪽으로 향했다. 산이 호리병처럼 깊숙이 감아돈 안쪽에 판당으로 보이는 높은 집들이 보였다. 뒷산에는 견고하게 쌓은 산성이 있었다. 후박나무 그늘 아래서 그물을 깁는 어부에게 물으니 대국산성大國山城이라 했다. 우리가 내린 포구도 관음포觀音浦로 이름이 바뀌었다고 한다. 모두가 대장경을 판각하면서부터 생겨난 지명이었다.

7

와룡관을 쓴 대인이 분사도감 판당 앞에서 우리를 기다리고 있었다. 정안 처사였다. 귀밑머리와 구레나룻이 백사자의 갈기처럼 희고 풍성한 그는 집정 최이의 처남이자, 대장경 판각불사에 막대한 사재를 쾌척한 세도가였다.

"오, 지밀 승정! 그간 사자의 코털만 건드리다 오셨구려."

정안이 나를 보자 껄껄껄 웃으며 말했다. 아무리 무인정권의 실세이고 남해의 세도가라지만 손님을 맞는 언사가 고약했다. 나도 모르게 미간이 찌푸려졌다.

"쯧쯧! 밴댕이같이 좁아터진 속 하고는. 오랜만에 보는 강화도 도읍지 사람이 몹시 반갑다는 변방 사람의 인사법이오. 이제는 변죽 그만 울리고 사자의 심장을 움켜쥘 때도 됐다는 뜻이지."

내 얼굴을 당신 맘대로 읽어내는 모양인데 기분이 언짢았다.

"소승 문안하오."

"오늘은 이 늙은이한테 귀인이 둘씩이나 찾아온 길일일세그려."

그렇게 운을 뗀 정안이 뒤에 서 있던 승려를 가리켰다.

"인사하오. 이쪽은 일연선사요. 둘이 좋은 짝패가 될 성싶소."

건장한 체구에 네모진 입을 가진 승려 하나가 가까이 다가와 합장했다. 걸음은 소처럼 느린데 눈빛은 호랑이보다 매서웠다.

"정해년(1227) 승선과에 장원급제한 그 일연 스님!"

"열여덟에 승선과 차상을 차지한 천재 지밀!"

일찍이 전라도 장흥 가지산문迦智山門에서 선풍을 날린 일연을 여기서 본 것이다. 이십여 년 전 과거시험장에서 스친 이래 처음 이었다.

"두 걸물이 이렇게 만났으니 이제부터 고려국 불교 역사가 바뀔 참이오. 난 그저 장소만 제공한 거니까 어떤 일이 생기더라도 무죄요! 허허허허."

말치레가 세고 거친 정안이 풍을 쳤다. 뒷말은 알 듯 모를 듯했다. 음양과 산술에 정통한 정안은 두뇌 회전이 빠른 당대의 지략가였다. 재물 복도 많아서 남해 하동 일대가 거의 그의 땅이었다. 그런 그가 모친 봉양을 핑계로 낙향한 것은 난세에 목숨 보전을 위해서였다. 강화도에 남아 있었다면 무인들의 세력 다툼에 벌써 희생되었을지도 모른다.

인보는 판당 한쪽 누각 마루에 예물과 간찰을 올려놓고 물러갔다. 다식이 나오고 정안이 몸소 팽주烹主가 되어 차를 우려냈다.

"가만 있어봐라. 우리 일연선사가 지밀 승정보다 법납, 속납 모두 몇 년씩 위일 게요."

서로 나이를 확인하니 호랑이띠인 일연보다 말띠인 내가 네 살이나 아래였다.

"가인佳人의 사귐에 그깟 연치 몇 년을 따지오리까. 오늘부터 우린 벗이오."

선객禪客 일연이 먼저 마음의 빗장을 풀었다.

"당치 않습니다. 사형으로 모시지요."

나는 합장하며 머리를 숙였다.

"큰기러기가 구름을 타고 하늘 길에 다다르면 천하가 손바닥입니다."

대도인의 포부가 담긴 일연의 말이었다.

"가짜 중 천지에서 오늘 진짜 중을 뵙소이다. 벗이 가하오."

나도 격에 맞게 응수했다.

"과연 일연이고 지밀이로세!"

무릎을 친 정안이 일연과 나를 번갈아 보았다. 눈은 깊고 흰자위가 푸르렀다. 정안은 청자 주전자를 들어 찻종지에 기울인다.

우려낸 차가 가득하다. 주전자를 내려놓고 찻종지를 든 정안은 일연과 내 찻잔을 채운다.

"아시다시피 나는 고려대장경을 다시 새기는 데 여생을 걸었다오. 내가 손수 필사한 《묘법연화경妙法蓮華經》을 집정에게 바친 게 어언 열두 해 전이오. 강화도로 천도를 강행한 이후 전국에서 매일같이 민란이 일어나던 때였지. 어떻게 수습해볼 엄두가 나지 않았다오. 밖에서는 몽골군, 안에서는 초적패, 게다가 승가에서도 조짐이 심상치 않았소. 정축년 정월의 그 끔찍한 악몽이 재현될 것만 같았으니까 말이오."

일연과 나는 거의 동시에 아미타불을 찾으며 합장한다. 고종 4년 정축년(1217) 정월, 거란군에 맞서 일어선 승군이 최충헌에게로 칼날을 돌렸다. 최충헌은 기선을 제압하고 무려 팔백 명의 승군을 참살했다. 다다음해 최충헌이 죽고 최이가 정권을 물려받았다. 원한 쌓인 승가와의 화해는 최이의 최대 급선무였다.

"……나는 최이 집정을 만나 애원했소. 누이가 친조카자식 하나 남기지 못하고 죽었지만 그래도 우린 처남매부지간 아닌가. '외길 수순이다. 대장경 재조불사를 하자. 민심을 수습하고 승가의 원한을 회향하는 길은 이것밖에 없다. 판각 비용의 절반은 내가 대겠다.' 이렇게 해서 국책사업을 벌이게 된 거요."

"대감께서 큰일을 해내셨습니다."

나는 정안을 치사했다. 하지만 정안은 사양하고 나왔다.

"아직 멀었소. 얼추 마친 거 같지만 중요한 일은 이제부터요. 꼼꼼히 톺아봐서 하자를 바로잡아야겠지요. 난 흠결 없는 성물을 원하오. 그래서 어렵사리 일연선사를 모신 거요. 마지막 교감校勘에 만전을 기하려고요."

"빈도가 감당키 어려운 일입니다."

일연이 겸사했다.

"일연당이 아니면 어느 누가 그 일을 할 수 있겠소이까? 그나저나 수기 도승통과 천기 승록은 강녕하시지요?"

"무탈하십니다."

나는 바랑에서 간찰을 꺼내 건넸다. 정안은 그 자리에서 봉투를 열었다. 그는 인보에게서 받은 최이의 간찰도 마저 읽었다.

"집정께서 한번 올라오라는데, 글쎄요, 내게 그럴 짬이 날까 싶구려."

정안은 내켜하지 않는 눈치였다.

"판당에 가서 경판들을 살펴볼 수 있을까요?"

"얼마든지."

"흔량매현 공방 김승이 맡은 경판들은 어떤가요?"

"그야 최상품이자 명품이지요. 판당부터 보고 공방을 둘러보도록 하시오."

나는 정안을 따라 판당으로 향했다. 일연도 동행했다. 남해 분사대장도감이 주관해 판각한 경판이 강화도 선원사 판당의 경판보다 되레 많았다.

"이곳도 바닷가인데 뒤틀림 현상은 없습니까?"

"당연히 있소이다. 마구리가 쪼개질 정도로 뒤틀린 것도 생기더군요."

정안은 그림자처럼 따라다니는 집사에게 뒤틀린 것을 뽑아보라고 일렀다. 선원사와 똑같은 현상이 나타나고 있었다.

"여기도 대책이 필요하군요."

"네 모서리를 구리 장석으로 감싸고 쇠못을 박아서 쪼개짐은 방지했소. 하나 습기로 인한 뒤틀림과 곰팡이는 막을 수 없었소. 나방이 들어와 알을 슬어놓는 경우도 있소. 경판에 옻칠을 해서 상당한 효과를 봤지만 완전히 막지는 못했소."

"판당을 내륙 지방으로 옮기는 문제도 생각해봐야 할 때로군요. 수기 도승통께서 공과 함께 그 문제도 상의해보라 하셨습니다."

"아까 간찰에서 읽었소. 몽골군의 마수가 미치지 못하는 안전한 곳을 찾을 수만 있다면야 당장 그리 옮길 일이오."

"개경에서 그 멀고 험한 공산 부인사까지도 습격해서 대장경을 불태운 저들입니다. 말발굽이 닿는 데라면 어딘들 못 가겠소이까?"

일연이 임진년 겨울의 그 참사를 상기시켰다.

"불보살의 보살핌을 바랄밖에요."

정안의 그 말은 별로 힘이 없게 들렸다.

"김승 공방에서 납품한 경판들을 좀 볼까요?"

나는 아무것도 모르는 사람처럼 부러 태연하게 김승의 이름을 꺼냈다. 정안이 김승의 정체를 알 리는 없었다.

"그 사람 신의 손을 가진 자요."

김승의 재주를 극찬한 정안은 집사에게 목록을 달래서 김승이 새긴 경판들을 찾아냈다. 집사가 격자 시렁에 사다리를 놓고 올라가 경판 하나를 빼 보였다. 나는 그 경판을 받아들고 샅샅이 뜯어보았다. 그러기를 몇 장이나 거듭했다. 초기 납품본, 최근 납품본을 무작위로 뽑아보기도 했다. 아무런 이상도 없었다. 완벽했다.

"김승 공방 경판들 맞습니까? 서명이 하나도 없군요."

선원사 대장도감에 올려보낸 경판에는 서명이 있었다.

"경판들을 다섯 장씩 포장해 담은 상자에 서명이 있었답니다."

집사가 말했다. 대장도감 납품본과 분사대장도감 납품본을 참 뚜렷이도 구분해놓았다. 김승, 과연 치밀하고 완벽한 사람이다. 여기 것만 보면 흠잡을 구석이 하나도 없다.

판당을 나와 아래쪽 공방으로 갔다. 큼직큼직한 공방마다 대여섯 명의 각수들이 작업대 앞에 앉아 망치로 조각칼을 두드리고 있었다. 선원사 공방과는 비할 바 없이 큰 규모였다.

"저쪽 삼봉산 너머 화방사에는 제지소가 있소이다. 닥나무를 길러서 직접 외발뜨기로 최상급 종이를 뜨오. 남해 고을 전체가 오롯이 대장경 불사에 매달려 있다고 봐도 무방하지."

정안이 그 모든 경비를 대고 있었다. 불사에 전념하는 그의 신심과 권능은 높이 살 만했다. 경전에도 밝아 해동의 유마거사라는 별명까지 있었다.

두어 식경 뒤, 삼봉산 밑 정안의 저택으로 가 여장을 풀었다. 정안의 집은 화려했다. 강화도 진양부 최이 집정 저택보다 규모는 작았지만 짜임새가 있었다. 처남과 매부 모두 황제가 부럽지 않게 살았다.

땅거미가 질 무렵 저녁 자리에 불려갔다. 연회장에는 악공과 무희들이 흥을 돋우고 있었다. 언제 기별했던지 남해 현령과 화방사 주지도 와 있었다. 정안의 소개로 그들과 통성명을 했다. 일연 옆에 앉은 노파는 뜻밖에도 속가의 어머니라고 했다. 환갑쯤 돼 보였다. 소년 시절 출가한 이가 이 먼 여행지에 어머니를 모시고 온 까닭이 궁금했다.

"바다를 몹시 보고 싶어하셔서 모시고 왔지요."

일연은 천연덕스레 말했다. 나로서는 놀라운 일이었다. 더 큰 일, 중생구제를 위해서 사사로운 가족관계를 끊고 산문山門에 들어온 수행자가 중이다. 세상 사람들에게 다 있는 것, 중에게는 없어야 할 것이 있었다. 사람들 다 하는 것, 중이라서 하지 말아야 할 것도 있었다. 머리 깎고도 세속과 똑같이 살 요량이면 중 된 이유가 없었다. 그래서 나는 속가 식구들과 거리를 두고 지내왔다.

"선종과 교종 모두에 정통하신 분! 그야말로 기린의 뿔같이 귀한 분이 여기 계신 일연선사올시다. 효성 또한 지극하여 일찍이 홀로 되신 노모를 지극정성으로 봉양하지요. 인연을 끊는 건 쉬운 일입니다. 하지만 모든 인연을 고스란히 떠받드는 것이야말로 아무나 할 수 없는 일이지요. 우리가 모름지기 본받아야 할 미덕입니다."

만찬에 앞서 좌중에 일연을 소개하면서 정안이 한 말이었다. 나를 '강도 대장도감에서 나온 승정'이라고만 소개한 것과는 대조적이었다. 그랬다 해서 시샘이 난 건 아니다. 정안의 말처럼 일연이 대단한 건지도 모른다. 나는 다만 수행자의 기본을 말하는 거다. 가족이나 친지의 사슬을 벗어나지 못하는, 이른바 친친親親주의를 경계하자는 것이다. 연회가 끝날 때까지 나는 줄곧 승가의 보편적인 관습과 계율, 수행자 개인의 특수한 처지와 가치관에 대해서 생각했다. 속가 인연들과 왕래를 끊고 여색을 멀리해야 제대로 된 비구다. 나는 여태 그래왔다. 나는 청정비구라는 자부심 하나로 절집에서 살아왔다. 그래서 득도를 하고 중생구제를 했느냐고 물으면 할 말이 없지만 입때껏 중노릇해오면서 큰 허물은 짓지 않았다.

"대장경 낙성식을 보고 눈을 감아야 할 텐데……"

연회가 끝나고 현령과 화방사 주지를 배웅하고 돌아온 정안이 마당에 서서 읊조렸다. 일연은 노모의 잠자리를 봐주고 돌아와 있었다. 암청색 밤하늘에서 별들이 쏟아졌다. 은하수가 북녘 하늘로 길게 가르마를 타고 흘렀다.

"무슨 말씀을 그렇게 하십니까? 판각불사는 금년 말이면 다 끝낼 수 있습니다."

그것은 이 일에 자그마치 십이 년간 매달려온 내 소망이기도 했다.

"노인성老人星이 조림하는 이곳 남해에서 천수를 다하셔야지요."

일연이 사람의 수명을 관장한다는 별 이야기를 꺼냈다. 그러고 보니 그가 노모를 모시고 온 뜻이 따로 있었던 듯싶다. 노인성 기운을 받아 오래오래 사시라는 효심이었다.

"고맙소. 춘분과 추분 무렵 남쪽 바다 수평선 언저리에 남극노인성이 잠깐 비치긴 하지요. 지난봄 금산 보리암에 올라 보았습니다만 천수를 다하고 정명正命하는 복이 내게 있을까 싶소."

정안이 뜰을 거닐며 말했다. 그의 시선은 남쪽 하늘이 아니라 북극성과 북두칠성이 빛나는 북쪽 하늘로 향하고 있었다. 운명을 기막히게 예견한다는 그다. 순탄하게 정명하지 못한다면 비명횡사라도 한다는 것인가.

"낙향하여 복 짓는 일에만 매진하시거늘 무슨 걱정이 있겠습니까. 공께서는 천수를 다하실 겁니다."

나도 덕담했다. 부드럽고 시원한 바람이 불어왔다.

"허허. 산 아래 바람 불면 고괘蠱卦가 되던가요? 음식 쟁반 위에 벌레가 가득한 고괘 말이오."

정안은 《주역周易》 열여덟 번째 괘 이야기를 하고 있었다. 지금 이 나라의 형국이 고괘와 같았다. 밖에서 들어온 도적들과 안에서 생긴 벌레들이 강토의 정기와 백성의 피를 빨아먹고 있었다.

"일연선사, 그리고 지밀 승정!"

정안이 정색을 하고서 우리를 불렀다. 나는 별빛 서린 그의 얼굴을 바라보았다. 그의 시선은 여전히 북두칠성을 향해 있었다.

"이 집을 절집으로 바꿀 생각이오. 남해와 하동 일대의 토지들도 죄다 내놓을까 하오."

"어르신!"

"일연선사께서 맡아주시오. 절집 구색이 갖춰지는 대로 아예 이곳으로 노모를 모시고 오시오. 늦어도 내년 정초부터는 절집으로 거듭날 거요. 지밀 승정! 모쪼록 일연선사를 도와주시오. 이 늙은이의 깊은 뜻을 헤아려 대장경 판각불사에 차질이 없도록 말이오. 대장경을 완벽하게 새기는 건 우리 문명국 고려의 자존심이오. 야만의 시절을 당해 추하게 살아온 이 정안의 필생사업이기도 하고요. 풀잎 끝에 매달린 인생살이…… 역시 오래오래 남고 길이길이 기억되는 건 진리의 말씀이라오."

곧 죽을 사람처럼 말하는 정안의 의지는 북극성처럼 확고부동했다. 인보가 코를 골며 자고 있는 별실로 돌아와 누웠다. 복잡한 생각의 실타래가 뒤엉켰다. 강도 진양부 최이 집정과 최항 지주사가 생각났다. 그들은 지금 이 시간에도 주지육림에 빠져 지내리라. 오늘밤이 마지막인 것처럼 진탕 즐기리라. 세상은 우스꽝스럽고 부조리하다. 이 멀고 먼 변방 사람 정안이 아니라, 강도의 실권자인 그들 부자가 탐욕을 버린다면 나라가 얼마나 편안해질까. 하지만 실권자가 알아서 권력을 내려놓고, 부자가 알아서 재산을 나눠주는 예란 정말 드물다. 애초 내려놓고 나눠주려고 쟁취한 게 아니기 때문이다.

"뭐라! 무엇이 어쨌다고?"

새벽잠을 자른 건 천둥소리 같은 정안의 성화였다. 온 집 안이 발칵 뒤집혔다.

"아니, 어떻게 경판이 또 털려?"

정안은 눈을 부라렸다. 남해현 전체가 비상에 걸렸다. 간밤 판당에 도둑이 들어 주요 경전 경판들을 털어 갔다. 그 가운데는 정안이 손수 판하본을 쓴 《묘법연화경》 경판도 포함돼 있었다.

보승군保勝軍을 이끄는 중장군이 병사들을 집결시켰다. 나와 인보, 일연은 정안과 가솔들을 따라 판당으로 달려갔다. 어젯밤 연회장에서 폭음한 수령은 아직 보이지 않았다. 중장군은 병사들을 섬 구석구석에 풀어 흔적을 찾으라고 명령했다.

"어제 대마도 상선이 관음포를 거쳐 나루터 안쪽까지 깊숙이 들어왔다면서요?"

눈초리가 찢겨 올라간 중장군이 나를 다그쳤다.

"그렇소만."

"그놈들 짓이 틀림없소. 왜놈 장사꾼들이 제일 탐내는 게 고려국 경전이니까 말이오."

중장군이 단언했다.

"그럴 리가요. 가네야마 강수는 그런 사람이 아니오."

나는 지혜롭게 늙어가는 바다의 현자를 조금도 의심하지 않았다. 여건이 구비되지 못해 판각불사를 할 수 없는 왜인들이 고려국 경전을 탐내는 건 사실이다. 하지만 가네야마는 당당하게 값을 쳐주고 가져가서 이문을 남기고 되파는 무역상이었다. 공인받은 국제 무역상은 멀리 길게 보는 장사꾼이다. 그런 그가 다시는 발붙이지 못할 어리석은 짓을 할 리가 없었다.

"그자들 짓이 분명해요. 함부로 굴러먹는 뱃놈들이 무슨 짓인들 못하겠어요."

옆에서 발을 동동 구르던 인보가 나섰다.

"인보, 구업口業 짓지 마라!"

나는 인보를 다그쳤다. 인보가 움찔하며 중장군과 내 눈치를 살폈다.

"왜 자기 사람을 닦달하오?"

중장군이 인보 편을 들어주었다.

"잘 알지도 못하면서 공연히 중상모략하니까 그러는 거 아니오. 가네야마 강수는 고려 조정과 대마도 도독에게 인가받은 국제 무역상이지 좀도둑이 아니라오."

나는 중장군에게 항변했다.

"대장경 경판을 훔쳤다면 좀도둑이라 할 수 있소? 부처님 말씀을 새긴 성물이자 고려국 국책사업으로 조성한 거 아니오? 얼마든지 대마도 도독의 지령을 받고 빼내 갈 수 있는 문제요. 자고로 왜구들은 못 하는 짓이 없잖소."

중장군은 완강했다.

"정 그렇게 의심스러우면 어서 추격선을 붙여보시오!"

내가 외쳤다.

"중장군, 비란리 포구 쪽으로 가보세. 어서 말을 대령하라!"

정안이 나섰다. 집사가 말을 몰고 오자 정안이 훌쩍 뛰어올라 박차를 가했다. 말을 타지 않은 나도 달렸다. 갑신 목에서 쇳물 냄새가 났다. 전혀 예상치 못한 사태였다. 무지한 북쪽 오랑캐 몽골군 놈들은 대장경 경판을 불 지르고 미개한 남쪽 섬나라 왜놈들은 어렵사리 새겨놓은 경판을 훔쳐 갔단다. 정말 그렇다면 고려는 안팎으로 온통 도둑놈들 소굴이 아닌가. 어젯밤, 산 아래 바람 불면 음식 쟁반 위에 벌레가 가득하다고 했던 정안의 말이 떠올랐다. 정말 가네야마가 경판을 훔친 걸까.

8

오 리가량은 족히 달렸다. 옅은 해무가 낀 비란리 포구는 현청이 있는 성 바로 코앞이었다. 늦장 부리다 뒤늦게 꾸역꾸역 나온 수령이 중장군과 함께 수군을 무릎 꿇려놓고 쥐 잡듯이 족치고 있었다. 간밤 숙취로 수령의 눈은 토끼 눈처럼 벌겠다.

"정말이렷다. 밤새 포구에 드나든 배가 한 척도 없었단 말이지?"

중장군은 쉴 새 없이 눈알을 굴렸다.

"정말입니다요. 달도 없는 그믐날 밤에 무슨 수로 왜선들이 들어오겠습니까."

수영 망루에서 밤새 번을 섰다는 수군의 말은 일리가 있어 보였다. 선착장에 몰려든 사람들이 맞장구치는 분위기였다.

"자, 지금 한가롭게 조무래기들 붙잡고 노닥거릴 때가 아니오. 어서 추격선을 붙여봐야지. 해적들이 이곳 비란리로 들어왔다면 틀림없이 동남쪽 지족해협으로 빠져나갔을 터."

정안이 해협 쪽을 가리키며 수령과 중장군을 일깨웠다.

"바닥이 뾰족한 왜선은 우리 고려의 평저선보다 날렵하고 빠르오. 추격은 어렵소."

중장군은 냉정했다.

"그렇다고 가만히 있을 참인가? 빠른 첨저선을 띄워서라도 추격해봐야지."

"그랬다가 요행히 따라붙더라도 해적이나 다름없는 놈들에게 공격당하면요?"

"무장한 군선을 뒤에 붙이면 될 일! 어서 추격군단을 꾸리게. 대마도로 가는 가네야마의 상선을 붙들어 조사할 수도 있는 것 아닌가."

정안의 판단은 빠르고 정확했다.

중장군이 추격군단을 꾸리는 사이 수령은 남해 고을에 계엄령을 내렸다. 관음포와 비란리 포구는 물론 대국산과 삼봉산 일대 마을 주민들을 샅샅이 문초했다. 간밤 늦게까지 마실 나갔던 이들, 댓바람부터 배나 그물을 돌본 이들, 논물을 대고 온 이들이 현청에 줄줄이 붙잡혀 갔다. 이런 때는 밤잠이 적거나 부지런한 것도 죄가 되었다.

"대감, 분사대장도감 소속 스님들이나 각수장이들, 일꾼들을 전부 불러 모아주시지요."

판당으로 돌아온 나는 정안에게 요청했다.

"조반 먹고 나면 각 부서에 다 모이게 되어 있소."

"그럼 그때 판당 마당에 모이게 해주시지요."

"그야 어려운 일이 아니지."

서둘러 아침을 먹은 나는 정안의 집사를 데리고 판당 마당으로 갔다. 인보는 물론 심드렁해하던 정안과 일연도 내 뒤를 따라왔다. 아침햇살이 퍼지면서 안개는 말끔히 걷혀 있었다. 나는 부서별로 모인 분사대장도감 사람들을 사열했다. 모두 백여 명이나 되었다. 강화도 선원사 대장도감보다 세 배쯤이나 더 많은 인원이었다.

"아직까지 안 온 사람들이 있을 터. 누구누구요?"

도열한 대중들이 서로를 쳐다보며 웅성거렸다. 비상 상황인 만큼 결석한 자가 없을 수도 있었다. 그때 집사가 혼잣말처럼 대수롭지 않게 두런거렸다.

"탁연 스님은 안 나오셨군. 또 운수행각雲水行脚이신가?"

"탁연?"

"아무 때고 훌쩍 떠났다 문득 돌아오곤 하시는 바람잡이 스님이지요."

집사가 내게 말했다. 모인 사람들 모두가 담담한 표정이었다. 탁연은 참지정사를 지낸 최정분의 아들이다. 황궁의 요직인 내시로 있다 수년 전, 최씨 무인정권하의 국정에 환멸을 느끼고 출가했다. 고려의 내시는 환관이 아니었다. 황제를 가까이서 모시는 요직 가운데 요직이었다. 탁연은 그의 법명이었고, 머리 깎은 절집이 조계산 수선사여서 조계산인으로 통했다. 오 년 전엔가 국자감 대사성과 전라도 안찰사를 지낸 최자가 강진 백련사를 중창할 때, 현판 글씨를 도맡아 쓸 정도로 명필이었다. 정안은 그를 남해 분사대장도감에 초빙하여 필경사들을 감독하게 했다고 한다.

"이 자리에 없다고 행여나 탁연 스님을 이번 사건과 연관시키진 마오. 절대로 그럴 분이 아니니까."

정안이 내 옆으로 와서 쐐기를 박았다. 그만큼 신뢰가 깊다는 얘기였다.

나는 각수들과 교정을 맡은 스님들을 하나하나 살폈다. 행색을 훑고 눈빛을 정면으로 주시했다. 유리 파편처럼 후벼 파고드는 내 예리한 시선과 마주친 그들은 잔뜩 주눅이 들었다. 그러다 나는 얼굴이 넙데데한 젊은이 앞에서 우뚝 멈춰 섰다. 젊은이는 얼굴빛이 밝았고 인상이 선했다. 그에게서 비린내 묻은 갯바람결에 불 냄새 같은 게 배어났다. 기름기가 묻어 있는 그을음 냄새 같았다.

"간밤에 뭘 했지?"

나는 손바닥으로 젊은이의 삼베적삼 오른쪽 어깨 부위를 소리

나게 치며 물었다. 불의 향기는 삼베끈으로 동여맨 이자의 떠꺼
머리에서도 풍겨나왔다.

"중풍 든 부친 수발을 들었어요."

"저녁 내내?"

"저녁에도 아침에도요."

"이자 말이 맞소이까?"

"암요. 종상이는 남해 고을 사람 다 아는 효잡니다."

집사가 분명하게 확인해주었다. 계속해서 옆 사람들을 훑어나
갔다.

"판당 열쇠는 누가 관리하는가?"

나이 지긋한 사내가 손을 들었다.

"어제 저녁때 확실히 판당 문을 걸어 잠갔겠지?"

"그렇습니다."

"그런데 오늘 새벽에는 자물쇠가 풀려 있었다. 문을 부수고 경
판을 꺼내 간 게 아니라 보란 듯이 자물쇠를 풀고 훔쳐 갔다. 이
게 어떻게 된 일인가?"

"모를 일입니다. 소인은 분명 자물쇠를 채웠고 열쇠는 집사 어
른께 맡기고 집에 갑니다."

나는 집사를 바라보았다. 집사가 고개를 끄덕였다. 정안의 충
복인 집사를 의심할 수는 없는 일이었다. 누군가에게 여벌의 열
쇠가 있었다고 봐야 옳았다.

"판당 문을 닫아걸 때 평소와 다른 점은 없었던가?"

"시렁 아래쪽에 삼베자루들이 놓여 있었습니다. 평소에 없던 거라서 이상하게 생각했지만 습기 때문에 뒤틀린 경판들을 잘 싸서 어디다 옮길 모양이라고 여겼지요. 그래서 그냥 문을 닫아걸었습니다."

"삼베자루는 누가 가져다 놓았나?"

나는 대중을 향해 큰 소리로 물었다.

"접니다."

종상이었다.

"언제?"

"어제 오후에요."

"누가 시켰더냐?"

"탁연 스님이십니다."

대중을 해산시킨 나는 종상이를 데리고 탁연 스님의 방으로 향했다. 정안과 일연은 물론 인보도 고개를 갸우뚱거리며 따라왔다. 요사채 가장 높은 곳에 있는 탁연의 처소는 넓고 조용했다. 정안의 배려로 독채를 혼자서 쓴다고 했다. 방문을 여니 짙은 묵향이 확 달려들었다. 벽 쪽 천장에 달아매놓은 대나무 시렁에 세필로 쓴 판하본 한지들이 즐비하게 걸려 있었고 방 가운데 탁자에는 감지紺紙로 된 절첩본이 펼쳐져 있었다. 은가루를 아교로 개어 먹물 대신 찍어 쓴 화려한 경전이었다. 황실이나 귀족들이 소장하는 명품이다. 하필이면 경판을 도둑맞은 《묘법연화경》이었다.

> 우리 황제의 수명은 하늘 끝까지 뻗치고 태자의 나이는 땅의 뒤편까지 이르며, 이웃 나라 군병(몽골 침략군)은 와해되고 조정과 강토는 거울과 같이 맑아지기를 축원하옵니다. 진양공께옵서는 장수하시어 나라의 주춧돌이 되고 영원히 불법佛法의 울타리가 되길 기원합니다. 나의 선친과 죽은 누이, 형제와 육친 가운데 삼도三途(지옥·아귀·축생)에 이르러 윤회를 받은 사람은 모두 구제되어 다 함께 극락세계로 왕생하기를 바라옵니다.
>
> 병신년(1236) 12월 15일 정분이 기록하다.

뒷장에 붙인 발문이었다. 정분은 정안의 다른 이름이다. 십여 년 전 정안이 쓴 것을 탁연이 최근에 은니銀泥로 베껴 쓴 것이었다. 정안은 세 개의 보상화寶相華가 꽉 차게 그려진 절첩본 표지를 만지작거렸다.

"이 빼어난 사경 솜씨 좀 보시게."

내 눈앞에 절첩본을 일일이 넘겨 보인 정안은 아직까지도 촉촉하게 젖어 있는 접시 안의 은니를 멀거니 쳐다보았다. 은니를 붓에 찍어서 사경하던 주인은 어디론가 떠나 없고 남의 방에 들어온 이들의 추측만 무성했다.

"네가 판당에 가져다 둔 삼베자루들이 어디에 쓰였겠느냐?"

"잘 모르겠습니다만 그걸로 성스러운 경판들을 정성스레 쌌겠지요. 탁연 스님께서는 경판을 당신 몸처럼 소중하게 다루셨거든요."

"그 스님을 그렇게도 잘 이해하는구나."

"우리 각수장이들 모두가 그런걸요."

"그를 마지막으로 본 건?"

"간밤, 혼곤하게 잠에 빠졌는데 글쎄 오밤중에 그분께서 찾아오셨어요. 누추한 저희 집에요. 먼 길 떠나는 행장을 하셨더라고요. 그분은 늘 바람 같았지요."

"아느냐? 네 몸에서는 아직까지도 관솔기름 냄새가 난다."

"밖은 캄캄했고 안개가 자욱했어요. 전 횃불을 켜 들고 그분 가시는 길을 비춰드렸지요. 뭍과 가까운 관음포 너머로 가셨어요. 거기에 초승달 같은 빈 배 한 척이 떠 있더군요. 횃불을 비추니 초승달같이 보였다는 말씀입니다. 그분은 직접 노를 저어 북쪽으로 미끄러져가셨어요. 제게 여러 차례 손짓을 해주셨답니다. 짙은 어둠과 골 깊은 안개가 이내 그분을 감싸버렸죠. 저는 한참 동안이나 그 자리에 서 있었어요. 문득 이승과 저승의 갈림길이 이런 건가 싶더군요. 아무튼 아련한 꿈길 속에서 한 배웅 같기만 했어요."

종상이는 아직까지도 꿈을 꾸는 것처럼 눈빛을 흐리며 두런댔다.

"그 배에 경판들이 실려 있었더냐?"

"아주 작은 조각배였다니까요. 텅 빈 조각배요."

"다른 배들은?"

"전혀요."

"거짓말!"

더 참지 못한 인보가 끼어들었다.

"정말이에요. 배엔 아무것도 없었습니다."

나는 종상이의 말을 믿기로 하고 인보를 제지했다.

"그가 정안 대감께 남긴 말은 없었더냐?"

"아니요. 아 참, 이 은병들을 저한테 주고 가셨어요. 아버지 병 구완에 쓰라며."

종상이 괴춤에서 꺼낸 건 놀랍게도 값나가는 진짜 은병들이었 다. 엄지만 한 게 세 개나 되었다.

"왜인들 것이로구나."

옆에서 절첩본을 펼쳤다 접기를 반복하며 서 있던 정안이 탄식 하듯 읊조렸다.

"대마도, 일본 본토 혹은 유구국에서 온 거간꾼의 소행일 수도 있겠군요. 분명한 건 여기서 알 만한 이가 뒷거래를 하고 도왔다 는 겁니다. 탁연 스님은 유력한 용의자요."

"허허, 탁연, 그 화상이 하필이면 이 판국에 또 어디론가 떠나 버려서 괜한 오해를 사고 있구먼."

정안은 휑하니 밖으로 나가버렸다. 정안은 내 혐의는 물론 탁연이 종상에게 준 왜인들의 은병까지도 무시하려고 했다. 그런 그에게 탁연을 추격해보자는 말을 할 수가 없었다.

그나저나 귀신같은 놈들이었다. 아무리 내부 가담자의 도움이 있었다 해도 상당한 양의 경판을 밤새 쥐도 새도 모르게 가져간 재주가 놀라웠다. 경판 글자들이 손상되지 않게끔 삼베자루로 정성스럽게 싸서 포구까지 여러 차례 이거나 져 날랐을 터였다. 그 자체가 종교적인 행위가 아닌가. 경판을 얼마나 간절히 원했으면 그랬겠는가. 도적질이긴 하지만 어둠 속에서 치러진 그 의식이 경건하게 여겨졌다. 생각해보면 색다른 종교행렬이기도 했다.

나는 탁연의 방을 샅샅이 뒤졌다. 벽장과 옷장을 뒤집어놓았다. 단서가 될 만한 걸 찾아보려고 애썼지만 특별한 건 아무것도 없었다. 막막했다. 정안 대감에게 남긴 간찰이라도 있었더라면 이렇게 난감하지는 않았으리라.

"그 경판들 찾기는 글렀고 다시 새길 일이 까마득하군."

분사대장도감 일을 도맡게 된 일연이 내게 말했다.

"새기는 것만큼이나 잘 보관하는 것도 중요하지요. 습기와 좀 벌레, 경전 도둑놈들까지 막아내야 하니까."

강화도 대장도감 판당의 뒤틀린 경전들이 스쳐갔다. 온통 적들의 세상이다. 국토를 유린한 적들은 흉악하다. 그러나 더 흉악한 적들은 진리의 말씀을 담은 경판을 망가뜨리거나 훔치는 놈들이었다. 더 도둑맞기 전에 안전한 곳에 판당을 옮겨짓는 일이 급선

무였다. 그러나 깊은 산중은 물론 강화도나 이곳 남해 같은 섬마저도 더 이상 안전하지 못했다. 산과 바다 어디에도 안전한 곳이 없다는 얘기다.

불안. 지상에 살아가는 자, 결코 벗어날 수 없는 근원적 속박이다. 무엇이건 소중한 것을 지닌 이라면 그것을 잃어버릴까봐 염려하기 마련이다. 생명도 사랑도 돈도 진리도 불안의 요소가 된다. 값진 것들을 어디다 어떻게 보관해둬야 불안하지 않을까. 수행자의 삶이란 그 장소와 방법을 찾는 노정일는지도 모른다.

나는 나보다 먼저 강화도를 떠나 부인사와 해인사 일대를 돌아보고 있을 천기 승록을 생각했다. 그는 새로운 판당 자리를 물색해냈을까. 어쩌면 벌써 강화도 선원사로 돌아갔을지도 모른다.

저녁 무렵에 추격군단이 돌아왔다. 왜구들의 흔적은 찾아볼 수 없었고 가네야마 상선을 따라잡아 조사했지만 괜한 헛수고였다고 한다. 내 믿음대로 가네야마는 누명을 벗었다. 하지만 정안이 아무리 부인하고 싶어할지라도 탁연은 혐의를 벗어날 수 없다.

9

남해는 몽골군의 말발굽이 미치지 못했다. 그래서 방심했던 것인데 왜구가 그 허를 찔렀다. 북방 오랑캐를 피하면 남방 왜구가 들이닥치는 꼴이었다. 그게 위아래 외적들 틈에 놓인 이 땅의 숙명이었다.

판당 자물쇠를 바꿔 채우고 초병들이 밤낮으로 경계를 섰다. 포구마다 기찰을 늘렸다. 언제라도 출동할 수 있도록 군선도 대기시켜놓았다.

소 잃고 외양간 고친다고 심각한 대책회의가 열렸다. 잃어버린 소보다 남은 소가 훨씬 더 많았으므로 당연했다. 수령과 중장군, 남해 분사대장도감 사람들이 모여서 난상토론을 벌였다. 이참에 판당을 대국산성 안으로 옮겨 새로 지어야 한다는 주장이 나왔다. 대다수가 찬성했다. 그걸 반대하고 나선 이가 일연이었다.

"불가하오. 경판은 무턱대고 잘 지켜내기만 하면 되는 그런 보물이 아니오."

모두가 뜨악한 표정이었다.

"무슨 그런 요상한 말씀을 거꾸로 비틀어 한대요, 시방! 우리가 밤낮 쎄 빠지게 고생해서 새긴 경판들이오. 땅에 깊이 묻든지 어쩌든지 도둑맞지는 말아야 할 것 아뇨?"

늙수그레한 각수장이가 잔주름이 그물 쳐진 얼굴을 찌푸렸다.

"부처님 말씀은 부처님과 한가지요. 따라서 부처님 말씀을 새긴 경판들은 우리 모두가 경배할 성물이 되는 것이오. 사람들이 접근할 수 없는 산성 안에 숨겨둔다면 거룩함을 스스로 빛바래게 하는 일이오. 사람들이 쉽게 접하게 하면서도 안전한 방책을 써야지요."

일연의 말이 옳았다. 경판은 원칙적으로 다량의 경전을 인쇄할 목적으로 새긴다. 하지만 실용적인 인쇄 도구에 그치는 것이 아니다. 경판 그 자체로 예배드릴 만한 가치를 지닌다. 사람들은 눈으로 봐야만 가치를 느낀다. 따라서 경판을 숨겨두는 건 옳지 않았다. 나까지 그렇게 거들자, 정안이 결론을 내렸다.

"나는 조만간 강도에 다녀올 계획이오. 아무래도 판당은 내륙 깊숙한 산중에 다시 세워야 할 것 같소. 잃어버린 경판들은 다시 새길 것이오. 다행히 인쇄해놓은 판하본이 있으니 문제없소. 오늘부터 당장 시작합시다. 나는 무슨 일이 있어도 이 대역사를 완수할 참이오. 두 번을 도난당하면 세 번을 새길 것이고 열 번을 불사르면 열한 번을 다시 새길 것이오. 또한 기왕에 벌어진 일은 누구에게도 책임을 묻지 않을 거요. 그러니 동요하지 말고 아무 일도 없었던 것처럼 묵묵히 소임을 맡아 차질 없이 일해주시오."

정안은 반석처럼 굳세고 믿음직스러웠다. 좌중에서 박수가 터졌다. 통이 큰 그는 소 한 마리를 잡게 하여 고깃국을 끓이고 분사대장도감 일꾼들을 거둬 먹였다. 종상에게서 은병을 빼앗지도 않았다.

나는 정안 대감의 장부다움에 조복되었다. 돈이 많다고 그럴 수 있는 게 아니다. 뚜렷한 인생철학이 있어야만 가능한 일이었고 마음 안에 불보살을 모시고 있어야 할 수 있는 일이었다. 큰 지혜는 작은 시비를 가리지 않는다. 거룩한 행원行願은 온 우주에 가득 찬다. 나는 문수보살의 지혜와 보현보살의 실천력을 정안에게서 보았다. 다만 소를 잡아 먹게 한 건 유감이었다. 본래 고려인들은 육식을 즐기지 않았다. 그런데 몽골의 영향으로 육식하는 풍조가 번져가고 있었다.

"그래도 탁연에게 추격자들을 붙여야 하지 않겠습니까?"

저녁에 정안을 독대하게 되자 내가 일렀다.

"아니요. 난 그 화상을 잘 아오. 아직 추측할 뿐 단정할 순 없소. 만일 말이오, 설사 그가 왜구들에게 경판을 넘겼더라도 다른 깊은 뜻이 있었을 것이오. 우리가 모르는 깊은 뜻 말이오."

"은병을 받고 왜놈들에게 팔아넘겼다면 돈 때문이겠지요."

나는 지금껏 숱하게 봐왔다. 수행은 하지 않고 속인들 이상으로 돈에 집착하는 승려들은 경향에 쌔고 쌨다. 나는 그들을 버러지만도 못하게 여겼다. 무소유를 실천하겠노라며 머리 깎은 자들이 물욕에서 벗어나기는커녕 더 집착하는 꼴을 도무지 봐줄 수가 없었다.

이 나라는 온통 절집 천지다. 산중이나 마을이나 모퉁이 하나 돌면 절집이 나타날 정도다. 얼치기 중이 세운 절집이라도 금부처만 갖다 앉혀두면 마지쌀과 재물이 알아서 들어온다. 너무 편한 밥벌이다. 손에 흙 묻힐 일이 없고 이마에 땀 낼 필요가 없다. 절집이 세상을 구제하는 게 아니라 전쟁중에 세상 사람들이 절집을 먹여 살리느라 똥이 빠진다. 승려 신분이지만 나는 이 웃지 못할 촌극이 당혹스러웠다. 중노릇 계속하는 게 옳은지 회의에 빠지곤 했다.

"탁연은 뜻이 높소. 설사 돈이 필요해서 그랬다 하더라도 깊은 사연이 있었을 거요."

정안의 탁연에 대한 신뢰는 한결같았다.

"다른 물건도 아니고 경전이에요! 불제자라는 사람이 부처님 말씀을 새긴 경전을 훔쳐냈단 말입니다!"

나는 더 참을 수가 없어서 언성을 높였다. 천하의 정안 대감이지만, 감히 국책사업으로 판각된 붓다의 말씀에 손을 댄 사람을 끝까지 두둔만 하다니.

"돈을 어디다 쓰느냐가 문제겠지. 탁연은 내가 불가에 재산을 헌납하는 걸 몹시 못마땅해했소. 썩어빠진 불가를 더 썩어들어가게 할 뿐이라면서 말이오. 그것만 봐도 그는 돈 욕심이 없소."

그거 한 가지는 제법 쓸 만한 구석이었다. 적어도 그가 무턱대고 불교의 융창만을 바라는 교세확장주의자는 아니라는 얘기다. 생각이 있는 승려라면 그나마 다행이다.

"대감께서 아무리 그자를 두둔하셔도 경전 절도행위는 이해할 수 없습니다. 제가 어떻게 그걸 용납하겠소이까?"

"지밀 승정이 이해 못 하시는 게 어디 그것뿐이오?"

정안은 따지기 좋아하는 내 성정을 꼬집었다. 기분이 상했다. 솔직히 나는 관용적이지 못한 편이다. 그랬다. 관용은 내게 없는 미덕이었다. 관용보다 원칙을 더 중시해야 세상이 밝아진다고 믿는 나였다. 그래서 홀어머니를 모시고 다니는 일연조차 못마땅하게 여기던 참이었다. 이런 내 속내를 정안 대감은 꿰뚫어보고 있었다. 높은 경륜에 관상까지 잘 보니 어련하겠는가. 나는 내 본지 풍광을 숨기고픈 마음이 추호도 없었다.

언젠가 수기 스승이 일러줬다. 수행자라 해도 한 가지쯤의 예외는 허용해야 한다고. 살인과 도적질, 세상에 덫을 치는 짓과 음란행위만 아니라면 한 가지쯤의 기벽이나 취미생활은 인정해줘야 한다고. 중도 사람인데 안 그러면 무슨 재미로 살겠느냐고. 대중이 모여 살기 위해 계율을 정했지만, 저마다 자리가 잡히면 처한 입장과 현실을 감안해서 절실한 것 한 가지쯤은 눈감아줄 필요가 있다고. 자칫 방종할 수 있는 위험한 논리다. 어디까지나 정법수행한 이후에 허용할 수 있는 것이다. 그러고 보니 나라는 중생은 이렇다 할 취미생활 하나 없는 맹탕이다.

정안이 옥피리를 꺼내 왔다. 한 뼘 반 길이의 쌍피리였다. 옥돌로 두 개의 피리를 깎고 붙인 것이었다. 그가 피리를 불기 시작했다. 뜻밖에도 송나라에서 들여온 아악雅樂이나 사악詞樂이 아닌 고려의 향악鄕樂 가락이 흘러나왔다. 속되다. 음이 뜨고 가락이 감칠맛 난다. 그윽하고 고상한 음악이 아니다. 그렇다고 음란한 〈정과정鄭瓜亭〉도 아니고 〈가시리〉도 아니다. 어디서 들어본 가락 같기는 한데 귀에 설다. 새로운 곡 같다.

피리 불기를 마친 정안은 이제 노래를 부르기 시작했다.

살어리 살어리랏다
청산에 살어리랏다
머루랑 다래랑 먹고
청산에 살어리랏다
얄리얄리 얄랑셩 얄라리 얄라

울어라 울어라 새여

자고 일어나 울어라 새여

너보다 시름 많은 나도

자고 일어나 울고 있노라

얄리얄리 얄라셩 얄라리 얄라

　방금 옥피리로 불었던 그 가락이었다. 속요였다. 정안 대감이 속요를 부르다니. 놀라운 파격이었다. 무인정권의 집정 최이의 처남으로 최고 권력을 누려온 그가 정악이 아닌 민간의 속요를 부르고 있었다. 구슬프고도 구성지게 곧잘 부르고 있었다.

　나는 넋 놓고 그를 바라보며 감상했다. 그가 강도를 떠나와 이 머나면 남녘땅 바닷가 청산에 묻힌 데는 사연이 있었다. 그는 기미를 알아챘던 것이다. 권력이라는 불을 가까이서 쬐다보면 자신이 타버리는 수가 있었다. 더구나 개경에서 쫓겨나 강도로 파천한 무인정권이 아닌가. 뒤틀린 정권은 속죄양을 필요로 한다. 그 제물을 양식으로 한 해 두 해를 버텨가는 것이다. 최이 집정이 누군가. 불을 뿜는 독룡이었다. 그로부터 가능하면 멀리 떨어지는 게 목숨을 보전할 수 있는 길이었다. 정안은 그래서 강도라는 그 달콤한 꿀단지에서 스스로 벗어났던 것이다. 한창 좋을 때 멈출 줄 아는 이, 사달이 나기 전에 미리 벗어날 줄 아는 이가 현자다. 현자의 노래가 애절하게 이어진다.

어디다 던지던 돌인고

누구를 맞히던 돌인고

미워할 이도 사랑할 이도 없이

맞아서 울고 있노라

얄리얄리 얄라셩 얄라리 얄라

살어리 살어리랏다

바다에 살어리랏다

나문재 굴조개 먹고

바다에 살어리랏다

얄리얄리 얄라셩 얄라리 얄라

산다는 건 누구나에게 고통인 것인가. 정안 같은 이가 괴롭다면 지금 세상에 어느 누가 행복할 것인가. 나는 행복이 뭔지 모른다. 그저 하루하루 소임을 다하며 살 뿐이다. 더러 불만은 있지만 그렇다고 딱히 괴로울 것도 없다. 임시 수도 강도에 살건, 청산이나 바다에 살건, 별반 달라질 건 없다. 나는 맹물 같은 삶을 택한 중이니까.

불가에서는 말한다. 붕붕거리는 한때의 즐거움이 지나면 기나긴 괴로움의 바다가 펼쳐진다고. 괴로움이 끝없는 인간 세상에서 붓다가 깨닫고 내린 결론은 반복되는 윤회의 끈을 자르는 거였다. 태어나지 않으면 고통도 없기 때문이다. 그런데 이 전란 속에서도 뭇 중생들의 암수 짝짓기는 밤낮으로 벌어지고, 그 결과 세상에는 쉼 없이 새 생명이 태어난다. 공중을 나는 것들, 땅을 기는 것들, 물속을 헤엄치는 것들은 좀처럼 윤회의 끈을 자를 줄 모른다. 그저 끊임없이 낳고 또 낳을 뿐이니 생생불이生生不已다. 늘어나는 개체 수는 먹고 먹히는 먹이사슬에 의해 조절된다. 철저한 자연법이다.

오직 인간만이 그 자연법을 거스를 수 있다. 전쟁 같은 비상수단 없이도, 다른 생명체에게 잡아먹히지 않더라도 인간은 윤회하는 생명줄을 스스로 자를 줄 안다. 출가出家. 진리를 향한 위대한 결행이 그 예다. 불가의 구도자는 음양 교접을 끊는다. 그리하여 대가 끊긴다. 자연질서에 위배되는 반反생명활동임에 틀림없다. 유자儒者들은 그런 불자들을 공격한다. 천명을 거스르는 일이라며. 하지만 개나 소나 벌레나 잡초나 다 하는 그놈의 새끼치기, 고등한 존재인 사람이 좀 안 하면 어떤가. 뭇 생명들은 꼭 필요한 만큼만 취하고서 나머지는 내버려둔다. 하지만 인간은 필요 이상을 착취하고 쌓아둔다. 무서운 집착이요 탐욕이다. 인간 종족이 윤회의 끈을 끊어 마침내 지상에서 사라지면 어떻게 될까. 인간들이 떠난 지상은 날고 기고 헤엄치고 땅에 뿌리박은 생명들의 세상이 되리라. 어쩌면 그때가 진정한 극락세계일지도 모른다. 아니, 지금 정안이 부르는 노래처럼 인간이 산과 바다에서 안빈낙도할

줄만 알아도 이 지옥 같은 세상은 한 편의 극락일 수 있다.

"그만 돌아가소."

노래를 마친 정안의 목소리는 낮게 깔렸다. 나는 천천히 의자에서 일어섰다.

"내일 날이 밝는 대로 그만 떠나시오. 지밀 승정이 할 일은 다 했으니까."

"알겠습니다."

"수기 도승통께는 사실대로 보고하시오. 나머진 내가 다 알아서 할 거라고. 불원간 강도에 한번 올라가리다. 황제께서도 최이 집정께서도 나 보기를 원하시니까."

"아, 예."

다시 독대할 일은 없을 것 같았다. 그런데 이대로 물러나자니 뭔가 개운치가 않은 구석이 있었다. 정안의 말대로 내 할 일은 다 한 셈인데 무엇이 더 남았다고 이럴까. 나는 그에게 등을 돌린 채 머뭇거렸다.

"할 말이 남았소?"

"그게……"

"그대는 폐안蚌狂이오."

"네?"

나는 영문을 모르고서 그의 눈을 똑바로 쳐다보았다.

"용생구자龍生九子! 용이 낳은 아홉 자식 가운데 폐안이라는 게 있소. 정의를 수호하려고 눈 부릅뜬 영물이지. 지밀 승정은 폐안의 기상을 가지고 있단 말씀이오. 그대는 이 시대에 꼭 필요한 사람이니 오래 살아남아서 제 역할을 다할 거요."

정안은 지금 내 관상을 봐주고 있었다.

내가 오래 살아남는단다. 오래 살아남아서 제 역할을 다한단다. 그 말을 듣고 나니 마음속에 남았던 거스러미 같은 것이 말끔히 사라지는 느낌이었다. 맞다. 나는 여태까지도 뭔가를 두려워하고 있었다. 그 두려움이 뭐였을까. 내일이면 남해를 떠나 보안현 변산으로 갈 예정이다. 전쟁이 소강상태여서 도중 몽골군을 만날 리는 없다. 곧잘 출몰한다는 초적패도 걱정할 게 못 된다. 늙은 말밖에 없는 빈털터리 중을 해칠 까닭이 없으므로. 그렇다면 무의식중에 내가 김승 만나는 걸 두려워하고 있었다는 얘기가 된다. 정안은 방금 내가 오래 살아남는다고 했다. 살아남는다면 두려워할 것이 없다. 그게 진리를 찾아가는 수행자의 태도다. 수행자는 백척간두에서도 스스럼없이 몸을 내던질 수 있어야 한다. 법력이란 죽음조차 넘어설 수 있어야 하는 거니까. 나는 정안에게 머리를 숙이며 합장했다. 한마디 말로 속박에서 놓여나게 해준 데 대한 감사였다. 언어가 지닌 마력이다.

"이《묘법연화경》한 질을 가져가시오. 변산 김승에게 전하고 6만 9,384자 하나하나 잘 새겨서 속히 보내라 하오. 내 소의경전所依經典이니 천금인들 아끼겠소. 경판을 납품하면 어느 경전보다 후하게 사례하겠다고 전하시오."

경전 꾸러미를 가지고 방으로 돌아온 나는 일연을 찾았다. 아직 초저녁이었다. 일연의 방에는 불이 켜져 있었고 옆방에서 모자가 도란도란 이야기하는 소리가 들렸다. 노모는 간간이 '에구구구 시원하다'는 소리를 연발했다. 일연이 노모의 팔다리를 주물러주는 것 같았다. 나는 두 모자의 오붓한 시간을 방해하고 싶지 않아서 조용히 발걸음을 돌렸다. 내 방으로 돌아온 나는 행장을 꾸렸다. 아침 일찍 이곳을 떠날 참이었다.

"여보게 지밀! 날세."

나직하고 촉촉한 목소리다. 일연이다. 내가 방문을 열자, 일연이 커다란 얼굴 가득 넉넉한 미소를 흘리며 서 있었다. 사람을 끄는 편안함이 몸에 배어 있었다. 이럴 때 보면 도무지 선객 같지가 않았다.

그가 나를 자기 방으로 이끌었다. 앉은뱅이책상 위에 세필로 쓴 초고들이 수북했다. 내가 다가가 톺아보려 하자 그가 말했다.

"틈나는 대로 끼적거리고 있는 이야기책이라네. 단군신화, 설화, 향가도 채록하고……"

"《삼국유사三國遺事》?"

나는 이야기책의 제목을 소리 내 읽었다. 그리고 내 생각을 말했다.

"유사, 예부터 전해오는 이야기의 자취라…… 선승이 역사책도 쓰는가?"

나는 일연의 바지런함에 새삼 놀라지 않을 수 없었다.

"당치도 않네. 나는 단지 문열공 김부식이 쓴《삼국사기三國史記》에서 빠뜨린 것들을 보완하려는 것뿐이네. 조악하지만 이렇게라도 엮어내지 않으면 이 난리통에 시나브로 사라지고 말 것만 같아서 말이네. 이걸 보시게."

일연이 창가 쪽 작업대로 나를 이끌었다. 작업대에 밋밋한 경판 한 장이 끼워져 있었다. 판하본을 뒤집어 붙이고 들기름을 칠해서 글자들이 선명하게 보였다. 물론 뒤집힌 글자들이다.

"이게 뭔가?"

"《반야심경般若心經》이네. 석린이라고 하는 내 제자가 사경한 걸세. 우리 이 경전을 몇 글자라도 함께 새겨보세."

일연이 나를 의자에 앉힌 다음 조각칼을 건넸다. 나는 왼손에 조각칼을 쥐고 오른손에 망치를 잡았다. 망치로 조각칼 머리를 두드리며 오른쪽 변계선과 위쪽 변계선, 아래쪽 변계선과 제목 오른쪽 빈 공간을 갈랐다. 그런 다음 끝이 둥근 조각칼로 바꿔 들고 빈 공간을 따냈다. 제목 왼쪽과 본문 첫째 줄 사이도 마저 팠다.

"제법인걸. 글자들도 새겨보게."

마하摩訶, 두 글자를 새기고 나자 그가 자리를 바꾸자고 했다. 그는 반야바라밀다심경般若波羅蜜多心經이라는 나머지 제목 글자를 새겼다. 나보다 숙련된 솜씨였다.

"이제 자네가 관자재보살觀自在菩薩을 새기게나."

치기 어리다고 생각되었지만 그가 시키는 대로 따랐다.

"됐네. 여기 새긴 것처럼 자넨 이제부터 관자재보살, 관세음보살이네."

그렇게 새겨놓고 보니 내가 정말 관세음보살이 된 것만 같았다. 세상 사람들이 필요로 할 때 언제라도 달려가 기꺼이 도와주는 존재, 관세음보살 말이다. 일연은 불이다. 물이다. 동시에 칼날이다. 말과 글의 마력을 지닌 선객이므로. 내가 가슴에 충만한 기운을 느끼고 앉아 있자 그가 다시 읊조렸다.

"자네는 눈썰미가 남다르고 자비심이 있는 화상이야. 더구나 대장도감 승정의 자격으로 감찰 나온 신분 아닌가? 중생의 괴로운 소리를 잘 살펴보고 구제해야 하네. 그저 듣는 게 아니라 뚫어지게 살펴보아야 하네. 훗날 자네가 다시 여기에 오게 되면 나머지 글자들을 함께 새기도록 하세."

관자재보살이 내 심장을 화인火印처럼 지지고 들어왔다.

2

서쪽에서 온 마을

1

남해 북단에서 노량나루를 건넜다. 섬과 뭍 사이에 잘록하게 드러누운 쪽빛 바다는 투명했다. 잔잔한 해수면의 물비늘들 사이로 파고든 하늘빛이 하얗게 부서진다. 눈부시다. 녹음 짙은 육지의 빛 또한 찬연하기만 하다. 전쟁을 치르고 있는 나라 같지가 않다. 점점 다가오는 하동 고을은 적들에게 처참히 짓밟힌 개경과 달리 적들의 그림자도 닿지 않았다. 하동은 인접한 진양, 방금 건너온 남해와 함께 집정 최이와 정안의 식읍지였다. 최이와 정안은 이 두 고을에서 얻은 부를 이용해 대대적인 대장경 판각사업을 벌일 수 있었다. 말이 국책사업이지 이 처남매부가 주도한 집안사업에 가까웠다. 두 사람이 쾌척한 재원이 없었다면 처음부터 엄두도 못 낼 일이었다.

여름 한낮의 무더위라 말들이 헉헉거렸다. 인보와 나는 진양 고을에서 일찌감치 객주를 찾아 묵었다.

이튿날 꼭두새벽에 길을 나섰다. 우리는 지리산 동쪽 낙맥 산청 고을 남사천을 따라 길을 좁혀갔다. 넓은 들녘이 펼쳐진다. 살림살이가 제법 가멸 것 같은데 다 쓰러져가는 초가집들이 거개였다. 벼가 자라는 들판에서 신라 고찰 단속사 장생표長生標를 만난 건 점심때였다. 장생표는 일종의 영역 표시 같은 거였다. 어른 키 높이의 돌기둥을 영역의 사방에 세우고 그 경위를 새겨놓았다. 이 토지는 나라에서 단속사에 분급해준 것이었다. 이 영역 안의 산림과 전답은 전적으로 절집 소유다. 어떠한 공전과 사전도 있을 수 없다. 심지어 농민들까지도 절집의 지배를 받는다. 나라에 내는 조세를 절집이 대신 받아간다. 절집 창고가 채워질수록 나라 곳간은 텅텅 비기 마련이었다.

사하촌이 나타났다. 왁자지껄 야단법석이었다. 때마침 승시僧市가 열리는 날이라고 했다. 중들이 좌판을 벌여놓고 차와 바릿대, 승복 등을 팔고 있었다. 지리산 약초들이 그득그득 쌓인 천막도 있었고 심지어 벌건 개고기를 새끼줄에 매달아놓고 파는 보신탕 집도 있었다. 정말 없는 것 빼고는 다 있는 난장판이었다. 주막집 감나무 그늘 평상에 앉아서 대낮부터 막걸리 추렴을 하는 사람들이 보이자 먹성 좋은 인보가 시장하다고 졸랐다.

"여기서 요기하고 가죠. 절에 가면 공양 시간 넘겼다고 눈칫밥 줄 것 같은데."

"일주문—柱門이 코앞인데 별소릴 다 하는구나."

"절밥보다 장국밥이 훨씬 더 맛깔스럽잖아요."

나는 더 대꾸하기가 싫어서 들입다 말을 몰아 인보를 앞질렀다. 승시를 벗어나니 판각하는 공방이 나타났다. 경판이 될 판자들을 그늘에 말리는 광경이 보였다. 소금물에 삶았다가 건져낸 판자들이었다. 판자를 소금물에 삶으면 뒤틀림과 벌레가 스는 걸 방지할 수 있었다.

"내 아우 소식을 가지고 왔다고?"

점심공양 뒤 주지의 방을 찾았더니, 호피를 깔고 앉아 있던 만종이 반가워서 귀에 걸린 입으로 외쳤다. 양쪽 귀밑으로 큼지막한 금귀고리가 근뎅거렸다. 화려하게 치장한 중들을 많이 봐왔지만 금귀고리에 호피를 깔고 앉은 중은 또 처음이었다. 먼 길 온 내 수고로움 따윈 묻지도 않았다. 대장도감 승정이라는 직책을 한낱 심부름꾼으로 여기는 눈치였다.

"쳇! 결국은 또 돈 얘길세. 대장경 불사로 내 절집 기둥뿌리가 다 뽑혀나가고 말지."

만종은 아우 최항이 보낸 간찰을 내팽개치며 넌더리 난다는 표정을 지었다. 불과 얼마 전까지만 해도 최항은 만종과 단짝이었다. 그 시절 최항의 법명은 만전이었다. 만종, 만전 형제 중은 전라도와 경상도 일대의 절집을 주름잡고 지냈었다.

"부친이신 집정께서 주도하시는 국책사업입니다. 아우이신 최항 지주사께서 뒤를 이을 것이고요."

나는 어엿하게 사실을 상기시켜주었다.

"어렵게 모은 내 절집 재물이 너무 축나니 문제 아니오."

그는 언필칭 '내 절집'이었다. 이 유서 깊은 전통 사찰이 어떻게 자기 절집이라는 것인가. 어이가 없었지만 관례였다. 왕족이나 귀족들의 원찰 사정이 거의 다 그랬으니까.

"……에이, 답답한지고. 더운 여름날 뜨거운 차는 좀 그렇고 나와 소주 한잔 하려오?"

"소주라면?"

몽골제국에서 들여온 술이라는 말은 들었는데 한 번도 구경한 적이 없었다. 나는 신문물보다 고래로 받들어오는 계율을 중시하는 청정비구였다.

"그 양반 강도에서 왔다면서 숫제 벽창호로군. 나도 이렇게 어엿하게 머리 깎은 중이오. 알 만한 처지끼리 내숭 그만 떠십시다. 누군 고상 떨 줄 몰라서 이러는 줄 아시오?"

만종이 두 손으로 민대가리를 문질러 보였다. 뻘쭘해진 표정이 그나마 인간적으로 보였다.

"빈도는 술을 잘 모르오."

"으하하하핫! 요즘같이 문명한 세상에 그것도 모르는 건 자랑이 아니지. 중생을 구제하려고 해도 뭘 제대로 알아야 할 것 아뇨? 중물 잘 든 화상은 세간과 출세간을 가리지 않는 법이오. 이판과 사판이 별개가 아니라 서로 겸하는 거란 말이오. 이판승이 사판승을 하고 사판승이 이판승을 하고 그렇게 돌아가는 거니까요. 염천에 먼 길 오느라 몸이 많이 축났을 터. 샌님같이 굴지 말고 툭 터진 선지식이 권하면 국으로 자셔보구려."

선지식 되기 참 쉬웠다. 이자에게 무슨 학식이 있고 높은 법력이 있을까 싶었다. 자칭 툭 터진 선지식은 열쳐놓은 문 앞에 드리운 대발 너머에 대고 복잡한 주문을 했다. 좀 있으니 얼음 띄운 오미자 화채가 나왔다. 큼지막한 유리 그릇은 보기만 해도 시원했다. 이 한여름에 얼음이라니 강도의 황제가 부럽지 않은 살림살이였다. 산속에 석빙고를 만들어 쟁여두고 쓰는 듯했다.

"보살도 이리 건너와 한잔하시구려."

만종이 내실 쪽에 이르자, 잠자리처럼 날아갈 듯 곱게 모시옷을 차려입은 부인이 사뿐사뿐 걸어 나왔다. 강도 황궁에서도 쉽게 볼 수 없는 미색이었다. 나는 그 여인과 의례적인 합장을 주고받았다.

"어허! 간장이 다 시원타. 저 부지런 떨면 시절도 비켜갈 수 있는 법! 한여름을 한겨울로 바꾸는 건 인간의 지혜로 만든 기물이오."

유리대접을 깨끗이 비운 그가 용트림을 했다. 부인이 보는 자리라서 위세를 더 떠는 것 같았다. 속된 위인다웠다. 단속사斷俗寺라면 속세와 단절했다는 뜻일 텐데 절집 이름과는 정반대였다. 솔직히 통속사通俗寺로 바꾸면 어떨까 싶었다.

"지난 초파일 연등회 때, 집정과 지주사께서 홍역을 치르셨습니다."

나는 부러 얼음 조각을 오도독오도독 소리 나게 깨물며 일렀다.

"뭣이라 했소?"

"거리에 세운 등대가 넘어져 집정의 가마에 불이 옮겨붙었지요."

"저런 저런!"

"급히 물을 부어 꺼서 다행히 화상은 면하셨는데 그날 밤부터 며칠간 혼수상태에 빠지셨답니다. 많이 호전되셨다고 전해 듣고 내려왔지요."

나는 최항 지주사가 심경이라는 비구니를 애첩으로 삼은 이야기는 하지 않았다. 이들 형제에게 축첩 이야기는 새 소식이랄 것도 없었다.

"불은이로다. 내 기도의 반이 국태민안이고 나머지 반이 아버님의 무병장수요."

만종이 왼쪽 눈 하나 깜박거리지 않고 천연덕스레 말했다. 나라가 태평해지고 백성이 편안해지는 법이 뭔지나 아는지 모르겠다. 한 가문만 국사에서 손 떼면 그 순간이 곧 국태민안의 날이거

늘. 어쨌거나 아버지 최이의 수명장수를 빌었다는 말은 일리가 있었다. 지난 계묘년(1243) 가을, 정안에게 의뢰해《선문염송집禪門拈頌集》을 판각한 이유가 최이의 수명장수였으니까. 권말 간기刊記에 명시해놓았으니 명목상으로는 의도가 분명했다.

대발이 들려지면서 떡 벌어지게 차린 술상이 들어왔다. 나는 눈을 찌푸렸다. 노루갈비와 새우젓 냄새가 진동했기 때문이다.

만종은 흰 연꽃 모양 백자에 맑은 소주를 따라 잔대에 올려놓아주었다. 그의 잔은 부인이 채웠고 부인의 잔은 그가 채웠다. 술상 위에 세 송이의 흰 꽃이 활짝 피어났다. 꽃향기가 진했다.

"한잔 마셔보구려. 내린 소주에 호랑이 앞발 뼈를 우려낸 호골주요. 천하의 호걸들이 탐내지만 여간해서 구경도 못 하는 명주지."

만종 내외를 따라 한 잔을 입 안에 털어넣었다. 차고 달짝지근했는데 다 마시고 나자 싸한 기운이 목울대를 자극했다. 속에서 훅 올라오는 게 있었다. 나는 재채기를 해댔다. 부인이, 저런 애송이를 보겠나, 하는 기색으로 깔깔깔 웃었다. 얼굴이 후끈 달아올랐다.

"그래도 술잔 꺾는 기세는 제법 호쾌하시구려. 이거 하나 들고 뜯어보시오."

만종이 갈비를 권했다. 나는 손사래를 쳤다. 먹어보지 않아서 고기는 비위가 상했다.

"이 소주 아주 독하오. 기름진 안주 안 먹어주면 정신을 잃어."

그가 거듭 갈비를 권했지만 내 젓가락은 연방 가지무침을 집고 있었다.

"큰일입니다. 경판들이 뒤틀립니다."

"속이 많이 뒤틀릴 거요. 그러게 어서 기름진 안주를 드시오."

"강화도 선원사 판당도 남해 판당도 습이 차서."

"아하, 판당에 모셔둔 경판! 난 처음부터 우려했던 일이오."

만종은 별로 들어넘기며 갈비를 뜯느라 여념이 없었다.

"수기 도, 도승통께서 대사와 기, 깊이 의논해보라 하셨습니다."

이내 머리가 어질어질하고 혀가 말려 올라가서 발음이 꼬였다. 귀도 먹먹하여 내 말소리가 잘 들리지 않을 지경이었다. 속이 풀리는 게 아니라 그만 의식이 풀려버렸다.

"사람이 왜 그리 짓궂으시오? 순진한 스님 잡겠습니다."

부인이 만종의 무릎을 꼬집으며 짓궂게 웃었다. 나도 실없이 헤죽헤죽 따라 웃고 있었다. 바보 같은 노릇이지만 내 몸이 내 맘대로 움직여주지 않았다. 독한 소주 안에 들어 있는 마성이 한순간에 부처님 제자를 농락해버렸다.

"내친김에 한 수 가르쳐주리다."

그가 휴대용 부싯돌을 꺼내더니 금방 불을 일으켰다. 구긴 창호지로 불을 키워낸 그는 소주가 찰랑대는 술잔에 그 불을 갖다 댔다. 퍼런 불꽃이 삽시에 옮겨붙어 일렁거렸다. 세상에! 불이 붙는 물도 있었다. 퍼런 불꽃은 물 위에서 춤을 추었다. 춤추는 불을 보니 호랑이와 마주친 것처럼 눈이 번쩍 뜨였다. 저렇게 불타는 물을 조금 전 내가 들이켰단 말인가. 속이 울렁거렸다. 만종이 왼손으로 술잔의 잔대를 들었다. 흰 연꽃 잔 위로 퍼런 불꽃이 피어났다. 오른손으로 술잔을 든 만종이 그 불꽃을 한입에 털어넣었다. 아뿔싸! 나는 눈을 질끈 감았다. 불꽃을 삼키다니! 뜨거운 불꽃은 저 넋 빠진 자의 내장을 이내 태우고 말리라.

"크하! 깔끔하다. 술은 역시 몽골 소주가 천하일품이야. 막걸리 같은 건 아랫것들이나 배 채우려고 먹는 음료지."

만종은 호기롭게 거드름을 피웠다. 나는 눈을 비비지 않을 수 없었다. 그는 멀쩡했다. 세상에 불을 마시고도 끄떡없는 자가 있다니. 어안이 벙벙했다. 불꽃 술을 삼킨 중의 얼굴이 붉게 피어났다. 이자의 아버지 최이 집정은 불을 뿜는 독룡이다. 그런데 이자는 불을 삼킨다. 희한한 부자지간이다. 이들은 건달바인가, 아수라인가.

눈앞에서 벌어지는 초유의 사태를 보고 나는 혼란스러웠다.

그때 대밭 너머 뜰 쪽에서 소란이 일었다.

"뭔 일이냐? 감히 어디라고 잡소리가 넘어오는 게야!"

만종이 위엄을 갖춘 목소리로 으름장을 놓았다.

"요 아래 승시 난장판에서 대낮부터 술 퍼마시고 올라온 불한당들 같습니다요, 주지 스님."

마루에서 시자가 고한다.

"불한당 놈들이 신성한 내 절집에 왜?"

"직세승直歲僧과 한판 붙고서 밀고 올라온 모양입니다요."

직세승은 절집 살림을 맡은 중이었다.

"그렇다면 소작인들이겠구나."

"그렇사옵니다."

"무지렁이들이 왜 또? 직세승은 어서 이실직고하라!"

드잡이하던 직세승이 대발 가까이 와서 자초지종을 아뢰었다. 올해 도지賭只를 수확량의 3할로 내려주지 않으면 나락이 패기 전에 논밭을 전부 갈아엎겠다고 엄포 놓는 불량배들이라고 했다. 공전의 경우는 나라에 1할의 소작료만 내면 되었다. 그런데 단속사에서는 소출의 절반을 소작료로 걸어서 농민들의 원성을 사고 있었다.

"뭣이라? 그 잘난 농사짓는 게 무슨 벼슬인 줄 아는가보구나. 당장 물러가지 않으면 소작권을 빼앗아버린다고 일러라."

"그래도 말을 안 듣습니다요."

"그럼 곤장을 쳐서 내쫓아라! 갑갑하기는. 그런 것까지 일일이 일러줘야 되누?"

만종이 귀찮다는 듯 미간을 찌푸렸다. 실랑이가 좀 더 이어지는가 싶더니 비명 소리가 들렸고 이내 쥐 죽은 듯 고자누룩해졌다.

"내 속을 누가 알까. 이렇게 쥐어짜서 만든 돈을 대장경 불사에 고스란히 쏟아붓고 있거늘."

만종은 소주로 불꽃을 하나 더 만들어 툭 털어넣었다. 이 소주
와 갈비, 판각불사 경비는 모두 가난한 소작인들의 노동력을 착
취한 것이었다. 누굴 탓하랴. 이런 자에게 판당을 새로 짓자고 제
안하러 온 나도 이자에 비해 별반 나을 게 없다. 이미 취기가 퍼
져 정신이 혼미해진 나는 술상에 머리를 박고 잠들어버렸다.

혼란은 술이 깬 뒤에도 여러 날 계속되었다. 단속사를 벗어나
산청을 거쳐 완산주에서 계수관을 만날 때도 그랬다. 국책 불사
의 이름으로 농민의 피와 땀을 훔치는 행위는 정당한 걸까. 남해
의 정안이 전 재산을 불가에 헌납하는 걸 반대했다는 탁연이 옳
아 보였다. 일본 은병을 챙긴 그는 지금 어디서 무엇을 하고 있을
까. 복잡한 번뇌의 칡넝쿨이 내 머릿속 가득 뻗쳤다.

완산주 계수관은 김승이 대장경 판각사업의 일등공신이자 진
짜 중이라고 했다. 나라님이 못 하는 일을 그가 하고 있다고까지
했다. 어려운 사람들을 거둬서 먹여 살린다는 것이었다. 내 선입
견과는 너무도 다른 인물평이었다. 어서 그를 만나고 싶어졌다.

드넓은 평야에 자리 잡은 김제 벽골제를 경유하여 서해와 접한
보안현에 다다랐다. 지평선을 바라보며 가도 가도 질펀한 평야였
다. 이 나라 제일의 대평원다웠다.

변산은 신비한 땅이다. 지평선이 다하고 수평선이 나타나기
직전에 평지 돌출로 우뚝 솟아오른 천혜의 산성이자 요새였다.

그곳 소의 배 속처럼 깊은 터에 김승이 살고 있다. 김승이 사는 곳을 내변산이라고 불렀다. 계수관이 뭐라 했든 김승은 독 묻힌 소리화살이다. 나에게 난생처음 십자가를 인식시켜준 문제적 인간이다.

2

나는 인보와 함께 말을 타고 내변산으로 향했다. 우동제 방죽 근처에서부터 기괴한 암벽들을 품은 산이 우뚝 가로막고 섰다. 아가리를 벌린 바위굴이 왼편 솔숲 사이로 보였다. 도적들의 소굴로 적당한 동굴 같았다. 서리서리 풀어진 산길이 가팔라지자, 거대한 괴물의 옆구리를 지나 등짝을 타고 오르는 느낌이었다. 히히 호호, 호랑지빠귀가 귀신 소리를 내며 울었다. 산등성이가 가까워지면서 하늘이 거머무트름해지기 시작했다. 한 차례 소나기라도 퍼부을 낌새였다. 우리는 드디어 고갯마루에 올라섰다. 멀리 소쿠리 형국의 분지가 나타났다. 소뿔같이 솟아난 바위 아래쪽 산촌으로 아침나절 밝은 하늘빛이 쏟아져내렸다. 그 빛을 받은 소뿔바위는 막 피어나는 한 송이의 연꽃 봉오리였다. 그 아래로 농가들이 좀생이별처럼 모여 있었다. 니르바나 세계가 따로 없었다.

"별천지로구나."

나도 모르게 탄성이 터져나왔다.

"별천지는 무슨? 사람 사는 세상 거기서 거기지."

호리병을 열어 물을 마시던 인보가 불퉁거렸다. 놈은 이번에도 여지없이 내 감탄사에 재를 뿌렸다. 저만치 떨어진 그는 아직 김 승의 마을을 쳐다보지도 않은 상태였다. 미련한 놈에게는 여행이 그저 힘겨운 공간 이동일 뿐이었다.

내가 말고삐를 잡아채며 그만 내려가려 했을 때였다. 바다 쪽에서 갑자기 바람이 불어왔다. 싸늘하고 축축한 기운이 볼을 때렸다. 말도 몸을 떨었다. 삿갓이나 도롱이 같은 우장 하나 없이 나선 길이었다.

"서두르자."

인보를 향해 그렇게 외치고 돌아서는데, 내 눈에 들어온 것은 기둥처럼 곧추서서 빙글빙글 돌고 있는 먹장구름이었다. 무시무시한 돌개바람을 타고 내달아온 구름기둥은 내 눈앞에서 잡목 숲 이파리들을 훑어 빨아들이듯 집어삼키고 있었다. 말이 울부짖었다. 나는 고삐를 단단히 그러쥐었다. 모래 알갱이들이 사정없이 얼굴을 때렸다. 몸을 잔뜩 움츠리고 두 눈을 질끈 감았다. 공포에

질린 말이 울부짖는 가운데 검은 구름기둥 속에서 귀청을 때리는 웃음소리가 울렸다. 뒷덜미가 쭈뼛해지면서 파란 불꽃이 일었다. 그 무시무시한 소리는 순식간에 나와 내 말을 낚아채 검은 괴물의 아가리에 쳐넣어버렸다.

붕 떠오르는 느낌이었다. 맞다. 돌풍이 나를 허공에 띄워놓았다. 돌풍은 내 몸뚱이를 잡아 사정없이 돌렸다. 허공에서 몇 바퀴나 돌았을까. 잠시 멈칫하는 것 같더니 아까의 그 섬뜩한 웃음소리가 또 들려왔다. 누굴까. 저런 흉학한 소리는 인간의 마을 밖에서나 나올 만한 것이다. 지옥 같은 데나 어울린다. 생각이 거기에 닿는데 일순 내 몸뚱이는 그대로 곤두박질쳐버렸다. 나는 땅바닥에 그대로 처박혔다. 메다꽂힌 나는 파르르 떨고 있었다. 의지와 상관없는 반사적인 떨림이었다. 나는 몸을 일으키려고 손에 힘을 주었다. 그런데 손가락 하나 까딱할 수가 없었다. 의식은 그믐날 밤 등잔불처럼 또렷한데 몸이 움직이지 않았다. 사방이 캄캄해 아무것도 보이지가 않는다. 불현듯 어쩌면 내가 지금 죽은 건지도 모른다는 생각이 들었다. 몸은 죽고 거기서 빠져나온 혼이 떠 있는 건 아닐까. 그렇다면 내가 보여야 한다. 내동댕이쳐진 내 몸 뚱어리가 보여야 한다. 그런데 전혀 보이지가 않는다.

"인보야, 인보 어딨느냐?"

나는 죽을힘을 다해 외쳤다. 그러나 내 외침은 입 밖으로 퍼져나가지 못하고 혀끝에서 맴돌았다. 눈에 보이지 않는 유리벽 같은 데 부딪혀 되돌아오고 있는 것만 같았다. 귀가 먹먹하게 울렸다. 그 밖에 어떤 소리도 들리지 않았다. 절대고요였다. 삶과 죽음의 경계선을 넘고 있는 것만 같았다. 식겁했다. 태어나 처음 당해보는 절대공포이기도 했다. 몽골군에게 쫓길 때도 이렇지는 않았다.

"인보야, 인보 없느냐!"

"……"

아무도 없었다. 소리 내는 그 어떤 존재도 없었고, 심지어 나조차도 없는 느낌이었다. 얼마나 그런 시간이 흘렀는지 모르겠다. 찰나 같기도 하고 영원 같기도 했다.

"지밀 승정!"

울먹이는 인보의 목소리가 들려왔다. 그리 멀지 않은 곳에 인보가 있었던 모양이다. 우렁우렁한 그의 목소리에 물기가 배어 있었다.

"그래, 우리가 살아 있구나."

나는 인보의 목소리가 나는 쪽을 향해 손을 휘저었다. 좀 있다 인보의 두툼한 두 손이 내 손을 부여잡았다. 처음 잡아본 인보의 손이다. 늘 불퉁거리는 어투와 달리 그의 손은 따뜻했다. 살아 있는 생명체의 온기가 깜짝 반가웠다.

"세상에! 미, 믿을 수가 없어요."

인보의 목소리는 떨렸다. 으드득, 어금니 부딪는 소리가 들렸다.

"무슨 일이 있었던 게냐, 대체?"

"어서 말 좀 해보세요! 어서요!"

인보가 내 머리를 제 무릎에 올려놓고 흔들며 울부짖었다.

"뭔 소리냐? 이렇게 말하고 있잖느냐!"

"지밀 승정! 어서 말 좀 해보시라고요! <u>으흐흐흑!</u>"

나는 그때서야 내가 내지른 말들이 단지 의지로 머물렀을 뿐 소리가 되어 나오지 못했음을 알아챘다. 나는 갓난아기가 어머니 자궁을 찢고 나와 제일성을 터뜨리기 직전과도 같은 상태라고 직감했다. 입을 열어야 한다. 목젖을 막고 있는 기운을 밀어내야 호흡이 되고 소리를 발할 수 있다.

캭!

멈췄던 날숨이 터졌다.

"휴!"

나는 분명 살아 있었다.

"인보야!"

"그래요, 지밀 승정!"

이제 말문도 터졌다. 하지만 여전히 앞은 보이지 않았다.

"이게 웬 변괴냐?"

"난생처음 보는 돌풍에 용오름 현상입니다. 이 산중에 어떻게 그런 무시무시한 회오리바람이 일어날 수가 있다지요? 집채덩이라도 훌렁 빨려 올라갔을 겁니다."

"그게 지금은 어디로 갔느냐?"

"공중으로 감쪽같이 사라져버렸습니다."

"넌 그 바람에 휩쓸리지 않았더냐?"

"가까스로요."

"음흉하게 웃어젖히던 자는?"

"웃어젖히던 자라뇨?"

"정말 아무도 없었더냐?"

"무슨 헛소리를 하는 건데요?"

"아니면 됐다."

공포 속에서 들은 환청이었던가보다. 나는 손에 뭔가를 잡고 있음을 알아챈다. 그때까지도 말고삐를 단단히 그러쥐고 있었던 것이다. 그런데 힘없이 늘어진 그 질긴 가죽줄은 두어 자 길이에서 뭉뚝 잘려 있었다.

"내 말은? 내 말은 어딨느냐?"

"바로 옆에요. 떨어지면서 돌에 머리를 부딪혀 즉사했습니다. 승정 목숨이 붙어 있는 건 전적으로 부처님 가피라고요."

"나무관세음보살."

나는 손으로 자갈밭을 더듬었다. 말갈기가 손에 잡혔다. 더 더듬으니 촉촉한 물기가 묻어났다. 여기까지 나를 태우고 왔던 늙은 말의 눈이다. 싸늘하다. 죽은 생명체의 냉기라서 이물스러웠다. 눈을 감겨주려 했지만 눈꺼풀이 닫히지 않는다. 나는 합장하며 왕생극락을 빌었다.

"내 눈에 뭐가 들어 있느냐? 안 보인다. 아무것도 안 보여."

"정말요? 정말 안 보여요?"

"그래, 안 보여."

"잡티라도 들어갔나? 겉으로 봐선 멀쩡해요."

"그런데 왜 이러지?"

인보가 내 뒷목과 어깨를 주물러댔다.

후두두둑.

장대비가 쏟아졌다. 시원했다. 마른 땅이 젖으면서 풋풋한 비 냄새가 풍겨왔다. 두 눈을 크게 떠본다. 아무것도 보이지 않는다. 빗물로 눈을 씻어보았지만 여전히 보이는 건 없었다. 그래도 인보 앞에서 의연한 자세를 갖추려고 애썼다.

"일단 마을로 내려가죠."

인보가 나를 일으켰다. 나는 휘청거린다. 보이지가 않으니 좀처럼 균형을 잡을 수가 없다.

"말을 묻어줘야 할 텐데."

"나중에 마을 사람들과 함께 와서요. 우선 이걸 쓰세요."

인보가 내 머리에 뭔가를 씌워줬다. 갈모다. 기름 먹인 종이로 만든 모자인데 이 장대비 속에서 버텨낼 것 같지가 않다.

"너나 써라. 멀쩡한 네가 써야 옳지."

인보는 내 말을 듣지 않았다. 자기 말에 나를 태우고 터덜터덜 걸어서 산길을 내려가기 시작했다. 비는 곧 그쳤다.

"우리가 넘어온 쪽은 아직도 왕창 퍼붓고 있는데 내려가는 마을 쪽은 햇살이 쨍쨍하네요."

인보가 일러주었다.

"그러게 여름날 산중에서 만나는 소나기는 소 등에서도 갈린다지 않더냐."

나는 천연덕스레 여유를 부렸다. 그러면서도 속으로는 아까 그 끔찍한 용오름을 떠올렸다. 무슨 조홧속으로 그런 돌풍이 내 쪽으로만 불었던 걸까. 나를 태웠던 말은 죽고 나는 눈이 보이지 않는다. 그런데 소름 끼치던 그 웃음소리는 누가 낸 걸까. 나는 인보에게 더 말하지 않았다. 회오리바람의 넋일 수도 있었다.

"평지가 나왔느냐?"

"거의요. 작은 방죽 옆을 지나가고 있습니다."

"마을은?"

"아까 고갯마루에서 보던 큰 마을은 아직 멀었고 띄엄띄엄 작은 마을들이 있군요. 협착해 보이던 산중에 논밭이 제법 넓게 풀어졌어요. 논밭에서 일하는 농부들이 보이네요."

천엽처럼 빼곡하게 중첩한 산속 쇠뿔바위 아래 터 잡은 마을은 삼거리까지 이어졌다. 완산주 계수관은 지도를 펼쳐놓고 말했었다. 폭포가 있는 곳까지 크고 작은 마을이 계곡 구석구석에 박혀 있노라고. 관청에서 집계한 바에 따르면 사백여 호에 이른다고 했다. 한 집을 다섯 식구로 잡으면 이천 명이나 되었다. 폭포 넘어 남쪽 내소사 일대는 빼고 내변산만 쳐서 그렇다고 했다.

"삼거리 마을에 다다랐는데요."

"그럼 오른쪽으로 가야겠지. 쇠뿔바위 밑에 판각공방이 있다고 했다."

"이제 좀 보여요?"

"전혀."

개가 짖었다. 뒤에서 조잘대는 꼬맹이들 소리도 들렸다. 비를 쫄딱 맞은 낯선 사람들이 말을 타고 나타나자 졸졸졸 따라붙었음에 틀림없다.

"얘들아, 공방이 어디냐? 경판 새기는 공방을 찾는다."

인보가 물었다.

"저기요. 저기 높은 이층 누각요."

아직도 앞이 보이지 않았지만 나는 흔들리는 말 잔등 위에 짐짓 태연하게 앉아 있었다.

"커다란 돌배나무 세 그루가 있는 이층 기와집이로군요. 이백 보쯤만 더 가면 됩니다."

인보가 갑갑한 내 속내를 헤아려 자세히 일러줬다.

"김승의 공방이 아니라 의원부터 찾아가야 옳은 것 아니냐?"

"이따 부르면 되죠."

"우스꽝스럽구나."

"뭐가요? 마을이 잘 가꿔져 있고 집들은 반듯반듯하기만 합니다."

"내 꼴 말이다."

나는 강화도 대장도감이 파송한 감찰 신분이다. 어처구니없게도 감찰 나온 사람 눈이 그만 멀어버렸다. 무엇이 보여야 조사를 하고 따질 게 아닌가.

"천재지변이었어요. 예기치 못한 순간에 누구나 당할 수 있는 사고였다고요."

속 편하게 사는 인보 말이 옳은지도 모른다.

"그래도 하필이면 마을이 보이는 고갯마루에서 왜 내가 당하느냐 말이다."

이왕지사지만 나는 좀처럼 받아들일 수가 없었다.

"듣자 하니 좀 그렇네. 그럼 내가 당했어야 옳았다는 거예요?"

인보가 앵돌아졌다. 내 실수임을 인정한다.

"어디서 오는 스님들이슈?"

탱글탱글하게 뭉친 사내 목소리다. 인보의 귀띔에 의하면 불곰 같이 생긴 사내가 나타났다고 한다.

"강화도 대장도감에서 내려온 승정 지밀이다. 김승 스님을 찾아왔다."

내가 목에 힘을 주며 위엄 어린 어조로 말했다. 하지만 상대를 날카롭게 쏘아볼 수 없으니 위엄이 반감되리라. 그래도 어쩔 수 없는 일이다.

"우선 숙소로 가슈. 빗길에 자빠지셨나? 우박 맞은 배춧잎같이 옷이 너덜너덜 찢기고 몰골이 말이 아니로구먼유."

내 옷이 찢겼다는 걸 그제야 알았다. 인보는 그걸 말해주지 않았다. 하긴 눈이 먼 판국인데 그깟 옷 찢긴 걸 말할 때가 아니었다. 곧바로 김승을 만나지 않고 숙소에서 옷을 갈아입을 수 있어서 그나마 다행이었다.

"점심 자시고 계시다보면 촌장 어른이 올 거유."

쇳소리 목청을 지닌 그 사내는 쿵쿵 울리는 발소리를 남기고 사라졌다. 맷집이 상당하다는 얘기다. 인보가 세숫물을 대령했다. 나는 손가락 끝에 눈이 달려 있기라도 한 것처럼 놋쇠대야를 더듬는다. 물의 표면도 천천히 더듬는다. 두 손을 담갔다가 얼굴로 가져가 눈 주위를 두드려본다. 눈을 떠본다. 여전히 까맣다. 나는 푸푸, 소리 내 세수를 한다. 그리고 바랑의 여벌옷을 꺼내달래서 갈아입는다.

"누워요. 자고 나면 좋아질지 몰라요."

인보의 채근에 못 이겨 자리에 누웠다.

"따뜻한 차라도 구해 와야겠네요."

인보가 차를 얻으러 갔다. 나는 홀로 누워서 관자놀이를 지압했다. 그래도 눈은 보이지 않았다. 어디서 온 병통인가. 병통은 본디 있지도 않았다. 없었던 건 병통뿐만이 아니다. 내 몸뚱이, 내 눈 또한 본디 없었다. 그런데 없던 병통이 찾아와 없던 눈을 멀게 했다. 그렇다. 나는 지금 눈이 먼 상태로 여기 누웠다. 어떻게 생겼는지도 모르는 낯선 이역의 방구석에. 이런 나는 허깨비인가, 실체인가. 모든 건 마음이 지어내는 것, 나는 내 마음을 조율하여 눈먼 병통을 다스릴 수 있을까. 그럴 수만 있다면 나는 이미 경지에 든 수행자다. 그런데 나는 의심스럽다. 내 적공積功은 아직 그 단계에 이르지 못했다.

마음이여, 본래 마음자리는 담연하다. 깊고 맑아서 먼지와 티끌이 곧잘 묻는다. 우선 더러워진 내 마음자리부터 쓸어내자. 나는 신묘장구대다라니를 외웠다. 나모라 다나다라 야야 나막알야 바로기제 새바라야 모지사다바야 마하사다바야…… 뇌를 자극하려고 부러 구강과 비강이 울리게끔 우렁우렁 발성했다. 주문을 외고 나니 개운해졌지만 앞이 보일 기미는 없었다.

마음이 문제다. 정녕 마음이 지어낸 병통이라면 마음부터 찾아내야 한다. 그리하여 때가 묻었다면 깨끗이 닦아내야 하고 놀랐다면 달래줘야 하며 터졌다면 꿰매줘야 하고 막혔다면 뚫어줘야 한다. 나는 왼쪽 가슴을 더듬어본다. 쿵쾅쿵쾅 뛰는 이 심장 속에 마음은 깃들어 있으리라. 심장을 꺼낼 수만 있다면 좋으련만. 유감스럽게도 살아 있는 동안은 그럴 수 없다. 그걸 꺼내면 죽어버리고 말 테니까. 그렇다면 어떡한담? 꺼냈다고 생각하자. 뜨겁다. 팔딱팔딱 뛴다. 물로 씻는다. 그런 다음 손으로 토닥거려준다. 터진 부위를 실로 꿰매주고 막힌 데는 바늘로 뚫어준다. 이제 정상으로 회복되었다. 가슴을 다시 열어젖히고 심장을 도로 집어넣는다. 이제 보여야 한다. 나는 눈을 질끈 감았다가 번쩍 뜬다. 희뿌연 안개만 자욱하다. 안 보인다. 역시 심장을 실제로 꺼내지 않고 생각으로만 꺼내 여러 처방을 하니 효과가 없는 모양이다. 망상만으로는 현실을 바꿀 수 없다.

마음밭을 갈고 가꿔야 생각의 싹이 자란다. 생각만으로는 아무것도 바꿀 수 없다. 생각은 심장의 소관이 아니라 두뇌의 소관이니 맥락을 잘못 짚은 것이 된다. 마음은 심장에 있는데 생각은 두뇌로 한다? 이상하다. 뭔가 잘못됐다. 혹시 마음도 두뇌 속에 있는 건 아닐까?

궁리하는 사이 인보가 돌아왔다. 어디서 구했는지 눈에 좋다는 결명자차를 달여 왔다. 그가 나를 일으켜 앉혔다.

"찻종지가 무슨 색깔이더냐."

"깨끗한 흰색입니다."

나는 찻종지를 만져서 모양을 헤아린 다음, 의식적으로 붉은 빛깔의 차를 채워넣었다. 심란해서일까. 연상 작용은 쉽지가 않았다. 찻종지도 검었고 거기 담긴 차 빛깔도 검었다. 나는 책상다리를 하고 앉아서 호흡을 골랐다. 더운 찻종지를 두 손으로 감싼 채였다.

"어서 마시지 않고 뭐 합니까?"

"내 마음이 창광하여 심장과 두뇌 사이를 어지러이 오간다. 마치 미친개가 진흙밭에서 사납게 날뛰듯 말이다. 찻종지도 찻물도 내 마음에 들어오지 못하는구나. 아무리 떠올리려고 해도 흰 찻종지와 붉은 찻물이 보이지가 않아."

"그래서 안 마시려고요? 좌우간 입으로 마시면 몸으로 들어가는 거요."

내가 인보 저놈의 성격을 타고났다면 얼마나 속 편하겠는가.

"나는 네가 아니다."

"까다롭기는 나 원 참! 그런 소리는 이따 의원이 오면 그 앞에서나 하세요!"

인보가 찻종지를 내 입에 갖다 대고 마구 기울인다. 나는 엉겁결에 찻종지를 비운다.

"이런 거 마시고 눈이 떠질 것 같았으면 애초 멀지도 않았다."

"그러면서 주문은 왜 외웠어요? 이 판국에 주문이 결명자차보다 더 낫다는 거요?"

"네놈의 못된 버르장머리가 또 도졌구나. 중이 염불하는 것도 흠이더냐?"

"관두죠. 약사발 곁에 놔두고 주문만 고집해서 병이 낫겠어요? 나니까 모시고 다녀요. 아플 때만이라도 좀 무던해져봐요."

인보가 나를 부축해 누이며 우악스러운 손으로 내 입을 틀어막는다.

"지기 싫어하는 그 성격 잘 알겠는데요. 그 몸을 하고서 자꾸 말하면 기운만 빠져요. 지밀 승정 마음이 창광한 게 아니라 그 입이 더 창광해요."

인보 놈과 콩팔칠팔 티격태격하고 있는데 의원이 왔다. 목소리가 메마르고 가느다랗다. 짐작하건대 늙고 삐쩍 마른 몸이리라. 목청과 달리 진맥하는 손가락은 굵직하다. 일을 많이 한 손 같다. 농사지어가면서 급체한 사람들 사관이나 따주는 돌팔이 의원이 틀림없다. 나는 심드렁하게 몸을 내맡겼다.

"젊은 스님이 허풍이 여간 심한 게 아닐세. 바디고개가 바람이 세긴 하지. 그렇다고 사람과 말이 함께 떠오를 수야 있겠소?"

의원 늙은이는 사고당하던 때의 정황을 일러주는 인보의 말에 황당해했다. 당해보지 않고서는 누구라도 그럴 거였다.

"미치고 팔짝 뛰겠네. 말이 떨어져 그 자리에서 즉사했다니까요. 이따 고갯마루에 가보면 알 거 아뇨! 뻗어버린 말의 주검을 보면 믿을 테지."

인보가 씩씩거렸다. 세상에는 믿기지 않는 일이 얼마든지 있다. 사람들은 직접 눈으로 보지 않으면 좀처럼 믿으려 하지 않는다. 설사 제 눈으로 보았다고 해도 믿기지 않는 일들은 세상에 쌔고 쌨다.

"사실이오. 공중에 붕 솟구쳐올랐다가 곤두박질쳤는데 말은 즉사하고 나는 그만 눈앞이 캄캄해져버렸소."

나는 점잖은 어조로 사실을 확인해주었다.

"어쨌거나 많이 놀랐나보오."

의원 늙은이는 내 손과 발, 머리에 침질을 해댔다. 혈 자리나 제대로 알고 찔러대는 건지 알 수가 없었다. 의원 늙은이가 코밑 인중을 찔렀을 때, 너무 아파서 그만 비명을 내질렀다.

"엄살이 꽤 심하오."

인보는 허풍이 심한 중이, 나는 엄살이 심한 중이 되는 순간이었다.

의원 늙은이가 침을 거뒀다. 눈을 떠봤다. 여전히 안 보였다. 나는 한숨을 푹 쉬었다.

"패독산敗毒散을 지어 보낼 거요. 이레 동안 달여 먹고 나면 효험을 볼 게요."

"이레씩이나?"

나는 돌팔이 늙은이의 진단을 인정할 수 없었다. 어떻게 내가 이레 동안이나 소경노릇을 할 수 있단 말인가. 앞이 안 보이면 좋아하는 경전은 어찌 보며, 이 사특한 집단을 어떻게 감찰한단 말인가. 하루도 너무 길다. 아니, 반나절, 한 시진도 길다. 용맹정진하는 수행자는 단 한순간도 눈을 감을 수 없다. 잠잘 때도 의식은 별처럼 깨어 있어야 하는 거니까. 절집에 괜히 목어나 풍경을 매달아놓는 게 아니었다. 잠잘 때도 눈을 빠히 뜨고 있는 물고기처럼 의식이 늘 깨어 있으라는 뜻에서였다.

"초장에 잘 조섭하지 않으면 영영 눈이 멀 수도 있소."

"되지도 않은 겁박 마오. 나는 그런 업장을 지은 바 없소이다."

나는 단호하게 쐐기를 박았다. 돌팔이 주제에 어디다 대고 망발인가. 나는 입때껏 광명한 태양 아래서 한 점 부끄럼 없이 살아온 청정비구다. 나약해진 환자를 겁박하여 돈이나 뜯어낼 속셈 같은데 어림없다.

"쯧쯧! 그 화상, 자부심이 지나쳐 아만으로 가득 찼구먼."

의원 늙은이가 혀를 찼다. 점입가경이었다. 의원이면 병만 고쳐놓으면 그만이지 함부로 환자의 심성까지 평가한다. 오지랖 한번 되게 넓다.

"무엄하다. 말을 삼가라!"

나는 핏대를 세웠다.

"끄음! 승정께서는 이래서 도인이 못 되오. 도인은 남에게 제 몸을 내맡기지 않소. 피치 못해서 몸을 맡기게 되더라도 온전히 맡기고 순순히 따르오."

나는 머쓱해졌다. 고약한 시골고라리 늙은이의 말에 씨가 들어 있다.

"인보야, 약값을 후하게 쳐줘 보내라."

"됐소. 나는 돈 받고 병 고쳐주는 장삿속 의원이 아니오."

또 한 방을 정통으로 얻어맞은 셈이었다. 의외였다. 앵돌아진 돌팔이 늙은이의 모습이 안 봐도 선했다. 옷자락 펴지는 소리를 남기고 그가 사라졌다. 내가 어쩌다 이런 궁벽한 변방까지 와서

촌 늙은이에게 능욕을 당하는가. 눈이 멀어버린 게 화근이었다. 어서 눈부터 떠야 한다. 김승이 나타나기 전에 눈을 떠야 한다.

쇳소리 목청을 지닌 아까 그 사내가 다시 나타났다. 점심상을 든 일꾼을 대동하고서였다. 인보와 나누는 대화 내용으로 보아 숯이 담긴 화로와 약탕기도 가져온 듯했다. 입맛이 없어서 몇 수 저 뜨고 물렸다. 그들이 밥상을 내가자 인보가 귀띔했다. 쇳소리 목청의 사내가 판각공방 살림을 도맡아 하는 것 같다고. 좀 있다 패독산 첩약 뭉치가 배달되었다. 약이 달여지기를 기다리며 나는 복잡한 생각을 달린다.

나는 그간 눈으로 책을 읽으며 진리를 캐왔다. 붓다를 꿈꾸지만 아직은 어림도 없다. 중생의 삶이란 내남없이 식識의 흐름으로 이뤄져 있다. 식이란 어떤 대상을 보고, 듣고, 냄새 맡고, 맛보고, 감촉하고, 의식하는 안眼·이耳·비鼻·설舌·신身·의意 6식을 가리킨다. 이 6식은 그 대상이 밖에 있다. 그런데 대상을 인식하는 자아 자체를 인식 대상으로 삼는 경우도 있다. 제7식인 말나末那식이다. 밖으로도 안으로도 드러나지 않아 우리가 알지 못하는 잠재의식은 제8식 아라야阿羅耶식이다.

만물은 이 여덟 가지 식에 의하여 나타나는 작용일 뿐이다. 따라서 고정된 실체가 없다. 고정된 실체가 있다면 원인과 결과의 작용이 일어날 수 없다. 고정된 실체들은 제각기 모이거나 흩어질 뿐, 서로 영향을 끼칠 수 없기 때문이다. 고정된 실체가 없기에 변화가 있고 변화는 인과법으로 얽히는 거다.

내가 지각하는 대상이 공空이라는 걸 깨달으면 인과법이 지배하는 세상과는 차원을 달리하게 된다. 지각하는 세계만이 아니라 지각할 수 없는 세계도 알게 된다. 이 경지에 다다르면 삶과 죽음의 경계를 넘어서 모든 존재를 떠난다. 더 이상 8식이 흐르는 중생의 삶이 아니다. 불보살의 세계인 것이다.

하지만 나는 불보살이 아니다. 어김없는 중생일 뿐이다. 하여 나는 지금 이 순간도 식이 흐르는 세상에서 식을 통해 살아간다. 6식 가운데 우선 눈으로 보고 판단한다. 눈은 그래서 보배 중의 보배다. 더구나 눈썰미가 남달라 무엇이건 꿰뚫어보고 기억도 잘한다고 정평이 나 있는 나다. 그런데 하필이면 그 눈이 보이지 않으니 기가 막힐 노릇이다.

"덥구나. 인보야, 부채 좀 다오."

나는 열쳐놓은 문밖에다 대고 별 필요치도 않은 부채를 달라고 외쳤다. 아무런 대꾸가 없었다. 멀리서 풍악 소리가 울렸다. 꽹과리와 태평소 가락이 요란하다. 북과 징 소리도 난다. 사이사이 웃음소리가 자글자글 터졌다. 광대놀이라도 벌어진 걸까. 풍악 소리가 점점 사라진다. 동네를 한 바퀴 돌아서 이웃 동네로 가는 것 같았다. 이때 발소리가 울렸다. 인보가 측간에라도 갔다가 돌아오는 모양이다.

"부채 좀 달라지 않느냐?"

"……"

"어서! 그리고 저건 무슨 소리지?"

아무런 대꾸도 없이 신발을 벗고 마루로 사뿐 올라서는 것 같다.

"웬 풍악 소리냐고?"

"……"

여전히 대꾸가 없다. 인보가 아닌 것 같다. 나는 숨을 죽인다. 약탕기에서 약물 끓는 소리가 울려나왔다. 나는 정신을 더 집중했다. 미세한 사람 숨결이 감지된다. 그 숨결이 점점 더 가까워진다. 바로 코앞에서 나를 빤히 들여다보는 것만 같다. 보이지 않지만 나는 팽팽한 시선을 의식하며 나지막이 물었다.

"뉘시오?"

"……"

여전히 대꾸가 없다. 신경이 곤두서고 맥박이 빨라졌다. 본능적으로 경계해야겠다는 생각이 들었다. 나는 누운 채로 두 손을 뻗어 허공에 반원을 그려보았다. 아무것도 걸리는 게 없었다. 사람 숨결은 내 바랑 쪽으로 옮아간 것 같았다. 나는 엉거주춤 일어나 앉아서 그쪽을 더듬었다. 역시 아무것도 붙잡히는 게 없다. 이러는 나를 상대는 고스란히 내려다보고 있을 게다. 저쪽은 나를 보고 있지만 나는 저쪽을 전혀 못 본다. 그러니 대거리할 입장이 못 된다. 그만 실소가 터졌다.

나는 얌전히 제자리에 누웠다. 몇 번 심호흡을 하고 나니 마루

밟는 소리, 신발 꿰는 소리가 차례로 들렸다. 발소리는 그렇게 멀어져갔다. 누굴까. 왜 기척도 없이 왔다가 말없이 사라진 걸까. 나는 코로 숨을 들이켰다. 진한 송진 냄새 같은 게 났다. 오래된 책장을 넘길 때 나는 냄새 같기도 하고 한약 냄새 같기도 하지만, 약탕기에서 나는 냄새와는 사뭇 다른 냄새였다. 의문의 방문자가 남기고 간 것 같았다. 그전에는 이런 냄새가 없었으니까.

방 안 가득한 그 향기가 급하게 뛰던 내 맥박을 진정시켰다. 마음이 차분해졌다. 인보가 어디로 가버린 틈에 누군가가 다녀갔다. 그리고 그윽한 향내만 남았다. 혹시 김승이라는 자가 살짝 다녀간 건 아닐까. 별의별 생각이 다 들었다.

나는 눈을 감았다. 떠도 보이지 않는 눈이지만 꼭 감고서 영안靈眼을 떠볼 참이었다. 수행자 가운데 고수는 천안통天眼通을 깨친다. 나는 얼치기 아닌, 제대로 공부해온 수행자다. 내공이 있다면 바로 이런 때 발휘해야 한다. 과거와 미래 모습을 보는 건 바라지도 않는다. 현재만이라도 뚫어보자. 문밖 뜰에는 약탕기가 끓고 있다. 하얀 김이 피어오른다. 마당은 텅 비어 있다. 둥그런 형태다. 돌담 가장자리로 커다란 감나무 한 그루가 서 있다. 마당에 널린 감나무 그늘 틈새로 여름날 오후의 햇살이 꼼지락거린다. 나무둥치를 톺아본다. 어른 키 높이쯤에 매미의 허물이 보인다. 등에 구멍이 뚫렸다. 허물을 벗어두고 어디론가 날아가버린 것이다. 내 의식도 내 몸을 빠져나와 이렇게 허공을 날고 있다. 덩굴처럼 구불구불한 고샅을 벗어나 마을 구경을 나선다. 조용한 마을에 풍악을 울리며 행진하는 무리가 보인다. 알록달록한 차림의 광대들이 재주를 부린다. 높이 치켜든 장대 위에서 사슴이 춤을 춘다. 사슴 탈을 쓴 꼬마 광대다. 물구나무서서 걸으며 양발로 통을 굴리는 광대, 입에 문 막대기로 접시를 돌리는 광대, 외발 바퀴를 타는 광대와 불을 토하는 광대도 있다. 그 뒤로 마을 사람들이 하얗게 따라붙었다. 인보 녀석의 모습도 보인다. 나를 그림자처럼 수행해야 할 놈이 그깟 광대 무리에 마음을 빼앗겨 넋 놓고 있다.

"인보 너 이놈!"

나는 호통친다. 놈이 놀라 뒷걸음질치는 것 같더니 사라져버린다. 풍경은 물결에 떠밀려 출렁거린다. 그러고는 모두 지워져버린다. 까맣다.

고단했던 탓일까. 잠깐 잠이 들었던 것 같다.

"약 마셔요."

인보다. 놈이 어느새 돌아와 내 몸을 일으켜 앉힌다.

"광대 무리에 섞여서 춤이라도 추지그랬냐."

"어라! 방에 누워서도 볼 건 다 보시네."

"눈이 멀자 천안통이 열렸다, 이놈아!"

"그럼 약 자시지 말아야겠네요. 천안통 닫혀버릴라."

인보가 내 입에 약사발을 대주려다가 뗀다. 나는 두 손으로 약사발을 붙잡고 벌컥벌컥 마셔버린다.

"인보 스님, 아픈 사람 그만 놀려요."

나는 모처럼 경어를 쓴다. 사실은 늘 그래야 마땅하다. 가뜩이나 불교 교단이 부패했다고 백안시하는 시절이다. 중들끼리 서로 존중하고 위해주지 않으면 누가 위하겠는가.

"어지간해야죠."

"또 그러시네. 스님이 이러니까 내가 막말을 하지. 뜰에 감나무 한 그루 보이지?"

"그런데요."

정말 감나무가 있는 모양이다. 나는 내심 놀라면서도 담담하게 말한다.

"스님이 까치발 서면 닿을 높이의 둥치에 매미 허물이 하나 붙어 있을 터. 가서 떼어 오게."

나는 제8식인 말나식을 확장하여 본 결과물을 확인하고 싶었다. 마당으로 나간 인보가 조금 있다 외쳤다.

"지밀 승정, 눈이 보이시는군요! 잘됐어요!"

그는 매미 허물을 가지고 와 내 손바닥에 올려놓았다. 마른 허물이라 깃털만큼이나 가볍다. 나는 눈을 감고서 매미 허물을 본다. 투명한 살색 허물이 보인다. 이 허물은 전에 본 기억을 옮겨 온 형상일까. 방금 인보가 가져온 걸 꿰뚫어보고 있는 걸까. 잘 분간되지 않았다. 찰나라는 것, 사물을 기억하는 허깨비다. 과거의 찰나를 기억하는 내 의식이 조화를 부려서 현실인 양 눈앞에

다 불러다놓는 수가 있다. 착각은 그래서 생긴다. 누구나 착각한다. 기억력이 좋은 사람일수록 더 그렇다. 그런데 그런 사람은 머리가 좋다는 이유로 자신의 착각을 좀처럼 인정하지 않으려고 한다. 그걸 경계해야 선지식이다. 나는 얼음처럼 냉정해진다.

"보이면 눈을 뜨고 보시지 왜 눈을 감고 봐요?"

"거참! 조용히 해봐라."

나는 도로 막말을 해버린다.

"난 그럼 나가볼게요. 마을에서 고기를 잡고 잔치가 벌어진대요. 광대패가 온 김에 밤새 논다나봐요."

뭐가 그리 신났는지 인보는 여기 와서 짐을 풀고부터 도무지 방바닥에 엉덩이를 붙일 줄 몰랐다.

나는 책상다리를 하고서 선정禪定에 들었다. '이뭐꼬' 화두를 잡도리하고 의식을 명징하게 지워나간다. 그렇게 6식과 7식, 8식의 단계를 뛰어넘으면 대원경지大圓鏡智에 다다른다고 한다. 중생의 미망에서 벗어나는 것이다. 대원경지는 우주를 비춰보는 열반의 지혜다. 살아 있는 자, 누구건 열반의 지혜에 도달한 이가 있을까. 나는 단언한다. 그런 자는 과거에도 없었고 현재에도 없고 미래에도 없으리라고. 그럼 붓다는 뭔가. 붓다는 신이 아니다. 나는 붓다가 우주를 꿰뚫어봤다고는 생각하지 않는다. 우주는 우주를 벗어날 수 있어야 온전히 볼 수 있다. 그런데 우주를 벗어난 존재는 지상 어디에도 있을 수 없다. 우주에 속하지 않아야 그 밖에서 우주를 통찰할 수 있는데, 그러면 우주 안에 존재하지 않는 것이 된다. 나락 한 알에도 우주가 담겨 있다고 할 때, 그 우주는 우주 전체를 말하는 게 아니라 그 속성을 미루어 비유하는 말일 뿐이다. 《화엄경》에서 전체 속에 하나가 있고 하나 속에 전체가 있다고 하는 말도 마찬가지다.

"저녁상을 일찌감치 봐왔구먼유. 동네잔치에 고깃국을 끓였는데 건더기는 빼고 국물과 무만 퍼왔슈."

불곰 같다는 그 사내가 나타나 내 선정을 깨웠다. 나는 눈을 크게 뜨고 밥상을 보고자 했으나 보이지 않았다. 눈을 감고 다시 천안통을 열려고 애써보았다. 하지만 열리지 않았다. 잠시 열렸다가 도로 닫혀버린 것 같다.

"여기 수저유. 밥을 말아 자시는 게 낫겠지유."

사내가 내 손에 수저를 쥐여주었다. 이미 국에 밥을 만 상태 같았다. 고깃국이다. 역한 노린내가 풍겼다.

나는 붓다를 꿈꾸는 수행자다. 영원한 진리를 깨치고 싶었다. 중생을 구제하겠다는 원력도 세웠다. 그런데 내 입으로 퍼 넣는 밥조차 다른 사람의 도움을 받고 있다. 세상에 눈먼 붓다는 없다. 눈이 멀면 중생을 구제하기는커녕 민폐를 끼치게 된다. 우선 눈부터 뜰 일이다. 천안통을 여는 건 그다음 일이다.

나는 잡념을 버리고 수저질에 열중했다. 잡곡밥을 만 고깃국 한 그릇을 군말 없이 먹어치웠다. 사내는 저녁상을 물릴 때까지

내 곁을 지켰다. 이름이 전추산이라고 했다. 통성명하면서 붙잡아본 손은 솥뚜껑처럼 크고 두툼했다.

인보는 밤늦도록 들어올 줄 몰랐다. 새벽녘에 뒷간에 가려고 불렀으나 그때까지도 안 들어와 있었다. 나는 기다시피 마당에 나가 한구석에 실례를 해야 했다. 명색이 수행자라는 이가 그렇게 용변을 보는 건 자존심을 구기는 짓이었다. 인보 놈이 미웠다. 돌아오면 대뜸 똥부터 치우라고 하고 눈물이 쏙 빠지게 혼낼 작정이었다.

3

　사방이 고요했다. 풍악 소리도, 신나게 놀던 마을 사람들의 환호 소리도 잠잠해진 지 오래다. 시간은 물에 젖은 삼베옷처럼 무겁고 흥건하다. 머뭇거리기만 할 뿐 좀처럼 흘러갈 줄 모른다. 첫 닭이 울지도 않았으니 날이 밝으려면 아직도 한참 멀었다. 좀이 쑤신다. 자시에 하늘이 열리고 축시에 땅이 열린다던가. 하늘이 열리고 땅이 열리는 광경은 눈에 보이지 않는다. 열리는 소리도 들리지 않는다. 인간 세상은 인시에 열린다는데 그 광경과 소리는 능히 보이고 들린다. 푸르스름한 새벽빛, 닭 울고 개 짖는 소리가 그 전령인 셈이다. 아무런 기미가 없는 지금, 나는 무엇을 기다리느라 이처럼 초초한가. 새벽달 보자고 초저녁부터 기다린

셈이지만 인보 놈은 도무지 나타날 줄 모르고 내 눈앞에 빛은 멀기만 하다.

나는 방문을 열고 엉거주춤 마루로 나왔다. 바닷가 산중 마을의 새벽 공기는 달콤했다. 오이를 갓 썰었을 때 나는 향긋함과 흡사했다. 심호흡을 해본다. 그사이 내 두 손은 어느새 곤충의 더듬이가 되어 있었다. 앞쪽은 허공이다. 눈먼 자에게는 허공이 오히려 안전했다. 헛디딜 수 있는 발밑 허공만 아니면 된다. 마루 끝을 따라 옆으로 가다가 네모난 기둥을 만났다. 기둥을 짚고 서니 새벽잠에 곯아떨어진 마을 고샅을 훑고 온 바람이 코끝에 닿았다. 나는 아주 작은 소리라도 놓치지 않고 감지하려고 애썼다. 깊고 낮게 가라앉은 고요뿐이었다. 그 속에서 인보의 발소리를 캐보았지만 이 역시 감감했다. 어디에 쑤셔박혀 퍼질러 자고 있나보다. 참 속 편한 녀석이다. 잠깐 천안통이 열렸다 닫혔거늘 내가 보이는 줄로 아는 모양이다.

"한심한 중생 같으니!"

나는 깊고 검은 허공에 대고 나무랐다. 먼 데서 닭 우는 소리가 들렸다. 그러자 가까운 곳에서 개가 컹컹 짖었다. 다른 개들도 따라서 연달아 짖기 시작했다. 발소리가 들렸다. 드디어 인보가 돌아오고 있는가. 발소리는 하나가 아니라 여럿이 겹쳐서 울렸다. 한 무리가 걸어가는 소리였다. 그 소리는 가까워졌다가 도로 멀어져버렸다. 이 새벽에 어디로 가는 사람들일까.

댓돌 부근에서 화로를 확인하니 화롯불은 사윈 지 오래다. 아침에 먹을 약을 달이려면 지금쯤 숯불을 피우고 약탕기를 올려놓아야 했다. 약은 정성이라는데 이 화상 하는 짓이 제멋대로다. 수기 스승도 너무하다. 까까머리 중에게 얼레빗 채워주기지, 그따위 덜떨어진 놈 데리고서 무슨 감찰을 하라는 것인가.

우우. 위잉.

멀리서 짐승 우는 소리 같은 게 들렸다. 집 뒤쪽 산에서 나는 소리였다. 깊은 데서 울려나오는 소리가 분명했다. 세상 모든 것들은 무언가 편치 못하거나 원하는 것이 간절하면 운다. 저것은 산이 우는 소리다. 호소하는 것 같은 산 울음소리는 한참이나 계속됐다. 바디고개에서 죽은 내 말이 생각났다. 인보는 어제 오후에 그 말을 잘 묻어주었을까.

나는 마당 가장자리에서 지게 작대기 하나를 붙잡는 데 성공했다. 반쯤 열린 싸리문을 찾아내 드디어 고샅으로 나섰다. 왼손으로는 토담을 짚고 오른손으로는 작대기를 휘둘러가며 전진했다. 모퉁이를 돌아가는데 물컹 하고 밟히는 게 있었다. 하마터면 미끄러질 뻔했다. 돌담을 짚고 서서 한쪽 발을 들어올리니 구린내가 풍겼다. 개똥을 밟은 것이다. 눈살을 찌푸리며 돌담에 갓신을 문지른다.

"왜 나와 계슈?"

판각공방 살림꾼 전추산이다. 깜짝 반가웠다.

"하도 답답해서."

"에구구. 똥 밟아버렸구먼. 쯧쯧쯧! 인보 스님 부축받고 나오실 일이지."

"어제 낮에 나가서 여태 코빼기도 안 비쳤다오."

"세상에! 환자 혼자 놔두고 뭔 일이대유? 어서 들어가십쇼. 숯불 담아왔슈. 약부터 달여야지."

"날은 밝았는가?"

"이제 막 밝기 시작하는구먼요."

전추산은 나를 마루 끝에 앉힌 다음, 마실 물부터 가져다주었다. 그는 화로에 약탕기를 올려놓고 집 밖으로 나가더니 물을 길어왔다. 그 물로 개똥 밟은 내 발을 씻겨줬다. 세수를 하고 나서 마루에 앉은 나는 그에게 질문을 쏟아놓았다. 우물은 판각공방 마당에 있고 판각공방은 여기서 아래쪽으로 세 집 건너라고 했다.

"김승은 어제 왜 안 온 건가?"

"얘기도 없이 산기도 가신 거 같구먼요."

"산기도?"

"직소폭포나 부사의방 원효굴, 멀리 격포 바닷가까지 기도를 다녀오곤 합쥬. 밤을 새거나 사나흘씩 있다 오는 경우도 있슈."

"그자가 없으면 누가 그자 일을 대행한다지?"

"판각공방장요. 글씨 잘 쓰시는 스님입쥬."

"사경도 잘하겠군. 그자라도 만나봐야겠소. 여기서 먼 데 있소이까?"

"판각공방 이층 방에 있슈. 이따 조반 잡숫고 가보십쇼."

약탕기가 데워지면서 약 냄새가 풍기기 시작했다. 나는 어제 오후에 누군가가 내 방에 다녀가면서 남긴 진한 송진 냄새를 기억해냈다. 전추산에게 혹시 짐작 가는 사람이라도 있냐고 물었다. 전추산은 전혀 모르겠다고 했다. 바디고개에서 죽은 말은 어떻게 했는지, 내가 타고 온 말은 누가 돌보는지를 물었다.

"판각공방 마구간에 뒀슈. 바디고개에서 즉사한 말은……"

"잘 묻어줬겠지? 인보 스님 주선으로."

"저도 나중에 알게 되었는디 그게……"

전추산의 목소리가 모기 소리처럼 잦아들었다.

"……어제 낮에 광대패가 바디고개를 넘어오다가 방금 죽은 말을 발견하고서 냉큼 잡아버렸던가봐유. 칼로 고기만 깨끗이 발라와 동네잔치를 했구먼유. 어제 저녁 승정께서 드신 고깃국이……"

"옴 살바 못자 모지 사다야 사바하."

나는 참회진언을 외었다. 어이가 없었다. 어제까지 나를 태우고 다니던 말을 내가 먹었다. 중이 고기국물 먹은 것도 허물인데 타고 다니던 말을 맛나게 먹어치웠다. 나는 토악질을 해댔다. 토사물이 마당에 쏟아졌다. 인보 놈이 돌아와 해야 할 일이 하나 더 늘었다.

"이미 죽어버린 말, 너무 마음 아파하지 마십쇼. 그 말은 죽어서도 제 살로 보시한 셈이니께 공덕이 아주 크네유."

전추산의 그런 통속적인 어법이 나를 위로하지는 못했다. 수행자가 잘못을 저질렀다면 무조건 참회해야 한다. 그리고 다시 되풀이하지 않아야 한다. 평계를 찾아서 무마하려 하거나 결과를 셈하는 건 본령과 멀어지는 행위다. 제대로 생겨먹은 수행자라면 세상이 어디로 굴러가건 끝까지 정법을 지켜나갈 일이다. 나도 그중 하나라고 자부해왔다. 그런데 그게 어그러지고 있다. 내가 화나고 참을 수 없는 건 자꾸 일이 틀어져가는 데 있다. 이 각수장이 마을이 보이기 시작하던 고갯마루에서부터 사달이 났다. 돌개바람 사건 이후 어느 것 하나 제대로 돌아가는 게 없다. 말 하나 못 물어주었다. 눈이 멀었고, 별러왔던 김승을 여태 만나보지도 못했다. 빙충맞게 마당에 똥을 퍼질러놓았고, 개똥을 밟았으며, 토악질까지 한 무더기 해놓았다.

"어차피 죽은 짐승, 흙 보탬 되느니 사람 살로 가는 편이 나았슈."

"이 마을 사람들이 죽은 말을 먹어야 할 만큼 곤궁하오?"

청림 고을을 비롯한 내변산 일대 마을들은 제법 풍족하다고 알려졌다.

"그런 건 아니지만…… 먹을 것 없고 부지할 것 없어서 떠도는 인생들이 광대패구면유. 배불리 먹고 다닐 처지가 못 돼유. 그 패들이 포식하고 마을 사람들까지 모처럼 잔치를 벌였으면 되었슈. 머리와 뼈는 잘 수습해서 양지바른 데다 묻어줬답디다."

그나마 다행이었다.

"다 몽골놈들 탓이구먼유. 그것들이 세상을 숫제 생지옥으로 만들어놨슈. 우리 고려 사람들이 어디 죽은 고기 탐할 만큼 그악스러웠남유? 몽골놈들이 소며 말이며 마구 잡아먹는 걸 보게 되니께 우리 고려인들도 차츰차츰 육고기를 먹게 됐지라. 그 야만인들을 하루바삐 죄다 쓸어버려야 할 텐디."

기둥이 쿵 하고 울렸다. 전추산이 주먹으로 기둥을 친 모양이었다. 그에게 다가가서 손을 달라고 했다. 어지간한 솥뚜껑만 했다.

"대장군 감이네. 쇳소리 나는 음성도 좋고. 자네 얼굴을 볼 수 없는 게 유감일세."

내 말이 끝나자, 그가 내 손을 가져다가 자기 얼굴에 대줬다. 불곰 같다고 해서 우락부락하게만 여겼는데 제법 틀거지가 있는 얼굴이었다. 윤곽이 뚜렷하고 코가 바로 섰으며 입술은 두툼했다. 안아보니 덩치도 우람하고 키도 훤칠했다.

"자주성 전투의 영웅 최춘명 장군 같은 무인이 되려고 했었지유. 침략해온 적과 끝까지 싸워서 나라를 지켜내는 진짜 무인 말씀입죠. 그분이 살아 계실 때 한번 뵐 수만 있다면……"

"최춘명 장군! 정말 반가운 이름이오. 저번 달에 내가 궁궐에서 만나뵈었지."

"정말요?"

전추산이 소년처럼 달뜬 목소리로 물었다.

"내가 만나게 해줄 수도 있어."

"승정 어른, 꼭 만나게 해주세유."

"나이가 몇인가?"

"서른다섯, 개띠구먼요."

"나보다 네 살 아래로군. 나라 꼴이 제대로 돌아간다면 태자께 추천해 무반 벼슬살이를 시키련만 최씨 무인정권 밑에서는 사냥개노릇밖에 못 할 테니 권하지 않으리."

"어차피 벼슬은 못 해유. 실은 다리를 좀 저는구먼유."

"어쩌다가?"

"담양 전씨인 저는 문벌의 후예구먼유. 몽골놈들한테 부모를 잃고 저만 살아남았슈. 누이동생은 그놈들이 잡아갔고요. 무과를 준비하던 중에 졸병으로 징집되어 강화도 간척사업과 도성 쌓는 노역에 투입됐슈. 거기서 돌을 져 나르다가 그만 발목을 찍혀서 불구가 돼버렸슈. 환장할 노릇이더만유. 전장에 나가 몽골놈들을 싹쓸이하려 했는디 다 글러버렸지라."

나는 손을 뻗어서 그의 발목을 만져본다. 웬만한 집채라도 능히 떠받칠 것 같은 통뼈다.

"지금은 기적처럼 거의 다 나았슈. 약간, 아주 약간 다리를 절 뿐이죠. 다 그분 덕분입죠."

"그분이라니?"

"승정께서도 인연이 닿으면 그분을 만나게 될 거유. 그분이 함께하면 이 세상에서 안 되는 일이 없구먼유."

전추산이 몽상하는 사람처럼 두런댔다. 이 세상에는 안 되는 일이 너무도 많다. 하면 된다고 말들 하지만 한다고 다 되지는 않는다. 꼭 될 만큼만 되는 것이 세상 이치다. 그런데 분명한 건, 안 하면 아무것도 안 된다는 사실이다. 이치가 그러하거늘 안 되는 걸 되게 만드는 자가 있다면 그게 어디 사람인가.

"……그분은 어디나 있지만 보이지 않는 분이죠. 그래서 뭐라고 더 말씀드릴 수가 없슈. 인연이 닿아서 스스로 볼 수 있길 바랄 뿐. 저는 그분에 힘입어 일당백, 일당천의 무공을 길러서 꼭 원수를 갚을 참이유."

"보이지 않는데도 그처럼 큰 능력이 있는 자라. 신장神將이라도 되나보지? 아무튼 그날이 속히 와야 우리 전 장군의 원한이 풀리겠군."

전추산이 갑자기 뚱딴지 같은 소리를 늘어놓았지만 나는 옹골찬 그의 결기를 꺾지 않으려고 그렇게 장단을 맞춰주었다.

"장군요? 방금 저더러 장군이라고 하셨남유?"

"장군 맞네."

아이처럼 뛸 듯이 기뻐하던 그가 아침상을 봐가지고 왔다. 인보는 그때까지도 돌아오지 않았다. 약을 마신 뒤, 전추산을 앞세

우고 인보를 찾아나서기로 했다. 방 안에 있기도 답답하고 마을
도 궁금했다. 우선 판각공방으로 가서 말을 탈 참이었다. 생각해
보니 눈먼 자에게 말은 더없이 좋은 이동수단이었다.

　　사슴이 장대에 올라 해금 켜는 걸 듣노라

　　얄리얄리 얄라셩 얄라리 얄라

　숲속 나팔꽃 꽃잎에 매달린 아침이슬처럼 영롱한 목소리였다.
맑기만 한 게 아니라 영혼에 파고드는 울림이 있었다.

　"누가 하는 노래지?"

　판각공방 마당에서 발을 멈춘 내가 물었다.

　"가온이랍니다."

　"가온?"

4

　내가 전추산의 손을 잡고 판각공방 안으로 들어서자 노랫소리가 그쳤다. 나무 향이 그윽한 공방은 조용했다. 아직 일러서 각수장이들이 출근하지 않았다고 했다. 눈에 보이지 않지만 내게는 너무도 익숙한 공방 풍경이 떠오른다. 판각공방은 어디나 흡사한 구조다. 의자에 앉아서 일하게끔 제작된 기다란 작업대와 그 위에 놓인 경판들, 조각칼과 망치들이 널브러져 있을 거였다.

　그때 들입다 나를 덮치는 게 있었다. 나는 그만 벌러덩 뒤로 나자빠져버렸다. 머릿속에 번갯불이 일었다. 엉겁결에 놈을 끌어안고 보니 거대한 털북숭이였다. 손에 잡히는 털이 덥수룩했다. 기겁한 나는 비명조차 지르지 못했다. 공방 안에서 괴물의 습격을 받다니. 아무래도 이 재수 없는 김승의 마을에서 온전히 살아 나갈 것 같지가 않다. 내가 발버둥치자, 떡하니 나를 타고 앉은 놈은 내 얼굴을 마구 핥기 시작했다. 기다랗고 미끈한 혀가 코와 눈, 귀를 가리지 않고 핥아댔다. 도리질 쳐보지만 놈의 혓바닥 놀림은 멈출 줄 몰랐다.

"뭣인가, 이놈은?"

"하하하하. 이 녀석이 스님을 무척 좋아하는데요?"

통통 튀는 발랄한 음성이 바로 옆에서 들린다. 아까 노래하던 바로 그 목소리다.

"사자견이라는구먼유."

전추산이 일러줬다.

"몽골 기마군단이 데리고 다닌다는 그 사자견?"

놀라웠다. 전쟁에 동원되는 그 사나운 사자견이 왜 여기에 있단 말인가. 생김새와 울음소리가 사자와 같대서 붙여진 이름이었다. 붉고 탐스러운 털을 가진 그 개는 늑대를 잡을 정도로 용맹스러웠다.

"스님, 우리 마을에 오신 걸 환영해요. 가온이라고 해요."

작고 부드러운 손길이 나를 잡아 일으켜 세운다. 여자아이 손이다. 또랑또랑한 목소리만 들어서는 사내아인지 계집아인지 구별이 되지 않았다. 나는 아무렇게나 개의 머리털을 쓰다듬는다. 날 보자마자 대뜸 달려들어 쓰러뜨린 놈이 그리 달갑지는 않았다.

"이 개의 주인이냐?"

"그래요. 미루예요, 미루!"

"미루?"

"누추한 데를 누비고 다니는 귀한 녀석이죠. 두루 彌, 누추할 루陋! 어제 바디고개에서 사고를 당했단 말씀 들었어요. 너무 걱정 마세요. 벼가 자라는 논에 가라지가 섞이기도 하죠. 급하게 뽑으려다가 도리어 벼를 뽑는 수가 있어요."

아이 말인데 예사롭게 들리지가 않았다. 눈뜨려고 너무 안달하지 말라는 얘기였다.

"몇 살이지?"

"열여섯요."

"맹랑한 아이로구나. 개 이름은 누가 지었냐?"

"그냥 이름이 와버렸어요. 내가 어렸을 적에 미루라는 이름이 혀끝에 문득 다가와 맴돌더라고요. 헤헤헤. 우린 스님 숙소 바로 윗집에 살아요. 미루와 내가 필요하면 언제든지 불러주세요. 아무 때고 달려가서 친구가 되어드릴게요. 외삼촌, 저 그만 가요."

"그려."

그 아이가 공방에서 나가는 소리가 들렸다. 소리가 나지는 않았지만 미루라는 사자견도 뒤따라 나갔을 거였다. 주변이 갑자기 썰렁해졌다. 방 안에서 온기가 빠져나간 느낌이었다.

"외삼촌?"

내가 전추산에게 묻는다.

"생질녀유."

"그럼 몽골에 끌려갔다는 그 누이동생의 딸?"

"그려유. 참 기막힌 조카네유. 아이가 얼마나 생각이 깊고 영특한지."

"누인 그 먼 데까지 끌려갔다 어떻게 돌아왔다지?"

"기적 같은 일이었슈."

그때 머리 위에서 발소리가 울렸다. 마룻바닥을 내딛는 소리였다. 어저께 마을에 들어오면서 이 판각공방이 이층 누각으로 된 건물이라던 인보의 말이 떠올랐다.

"전 서방인가?"

이층에서 계단으로 내려오던 이가 전추산을 불렀다.

"예, 스님!"

전추산이 소리 나는 쪽으로 바삐 걸어가는 것 같았다. 조금 있다 전추산이 다가와서 내 팔을 잡아 이끌었다. 나는 작업대에 놓인 경판 하나를 손가락으로 더듬고 있었다.

"스님이 올라오시라는구먼유."

"잠깐만."

나는 경판에 새긴 글자들 가운데서 용케도 짚어낸 '관자재보살'이라는 구절을 오른손 검지로 천천히 훑어내렸다. '여기 새긴 것처럼 자넨 이제부터 관자재보살, 관세음보살이네.' 남해에서 일연이 해준 말이 생각났다. 내 심장을 지지고 들어온 '관자재보살', 자유자재로 보는 그 보살의 능력이 지금 내게 필요했다. 나는 몇 번이고 훑어내리기를 반복했다. 일연은 이처럼 딱한 내 처지를 전혀 알지 못할 게다.

"그만 올라가십쇼."

"김승 일을 대행한다는 그 스님이로군."

"옳아요."

이층에 오르자 달콤하고 은은한 향기가 방 안에 가득했다. 이건 남쪽 나라 점성이 원산지인 침향沈香이었다. 천상의 향기를 내는 명품으로 금값이었다. 내가 향기를 따라 스무 걸음쯤 걸었을까.

"거기 앉구려."

맞은편에서 부드러운 목소리가 울렸다. 우리 사이에 커다란 나무탁자가 가로놓여 있었다.

"탁연이오."

"탁연?"

너무 익숙한 이름이다. 나는 그 이름을 여러 차례 귀로 듣고 입에 담은 터였다. 며칠 전에 떠나온 남해에서. 하지만 설마 같은 인물이라고 여기지는 않았다. 불교 국가 고려에서 그 쎄고 쎈 중들 가운데 같은 법명을 가진 중은 흔하다.

"이곳 판각공방장 탁연이오. 남해 분사대장도감에서는 필경사 감독이기도 하고."

분사대장도감의 바로 그 탁연이란다. 거침이 없다. 그 탁연이 여기 와 있다니! 나는 눈이 번쩍 뜨였다. 그런데도 그가 보이지 않는 게 유감이었다.

"우리 탁연 스님 글씨는 단연코 고려국 으뜸이구먼요. 판하본의 미려한 글씨를 도맡아 쓰시는구먼유."

전후 사정을 모르는 전추산이 옆에서 너스레를 떨었다. 지금 내게 탁연의 글씨 따위는 관심사도 아니었다.

"뭐 변변찮은 재주를 가지고…… 지밀 승정 얘기는 남해에서 들었답니다. 다음날 새벽에 떠나오느라 부득이하게 인사를 못 했는데 여기서 뵙는구려."

짐작대로 아주 뻔뻔한 위인이었다. 신성한 경판을 훔쳐내 팔아먹은 것으로 의심되는 자였다. 경판이 없어진 날 밤에 야반도주를 해놓고서 지금 여기 아무것도 모르는 사람처럼 시치미를 떼고 앉아 있다. 나는 처음부터 이자의 소행으로 단정하고 있었다. 하지만 섣불리 몰아세웠다가는 낭패를 당할 게 뻔하다. 나는 숨을 고르며 냉정해지자고 다잡았다. 이자가 어떻게 여기에 와 있는 걸까. 여기 와서 고려국 최고의 판각공방 공방장까지 맡고 있다는 게 더 놀라웠다.

"이곳과 인연은 언제부터 지었소?"

"꽤 되죠. 늘 있는 건 아니고 왔다 갔다 하오만."

그렇다면 김승이 《화엄경》 변상도나 《어제비장전》 판화를 십자가로 더럽힐 때도 이자가 관여됐다고 봐야 옳았다. 번듯한 집안에서 나서 황궁 내시까지 지낸 화상이 어떻게 국책사업을 망쳐놓을 수 있단 말인가. 나는 탁연을 제압할 묘수를 찾느라 골몰했다. 찻종지에 차 따르는 소리가 또르르 울렸다. 나는 호흡을 가다듬었다. 정황상의 추정일 뿐 그가 도적질했다는 확실한 물증은 없다. 그가 내민 찻잔을 들어 기울였다. 구수했다. 연뿌리를 잘게 썰어 말렸다가 우려낸 차였다. 속을 푸는 데 좋다지만 복잡하게 뒤틀린 내 속을 풀어줄 것 같지는 않았다.

"그나저나 눈이 어서 나으셔야 할 텐데."

나는 대꾸하지 않고 차를 다 마셨다. 빈 찻잔을 들어 그의 앞에다 가만히 가져다 놓았다. 앞이 보이지 않아 답답했지만 되도록 자연스럽게 행동하려 애썼다. 옷소매에 향로가 스쳤다. 작은 향로였다. 팔을 거두면서 손가락으로 향로를 살짝 만져볼 수 있었다. 놋쇠가 분명했다. 기다란 손잡이가 달린 앙증맞은 휴대용 향로, 수로手爐였다.

"벽에 걸린 화려한 불화들이며 점성 침향, 놋쇠수로 등 모두 초호화판이구려. 산중에서 무슨 돈이 있어서 이런 호사를 누리는 게요?"

나는 살림살이를 하나하나 확인한 사람처럼 말했다. 이 야비한 자가 내 눈이 완전히 멀었다는 걸 알면 무엇이건 속이려 들 참이었다.

"외국과 무역하면서 얻은 선물들이오. 누구처럼 전용하는 말이 있는 것도 아니고 나는 그저 역참에서 빌려 타고 다니거나 걸어 다니는걸요. 높은 승정 벼슬을 지내는 분이 뭐 이런 사소한 걸 트집 잡고 그러시오?"

그가 껄껄껄 소리 내 웃었다. 야유로 들렸다. 그에게 이야기의 주도권을 빼앗기고 있다는 느낌이었다. 편하게 변죽만 울릴 때가 아니었다.

"남해 분사도감 경판을 수백 장 도난당했소. 모르는 일이라고는 하지 않겠지?"

나는 본론을 꺼내 몰아붙였다.

"도난? 경판을 훔쳐 가는 자들도 있소? 그게 훔친다고 해서 훔쳐지는 물건이냔 말이오."

그가 다부지게 따지고 나왔다. 역공이었다. 경판은 진리를 담은 성물인데 나무판자를 훔친다고 진리까지 훔칠 수 있겠냐는 투로 들렸다.

"변죽 울리지 마시오!"

나는 그를 옥죄었다.

"그건 그렇다 치고 남해 판당은 바닷가라서 너무 습하오."

"말 돌리지 말고 대답부터 하시오!"

"……때문에 경판이 쉽게 뒤틀리고 좀벌레가 잘 슨단 말씀이오. 서둘러 대책을 세워야 하겠습디다. 국난을 당하여 어렵사리

벌이는 불사인데 만전을 기해야지요."

여간내기가 아니었다. 미꾸라지처럼 빠져나가며 더 큰 문제를 들고 나왔다. 문제의 본질을 흐리는 재주가 보통이 아니다. 이런 자는 말로 어떻게 할 수 없는 상대다. 잡아다가 물고를 내야 진실을 토설한다. 아니다. 딴에는 먹물 출신 선객이라고 강단에 신념까지 있다. 완력으로 어떻게 할 수 없을지도 모른다. 통나무 깊숙이 파고들어간 큰 좀벌레, 대두大蠹는 여간해서 잡히지 않는 법이니까.

"나는 지금 그 좀벌레가 아니라 인간 좀벌레를 문제 삼는 거요!"

인간 좀벌레는 과한 표현이었지만 이자를 제압하자면 도리가 없었다.

"조잡한 판각들이 더 문제지요. 너무 서두르다보니 이번에 다시 새기는 경판들은 전에 불탄 부인사 옛 대장경판보다 질이 많이 떨어집니다. 우리 공방서 새긴 거는 그래도 나아요. 남해 것은 물론이고 강화도 것은 안 봐도 뻔해요. 조잡한 불량품들을 골라내서 다시 새겨야만 합니다. 낙성식 빨리 한다고 되는 게 아니오. 제대로 된 대장경을 만들어야지요. 대장도감에서 나서서 보완해주시오."

내 말을 자른 그가 천연덕스럽게 대안까지 제시하고 나온다. 내 눈이 멀어 상대의 눈빛을 꿰뚫어보지 못하니까 제압할 힘이 부친다. 논리 싸움으로는 세상 누구에게도 지지 않는 나다. 그런데 지금은 내 말이 참 무기력하기만 하다. 논리가 전부가 아니다. 때로는 기선 제압이 더 중요하다. 기선 제압의 첫걸음은 눈빛이다. 관상장이들이 눈빛을 절반이나 쳐주는 이유다. 그런데 지금 내게는 날카롭게 쏠 눈빛이 없다. 모르쇠로 일관하며 부인하는 범인한테 결정적인 증거도 없이 말로만 자백받는다는 건 처음부터 불가능한 일이다.

"도대체 김승은 언제 온다는 거요?"

나는 신경질적으로 물었다.

"워낙 바쁜 분이오. 그래도 곧 오지 않겠습니까."

약이 올랐다. 이들은 태평인데 나만 길길이 날뛰고 있다.

"관둡시다. 남해 경판 얘기는 나중에 제대로 해보는 게 좋겠소. 어제 고갯마루에서 사고를 당한 이후 자꾸 일이 꼬여가서 원! 나와 함께 온 인보라는 젊은 스님이 여태 안 들어왔소. 어제 낮에 나가서 말이오. 말을 타고 그를 찾아나설 셈인데 이 사람을 데리고 다니렵니다."

나는 옆에 앉은 전추산의 무릎을 짚어 보였다.

"얼마든지요. 전 서방은 승정께서 아무런 불편이 없도록 돕게나."

탁연이 협조적인 태도로 바뀌었다. 나는 침향의 향기를 깊게 들이마셨다. 불편한 마음이 다소 진정됐다. 열쳐놓은 창문으로 싱그러운 아침 바람이 불어왔다. 돌배 향이 묻어 있다. 누군가 계단으로 급히 뛰어 올라오는 소리가 들린 건 바로 그때였다. 전추산이 그쪽으로 다가가는 것 같았다. 다급하게 귓속말이 오갔다. 나는 식어버린 차를 마시며 앉아서 이 답답한 상황을 어떻게 풀어갈지 고민하고 있었다. 전추산이 이쪽으로 되돌아오는 소리가 들렸다. 아까보다 사뭇 무거워진 발소리다.

"무슨 일이지?"

탁연이 물었다.

"저어……"

전추산이 내 옆에 주저하고 서 있다가 어렵게 입을 뗐다.

"……스님이 죽었대요."

"스님?"

"예."

"어떤 스님?"

"아무래도, 강도에서 온 그 스님 같다는구먼유."

나는 숨을 멈췄다.

"우리 인보가 죽었다고?"

나는 자리를 박차고 일어섰다. 평정심을 잃지 않으려고 애썼지만 찻잔을 내려놓는 손이 심하게 떨렸다. 찻잔은 그만 박살이 나버렸다.

"승정 어르신, 그런 거 같습니다. 인보 스님이 변을 당한 거 같구먼유. 연못에 빠져서요."

이건 또 무슨 날벼락인가? 인보가 죽다니. 어제 낮까지도 불퉁거리며 나와 대거리하던 놈이었다. 광대패를 따라다니며 놀다가 어디 쑤셔박혀 늦잠이나 퍼질러 자려니 생각했다. 그래서 지금 막 찾아나서려던 참이었다.

맥이 딱 풀렸다. 연거푸 벌어지고 있는 이 변괴를 어디서부터 어떻게 수습해야 한단 말인가. 보이지 않는데 보이는 척하는 꼼수로는 절대 이 상황을 돌파할 수가 없다. 무언가 칙칙한 기운이 옥죄어 들어오고 있었다. 그렇다. 이곳은 개미지옥 같은 곳이다. 산으로 빙빙 둘러쳐진 이 개미지옥에 떨어지면 누구라도 살아 나가지 못한다. 먼저 내 말이 희생되었고, 그와 동시에 내가 앞을 못 보는 흑암에 빠졌으며, 이제는 인보마저 당했다. 불가항력이다. 내 목숨이 붙어 있을 때 이쯤에서 보안현 현령이나 완산주 계수관에게 도움을 청해야 할 것 같았다. 인보의 시신을 수습해 강도로 돌아가는 것이 옳을 것 같았다. 그렇다면 완전한 참패다. 강도 대장도감 사무소에서 천하에 둘도 없는 진선진미한 대장경이 되도록 반드시 바로잡고 오겠노라고 큰소리친 내가 어리석었다. 그런데 현령과 계수관에게 무슨 수로 도움을 청한다지? 이 마을 사람 누구도 내 편이 아니다. 아무도 믿을 수가 없다. 그나마 보낼 만한 사람이라곤 전추산밖에 없는데 판각공방의 살림꾼이자 김승의 최측근인 그가 이 마을의 묵계나 음모를 깨고 나를 도울

수는 없을 게다. 그렇다면 비상구가 없다. 눈을 뜰 때까지는 꼼짝없이 오도 가도 못하는 처지다.

"승정 어르신, 가봐야지 않겠습니까?"

전추산이 나를 일깨웠다. 눈도 안 보이는데 가서 확인이나 제대로 할 수 있겠는가. 인보의 넓죽한 얼굴이 떠올랐다. 우렁우렁한 목소리도 귓전에 울렸다. 누군가가 그를 죽였고, 그의 사인을 밝혀야 할 의무가 나에게 있었다. 아무리 눈이 멀었다 해도 여기서 물러나는 건 나답지 못하다. 나는 목걸이에 달린 은제 금강저를 꼭 그러쥐었다. 태자 저하가 무사귀환을 빌어주며 건네준 목걸이였다.

"가야지."

나는 입술을 깨물었다.

"나도 함께 가리다."

탁연이 따라나섰다. 나는 성큼성큼 계단을 내려왔다. 아래층 공방이 뒤숭숭했다. 출근한 각수장이들이 쑥덕거렸다. 공방 문을 나서자 따사로운 기운이 뺨에 쏟아져내렸다. 아침햇살이었다. 정면으로 햇살을 우러러보았다. 까맣던 앞이 파래지더니 뿌옇게 변했다. 하지만 눈이 보일 기미는 없었다.

5

"이 삿갓을 써요."

탁연이 내게 삿갓을 내밀었다. 나는 대꾸 없이 걷기만 했다. 전추산이 삿갓을 받아 내 머리에 씌워줬다. 초복이 며칠 남지 않았다. 아침햇살은 곧 표독스럽게 돌변해 **빡빡** 민 내 머리를 태우려들 것이다.

마구간에서 인보의 말을 탔다. 말은 영물이라고 한다. 하지만이 말이 제 주인의 죽음을 알 까닭이 없다. 모르기는 사람도 마찬가지다. 나는 밤새 투덜대기만 했지 인보의 죽음은 생각지도 못했다. 인보가 죽은 게 확실하다면 천안통이네 영성이네 하는 말따위는 모두 실없는 뜬구름 잡기에 지나지 않게 된다. 한마디로 허화虛華, 열매 못 맺는 가짜 꽃이라는 얘기다. 실속 없는 화려함이다. 제 사람 죽은 건 까맣게 모르고 감나무 둥치에 매미 허물 달라붙은 건 봐서 뭐 한다는 것인가. 쓴웃음이 나왔다.

"연못까지는 오 리쯤 되는구먼요."

전추산이 일러줬다. 내 말고삐를 쥔 그는 다른 말을 타고 바짝 달라붙었다. 뒤따라오는 탁연도 말에 탔다. 세 필의 말 뒤로 많은 사람들이 따라오고 있었다. 십 리 길은 멀었다. 마음만 급했지 눈먼 나 때문에 달릴 수가 없었다. 나는 분노와 두려움, 난감함이 뒤얽힌 심정으로 변사체가 있는 현장과 거리를 좁혀갔다.

"광대패는 어디서 묵고 있지?"

"방금 지나온 청림 삼거리 주막집유."

며칠 전 지도를 본 기억에 의하면 연못은 폭포 가는 길목에 있다. 인보는 그 먼 데까지 왜 갔던 걸가. 광대패를 따라다니느라 갔다면 함께 올 것이지 왜 혼자 남아서 변을 당한 걸가.

"전 장군, 지금부터는 그대가 내 눈이 돼주오. 내가 묻거든 그저 보이는 대로만 말해주게."

나는 조용히 부탁한다. 하지만 비장할 수밖에 없다. 전추산은 곧바로 눈앞에 펼쳐지는 풍광을 일러주기 시작한다. 이제부터는 그의 입이 내 눈이다.

"도장처럼 생긴 바위와 천왕봉 사이를 지나고 있구먼유. 앞뒤로 꽉 막히고 옆으로만 길이 터진 협착한 터에 실상사라는 작은 절집이 있구유. 조금만 더 가면 연못이 나와유."

전추산이 이따금씩 주변 풍경을 일러주었다. 연꽃 향이 풍기기 시작했다. 그러고 보니 연꽃 피는 절기였다. 사람들이 웅성거리는 소리가 들렸다.

오백여 평 되는 커다란 저수지 한쪽에 사람들이 시체를 둘러싸고 몰려 있었다.

"맙소사. 인보 스님 맞구먼유."

"정말 인보인가?"

"예, 연꽃밭 위에 큰대자 모양으로 누워 죽었습니다."

내가 말에서 내리자 웅성거리던 사람들이 조용해졌다. 막 피어난 연꽃들이 진한 향기를 뿜어냈다. 그 속에 인보의 싸늘한 주검이 있단다.

"어서 밖으로 꺼내라 하라."

곧 시신이 건져 올려졌다. 나는 인보의 얼굴을 두 손으로 매만졌다. 똥파리들이 히힝 소리를 내며 날아다녔다. 손을 휘둘러 쫓아봤지만 놈들은 성가시게 달라붙었다. 넓죽한 얼굴, 우렁우렁 울리는 소리를 내던 커다란 입이 만져졌다. 속에서 울컥한 것이 올라왔다. 충직했다고는 할 수 없지만 수기 스승의 시자였다. 나와 같이 고려 황제와 대장도감의 명을 받고 여기 온 감찰 신분이기도 했다. 따라서 그의 죽음은 혼자만의 죽음이 아니었다. 황제와 대장도감의 명령이 죽은 것이기도 했다.

"타살 흔적은?"

"아직은 잘 모르겠습니다만 얼굴과 옷매무새는 깨끗합니다."

"마을이 가까운가?"

"약초꾼 집과 띄엄띄엄 흩어져 있는 화전민 집들이 있지유."

"맨 처음 발견자가 누구라더냐?"

"연못가에 사는 제다製茶 장인이랍니다."

"차를 만드는 장인?"

"그렇습죠."

"어딨냐?"

옆에 서 있던 노인 하나가 앞으로 나서며 입을 열었다.

"요즘은 한창 연꽃 향이 좋을 때라오. 간밤에 오므라드는 연꽃 속에 한지로 싼 녹차를 묻어두었지요. 새벽에 꺼내면 연꽃 향기가 물씬 배어 최상품의 명품차가 되거든요. 중국 서호의 용정龍井이나 방산의 노아露芽차에 뒤지지 않지요. 무심코 연꽃의 문을 열어 차를 꺼내는데 글쎄 웬 스님이 꽃밭에 누워 있지 뭐요. 웃는 표정이라 처음에는 살아 계신 줄 알았구먼요. 그런데, 그런데 이런 참사가…… 강도에서 오셨다는 스님이 내 집 앞에서 이런 횡액을 당하셨으니 소생이 어찌해야 좋을지……"

제다장이 노인은 울먹일 기세였다.

"밤새 이상한 소리 같은 건 못 들었나?"

나는 그를 취조했다.

"어디요. 고요한 밤이었네요. 소쩍새 울음소리만 구슬펐을 뿐."

"다른 집과는 얼마나 떨어졌지?"

"이삼백 보가량으로 띄엄띄엄 흩어져 있구먼요."

"우선 시신을 임자 집으로 옮기고 보안현 검시관을 불러야겠다."

연꽃 향이 깊게 밴 인보의 주검은 들것에 실려 제다장이 집 마루로 옮겨졌다. 옷을 벗긴 다음 광목천을 깔고 뉘었다.

"외상은 없는가?"

"없슈."

"세심히 확인하라."

"살갗에 붉은 얼룩이 고르게 퍼져 있긴 하지만 상처는 아닙니다. 앞뒤 모두 깨끗해유."

붉은 얼룩은 죽은 뒤 시간이 지나며 나타나는 사반死斑일 거였다.

"어제 저물녘쯤에 제다장이가 녹차를 연꽃에 묻었다 하니 아마 그 후에 당한 사고 같네유. 그때에는 인보 스님 시신이 없었다니까유. 인보 스님은 어제 오후 내내 줄곧 광대패를 따라다녔다고 합니다."

인보를 목격한 마을 사람들과 얘기를 나눠본 전추산이 일러줬다.

"파리가 달라붙지 않도록 천으로 덮어둬라. 검시관을 부를 참이다. 전 장군, 누구를 보내야 좋겠는가?"

"제가 다녀옵죠."

전추산이 나선다.

"그게 좋겠다. 현령에게 이걸 전하라."

나는 바랑에서 휴대용 지필묵을 꺼내 간단히 적어내렸다. 현령이 직접 군사들을 데리고 오라 썼다. 이 정도 문서는 눈을 감고도 너끈히 쓸 수 있었다. 황제께서 내린 은제 인장을 날인했다. 완산주 계수관도 움직일 힘이 있는 인장이었다.

"지밀 승정, 우리 마을은 법 없이도 살 수 있는 사람들뿐이외다. 인보 스님은 절대 타살이 아니오. 외상이 전혀 없잖소이까."

탁연이 나섰다.

"타살이 아니면?"

"실족사나 단순한 급살일 수 있다는 얘기요."

"듣기 싫소. 당신은 도무지 신뢰할 수 없는 사람이오. 남해 경판 도난사건에서 교묘히 빠져나갔다고 생각하겠지만 내 곧 명백하게 밝혀낼 참이오. 인보 스님의 사인이 밝혀지고 나면 완산주 계수관을 부를 거니까. 어디 계수관 앞에서도 그런 궤변을 늘어놓을 수 있는지 두고 보지."

"그렇게 무턱대고 화만 낼 일이 아닌 것이……"

"이자가 아직도! 나는 고려 황제께서 임명한 대장도감 승정이자 감찰관이다! 지엄하신 황제의 명에 따라 소임을 다하고자 할 뿐이다. 사인을 밝혀 연루된 자들을 엄중히 처벌하리라!"

나는 들고 있던 은제 인장을 내보이며 외쳤다.

"듣기 싫어도 잘 들어보오. 우리 마을은 전쟁통에 상처받은 사람들이 모여 살아가는 곳이오. 주인도 종도 없소이다. 신분차별 같은 것도 없이 그저 서로 하는 일만 다를 뿐이오. 죄 없는 이를 해친다는 건 상상도 못 하오."

"신분차별이 없어? 그러고도 마을이 제대로 돌아간다고?"

나는 코웃음을 날렸다.

"오히려 더 잘 돌아가오."

믿을 수 없었다. 신분차별 없는 평등세상은 일찍이 석가모니 붓다가 꿈꾼 바였다. 하지만 현실적으로는 성사되지 못했다. 그걸 이자들이 실현하고 있단다.

"그리고, 죄 없는 이를 해친다는 건 상상도 못 한다고? 그럼 인보 스님이 죽을죄를 지었다는 건가?"

"그건 아닐 거요. 우리는 김승 촌장과 한마음이 되어 농사짓고 경판도 제작하오. 아시다시피 경판 제작에는 수많은 공력이 들지요. 닥나무를 길러 종이를 만들고, 판자를 켜서 정성스럽게 경판을 새기오. 어떤 사람들은 옻을 채취해서 경판에 칠하기도 하고. 이렇게 경판을 제작하는 일은 우리 마을 사람들의 생업이지요. 아시겠지만 그 정성과 솜씨는 이 나라 판각공방 가운데서 최고를 자랑하오. 그런 우리 마을에 멀리 강도 대장도감에서 오신 두 분을 칙사 대접하면 했지 방해할 이유가 없소. 하물며 스님을 죽이다니요. 절대로 있을 수 없는 일이다 이 말씀이오."

우리를 이곳으로 불러들인 장본인이 김승이다. 경판에 십자가를 새겨서 올려보냈기 때문이다. 필요해서 어렵게 불러내려놓고 해칠 이유는 없다.

"그렇다면 당장 김승을 데려와라! 그쪽 말 들어보면 김승 촌장은 나를 마중 나와서 기다려야 할 사람이다. 대체 어딜 가서 여태 안 나타나는가. 나는 김승이라는 자를 도저히 이해할 수 없다. 나중에 현령이나 계수관에게 붙잡혀 끌려오는 꼴 보고 싶지 않으면 온 산을 이 잡듯이 뒤져서라도 어서 데려오라!"

"촌장은 꼬박꼬박 승정을 기다렸소. 그러다가 어제 아침에 산기도를 가신 거요. 오래 걸리지 않소. 곧 올 거요."

"곧 온다고? 그대들의 해괴망측한 수작을 더는 두고 볼 수가 없다. 전 장군! 속히 말을 달려라."

"잠깐! 이 스님이 변을 당한 건 애석한 일이오. 사인이 명확히 밝혀질 때까지 모두가 발 벗고 돕도록 하겠소. 검시관이 와서 무엇을 밝혀낼 수 있겠소? 평화롭던 마을, 괜히 벌집 만들어놓고 아무 죄 없는 사람들 족치기밖에 더 하겠소?"

탁연은 집요했다.

"괜히? 지금 뭐라 했나? 괜히?"

나는 부아가 치밀었다.

"아, 그건 제 실언입니다. 진정하십시오."

탁연이 처음으로 자신의 잘못을 부분 시인했다. 나는 부라렸던 눈을 감았다.

"가만 보니 오른손 손가락들이 화상 입은 것처럼 물집이 잡혀 있구려."

약초꾼이라는 늙은이 하나가 나섰다.

"정말 그렇군요. 입술도 타들어가 있고요."

"독이라도 먹었다는 얘긴가? 입을 벌려 혀를 확인하라."

내 예상대로 입 안까지 까맣게 타들어가 있었다. 적삼 오른쪽 주머니에서 녹아 들러붙은 엿 뭉치도 나왔다. 다른 주머니에서는 종이첩이 나왔다. 물에 흥건히 젖었지만 기름종이에 싸인 덕분에 글씨가 대부분 온전한 간찰이었다. 우선 간찰부터 읽게 했다.

화상 김승 보시게.

보내준 불상은 잘 받았네. 상아를 가지고 그토록 섬세하고 거룩한 불상을 조각한 그대의 솜씨는 신기에 가까워 과연 천하의 으뜸이라 할 만하네. 호신불로 지니고 있다가 곧 저승 갈 때 무덤에 넣어 달라 할 참이네.

거란 침입 때 새긴 고려대장경이 금년 초겨울 불에 탄 참사는 심히 애석한 일이네. 북송이나 우리 고려 같은 문명국이 아니면 지닐 엄두도 못 낼 보물이 하루아침에 잿더미가 됐으니 대낮에도 어두컴컴하여 북두칠성이 보일 지경일세.

그대가 나를 굴뚝같이 믿고 전해온 사건의 내막은 못 들은 걸로 하려네. 그 생각만 하면 너무도 창망하여 밥맛을 잃어버리고 물조차 넘기지 못할 지경이라네.

내가 악한 때를 만나 일생을 최씨 무인 세력들과 맞서느라 고달팠느니. 산모퉁이 하나 돌면 새로운 절집이 나타나는 세태를 나는 탄식해왔다네. 대체 그 많은 사원에서 부처에게 빌어 무슨 일이 되겠는가. 우리 가문은 차라리 굶주릴지언정 무인정권 최씨 일가에게 문인의 자존심을 판 적이 없고, 부처에게 우리 집안 잘되게 해달라고 복을 빌어본 적이 없었네. 무인 세력이나 불교계에 빚진 바가 없다는 얘길세. 늙어 꼬부라지니 저들 편을 든다고 여기지는 마시게나.

칼날 같은 그대 성정, 똑 떨어지는 그대 언행을 내 익히 알기에 밤잠을 설친다네. 요즘 몸이 부쩍 쇠약해졌네. 아무래도 이번 겨울을 못 넘길 것 같으이. 부탁이네. 이번 일만큼은 이 늙은이의 말을 듣게나. 어렵겠지만 처음부터 그대가 잘못 보고 잘못 듣고 잘못 생각한 것이라 여기고 부디 잊으시게. 자칫 젊은 그대의 생목숨이 꺾일까 걱정이네. 자중하시게.

임진년 세밑, 단ㅂ

아, 백부님!

나는 벼락에 맞은 것처럼 멍멍했다. 그것은 분명 백부 유승단의 편지였다. 그것도 교활한 경교도 김승에게 보낸 답장이었다.

단이라는 이름 뒤에 휘갈겨 표기한 착명着名(서명)은 분명 백부의 것이었다. 백부는 이 편지를 내고 얼마 있다 세상을 버렸다. 고려 최고의 지성이자 고결한 원로의 죽음이었다. 황제를 윽박지르는 집정 최이가 개경을 버리고 강화도로 수도를 옮기려 했을 때도 단호하게 천도불가론을 편 그였다. 피한다고 될 일이 아니다, 몽골과 화의를 맺고 외교술로 국난을 극복하는 게 옳다고 주장했다. 목숨을 건 반대였다. 그러나 백성이야 어찌 되든 정권 연장이 목적인 집정 최이가 백부의 말을 들을 리 없었다. 마지못해 강화도로 건너온 백부는 그해를 넘기지 못하고 눈을 감았다. 김승과의 편지 왕래는 강화도로 건너온 그해 겨울에 있었다. 어떻게 김승이라는 자가 당대의 문사를 대표했던 내 백부와 교유할 수 있었단 말인가. 백부는 김승을 많이 아낀 나머지 간절히 달래고 있었다. 전혀 예상 밖이었다.

"승정 어르신, 이제 그만 현령에게 달려가보겠습니다."

전추산이 나를 일깨웠다.

"잠깐만 기다려보게."

나는 아침에 가온이라는 계집아이가 한 말을 되뇌었다. 급하게 가라지를 뽑으려다가 벼를 뽑을 수도 있었다. 나락이 패면 가라지는 확연히 구별된다. 그때 뽑아야 아무런 탈이 없다. 김승과 내 백부가 편지를 주고받은 계기는 대장경 소실 사건이었다. 집정 최이와 불교계가 관련돼 있다고 보고 있었다. 백부는 음식을 못 넘길 만큼 큰 충격을 받으셨다. 그 사건의 내막은 편지에 나와 있지 않았다. 편지를 낸 백부는 이 세상에 없고 김승은 이 산골 어딘가에 있다. 김승은 내가 모르는 우리 집안 이야기도 알고 있을 수 있다.

김승이 보관하고 있었을 이 편지를 인보가 어떻게 손에 넣었는지 모르지만 백부의 편지는 엿과 함께 인보의 사인을 밝히는 중요한 단서였다.

6

　백부와 김승이 편지를 주고받은 임진년은 내가 스물세 살 때였다. 몇몇 산문山門과 강원講院을 돌며 정진해온 나는 승선과 시험에 합격했다. 그렇다고 곧바로 중 벼슬길에 나간 건 아니다. 깊은 암자에 들어가 경전 읽기에 빠졌다. 대장경이 불타고 얼마 지나지 않아 백부가 위독하다는 급보를 들었다. 몽골군 점령지 넘어 강화도 가는 길은 험난했다. 나는 겁도 없이 적진을 뚫고 천릿길을 달렸다.

　'애야, 이젠 제법 중물이 들었구나. 장성한 네 얼굴에서 내 아우의 모습이 많이 보인다. 고맙구나. 그리고 미안하구나. 이왕 발 들여놓은 거 중노릇 똑바로 해보거라. 종교란 무지렁이에게는 사실로, 현자에게는 웃음거리로, 통치자에게는 유용한 것으로 받아들여지는 법이다만 진실한 수행자는 누가 뭐래도 묵묵히 자신의 길을 간다. 그러다보면 높은 정신세계에 다다를 수 있겠지. 세상이 뒤숭숭하다. 어수선한 세상사에 휘둘리지 마라. 현실정치도 종교의 본령도 모두 잃고 허깨비 같은 인생이 되기 쉬우니라.'

　병석에서 백부 유승단이 내게 한 말씀이다. 백부는 요절한 아우의 아들인 나를 많이 아꼈다. 과거에 급제하고도 벼슬길에 나가지 못한 내 선친의 비운은 끝내 나를 절집으로 내몰았고 백부는 그걸 늘 안타깝게 여겼다. 당신이 무인정권 세력과 맞서며 위험천만한 칼날 위에서 벼슬살이를 하고 있는데 차마 조카를 관직에 불러들일 수는 없었다. 이 수상한 시절에 나처럼 일찍이 꿈을 접고 청산에 숨어서 한 세상을 살아가는 이들은 흔했다. 절집이 지나치게 커지고 화려해져가는 걸 못마땅해하던 백부는 내가 중이 되는 걸 묵인하는 것으로 내 가는 길을 인정해주셨다.

　'어수선한 세상사에 휘둘리지 마라. 현실정치도 종교의 본령도 모두 잃고 허깨비 같은 인생이 되기 쉬우니라.'

　나는 지금까지 백부의 그 유언을 지키려고 애써왔다. 중노릇 똑바로 하려고 마음을 다잡아왔다. 무지렁이에게는 사실로, 현자에게는 웃음거리로, 통치자에게는 유용한 것으로 받아들여진다는 종교의 본질도 잊지 않았다. 부인사 대장경이 몽골군에 의해 불타버렸다는 건 천하가 다 아는 일이다. 이규보 상국도 〈대장각

판군신기고문大藏刻板君臣祈告文〉을 지어 몽골 야만인들의 소행을 맹비난했다. 그런데 백부와 김승이 주고받은 편지는 세상이 모르는 비화가 있음을 내포하고 있었다. 그게 무얼. 백부의 날카로운 통찰에 비춰보면 지금껏 무지렁이들은 사실로 믿었고 현자들은 웃음거리로 여겼으며 통치자들은 유용하게 활용했다는 얘기가 된다. 그렇다면 몽골군이 대장경을 불태웠다는 걸 분명한 사실로 믿고 있는 나는 무지렁이가 되는 것인가?

김승이 백부에게 사건의 내막을 알리고 도움을 요청했던 까닭도 몹시 궁금하다. 백부는 당시 나처럼 해인사 소속 승려였던 김승과는 편지를 주고받으면서도 내게는 그 내막을 입도 뻥긋하지 않았다. 왜 그러셨던 걸까.

"빨리 김승을 만나봐야겠소. 그가 필요하오. 사람들을 사방에 풀어서 속히 그를 찾아오도록 하세요."

나는 탁연에게 정중한 말투로 부탁했다.

"여부가 있겠소이까. 날이 저물도록 찾아다녀서라도 지밀 승정과 마주 앉게 하리다."

내 말투가 다소곳해지니까 탁연도 고분고분하게 나왔다.

"그리고 어제 오후부터 인보 스님이 다녔던 곳들을 차례로 추적해볼 참이오. 빈틈없는 동선을 그릴 수 있도록 목격자들도 찾아주시오."

"지밀 승정, 잘 생각하셨소. 승정은 현명한 결단을 내린 거요.

물론 승정께서 명하신 대로 차질 없이 따르지요."

탁연에게는 여전히 신뢰가 가지 않았지만 김승이 나타나기 전까지는 그의 도움을 받아야 했다.

"전 장군, 어제 왔던 그 의원 늙은이를 부르시게."

"그 늙은이 여기 와 있다오."

꼬장꼬장하던 의원이 어느새 현장에 와 있다가 그렇게 고했다.

"의원, 이 호박엿에 독이 든 건 아니오?"

"그건 알 수 없소. 다만 혀와 입술 상태로 보아 이 스님은 유도화柳桃花 독성에 당한 것 같구려."

"유도화?"

"버드나무 잎에 복숭아꽃이 피는 특이한 나무요. 맹독성이 있는 걸 모르는 사람은 그 꽃이 뿜어내는 향기와 황홀경에 취하여 자칫 맨손으로 꺾거나 따 먹을 여지가 많소. 피부에 닿으면 염증이 번지고 미량이라도 먹게 되면 설사와 구토를 일으키는 맹독성 식물이오. 심하면 목숨을 잃지요."

"우리 고려에 그런 독초도 있었습니까?"

"십여 년 전, 마팔국 무역상이 가지고 온 걸 이 약초골에 번식시켰다오."

"약초골이 어딥니까?"

"이 근처올시다."

"그처럼 위험한 독초를 뭐 하러 번식시켜요?"

"이독제독以毒制毒 아니겠소이까. 파리며 모기, 그 밖에 사람을 해치는 것들을 쉽게 제거할 수 있으니 잘 다루면 유익하오. 약물을 우려내 병에 담아뒀다가 아무 때고 사용할 수 있기 때문이오. 측간 같은 데는 유도화 가지 하나만 꺾어서 넣어봐도 고자리 같은 벌레들이 안 생기오."

들고 보니 이 마을에 온 뒤로 파리와 모기를 별반 접하지 않았던 것 같았다.

"유도화를 꺾은 손으로 호박엿을 붙잡고 먹다 탈이 생겼다는 얘긴가?"

나는 호박엿을 떼어내 송사리가 사는 개울물에 풀어보라고 했다. 제다장이 집 앞 실개천으로 나와 호박엿을 풀었다. 송사리들은 호박엿을 떼어 먹기도 했지만 멀쩡했다.

"엿에는 아무 이상이 없소. 시신을 잘 보존해야 할 텐데."

나는 인보의 시신을 보존해두고 싶었다. 내 눈으로 인보의 주검을 보고 싶었다. 그런 다음에 화장해야 옳았다. 문제는 여름철이라 시신이 곧 부패된다는 거였다.

"며칠 정도는 말끔히 보존할 수 있소이다."

의원 늙은이가 자신했다.

"이 푹푹 찌는 여름날에 무슨 수로요?"

"연근을 우려낸 독한 몽골 소주에 적셔두면 보름도 끄떡없소. 냉기가 나오는 동굴 속에서는 한 달도 더 갈 거요."

믿기지 않았지만 흰소리로 들리지는 않았다. 의원 늙은이에게 인보의 주검을 보존처리하라고 맡겼다. 탁연은 사람들을 풀어서 김승이 있을 만한 데로 보냈다. 그사이 목격자들이 하나둘 모여들었다. 탁연이 나서서 인보의 행적을 치밀하게 추적해나갔다.

광대패도 불려왔다.

"꼭지가 누구냐?"

나는 마루에 앉아서 물었다.

"저희입죠."

건장한 쌍둥이 형제라고 했다.

"들어서 알고 있겠지만 어제 너희들을 따라다닌 내 부하 승려가 죽었다. 본 적이 있으렷다!"

"처음엔 전혀 몰랐어요. 따라다니는 사람들이 아주 많았으니까요."

"나중에는 알게 되었다는 얘기로구나."

"광대패 놀이가 흥미로워서가 아니라 우리 형제의 뒤를 밟는다는 걸 알고서 우리가 물었습죠. 왜 우리만 따라다니느냐고요."

"그랬더니?"

"우리 쌍둥이 형제를 강도에서 본 것 같다고요."

어제 인보가 그처럼 달뜨고 신났던 데는 이런 이유가 있었다.

"강도에도 갔었더냐?"

"당연히 이 나라 수도인 강도에서도 지낸 적이 있지요. 우리 같은 광대패가 안 가는 데가 있남요? 전국을 떠돌며 밥벌이하는 놈들인걸요."

"강도에서 머문 때가 언제더냐?"

"봄까지 머물다 초여름에 뭍으로 건너와 남녘땅으로 쭉 훑어내려왔습죠."

"인보 스님이 너희를 강도 어디서 봤다고 하더냐?"

"뜬금없이 지난 초파일 전야 연등회 사건을 말하더군요. 저희도 깜짝 놀랐습죠."

"연등회 사건? 시전 거리에서 등대가 넘어져 집정 최이와 최항 부자 가마에 불붙은 사건 말인가?"

"예. 승정 어르신은 또 어떻게 그걸 아세요?"

"너희는 쌍둥이라고 했겠다. 물동이로 최이 집정 가마의 불을 껐지?"

"……"

쌍둥이 형제가 꿀 먹은 벙어리처럼 조용해졌다.

그날 나는 그 광경을 바로 뒤에서 보았다. 심경이라는 어여쁜 비구니 하나가 등대를 붙들고 넘어지는 바람에 최씨 부자 가마의 비단장식이 불탔다. 쌍둥이로 보이는 장정 둘이 가게 앞에 놓여 있던 나무 물동이로 불을 껐다. 쌍둥이 얼굴이 떠올랐다. 최항이 성난 호랑이처럼 으르렁거렸지만 호위무사의 증언으로 무사히 풀려났던 걸 뚜렷이 기억한다. 인보는 수기 스승을 모시고 그 연등회에 참석했었다. 그런데 그자들을 이 마을에서 만났으니 왜 관심을 보이지 않았겠는가.

"옳거니! 너희 광대패도 본래 이 마을 것들이로구나."

사람들이 웅성거렸다.

"연등회 사건이 터진 날 밤, 물을 뒤집어쓴 최씨 부자와 가마꾼들은 피부에 염증이 번지고 설사와 구토가 났지. 괴질로만 여겼는데 그게 아니었다. 아까 의원 늙은이가 이르길 유도화가 피부에 닿으면 염증이 번지고 미량이라도 먹게 되면 설사와 구토를 일으킨다고 했지? 그날 초파일에 이자들이 불을 끄느라 최이 집정의 수레에 들이부은 나무 물동이에는 아마도 유도화 우려낸 독이 들어 있었을 것이다. 죽은 인보 스님이 그것까지야 몰랐겠지만 너희 쌍둥이 형제를 수상쩍게 여긴 건 분명해. 너희는 그런 인보 스님이 불편했겠지."

나는 번개 같은 추리로 상황을 재구성했다.

"우리는 그 스님을 절대로 죽이지 않았어요!"

쌍둥이 형제가 입을 모아 외쳤다.

"전 장군, 이자들을 포박하라! 함께 약초골로 갈 것이다."

나는 서릿발처럼 차갑게 명령했다. 전추산이 사람을 시켜 쌍둥이 형제를 포박하는데 마당으로 후다닥 달려오는 사람이 있었다.

"날 잡아가요. 벌 받아야 할 놈은 쌍둥이가 아니라 쉰넵니다."

펄쩍 뛰며 외친 이는 엿장수였다.

"……어제 제가 만든 호박엿을 자시고 스님이 돌아가셨는지도 모른다굽쇼? 아이고, 알라하阿羅訶 하느님 맙소사. 이 일을 어쩌면 좋대요. 쇤네가 스님을 죽인 셈이네요. 그 엿 당장 내놔요. 쇤네도 먹고 죽어야겠어요. 그래야 알라하 앞에 면이 서지요."

"알라하?"

어제 아침나절 이 마을에 온 이래 처음 들어보는 경교 용어가 엿장수 입에서 튀어나왔다. 수기 스승과 함께 개경 송악산 아래 안화사에서 본 경교 문헌 구절들이 떠올랐다. 경교도들이 부르는 찬송가에 '경례! 알라하, 메시아, 성령! 이 세 분은 한몸이시옵니다'라는 대목이 있었다. 삼위일체라던가?

"너 경교도로구나."

나는 엿장수에게 다가가 목 부위를 만졌다. 예상대로 목걸이가 잡혔고 나무로 깎은 십자가 표식이 매달려 있었다. 발칙한 이교도의 징표였다.

"우리 주님의 혼이 담긴 이 십자가처럼 쇤네가 만든 엿에는 저의 혼이 담겼구먼요. 누구라도 한 볼따구니만 먹으면 이 달콤한 인생 참 살 만한 거라는 생각이 들게 만드는 엿이라고요. 팍팍하고 쓰디쓴 세상살이, 죽지 못해 사는 인생들이 너무 많잖아요. 쇤네는 엿을 밥이자 약으로 쳐요. 옥수수엿·차조엿·고구마엿·호박엿·콩엿·보리엿·쌀엿·깨엿·호두엿·생강엿·계피엿·대추엿·연근엿, 심지어 닭엿, 꿩엿도 만들어요. 왠지 아세요?"

"네 이놈! 그만 지껄여라. 지금 장타령 할 때냐!"

나는 따끔하게 나무랐다.

"죄송한데요. 할 말은 해야 쓰겠어요. 쇤네 엿 때문에 사람이 죽었다는데요. 대물림 노비였던 쇤네와 처자식은 흉년에 주인집에서 쫄쫄 굶주리다가 거리로 쫓겨났거든요. 쇤네는 숨통이 끊어지기 직전 엿 한 볼따구니 얻어먹고 용케 살아났답니다. 하지만 마누라와 어린 새끼들은 누렇게 떠서 죽고 말았지요. 땅을 차고 하늘에 삿대질을 했어요. 사람이 무서웠어요. 사람이 죽어나가도 사람을 돌보지 않는 비정한 세상에서 쇤네가 기댈 곳은 어디에도 없었어요. 소처럼 부려먹고 흉년 드니 양식 아깝다며 내친 야박한 주인양반집 찾아가서 차라리 때려죽여달라고 매달렸구먼요. 정말로 몰매질을 해서 거적때기에 싸 들판에 버립디다. 개경 인근 들판에요. 장독이 나 송장 다 된 쇤네를 똥물까지 먹여가며 살려낸 사람들이 누군지 아세요? 바로 우리 마을 광대패여요. 우리 마을에서 쇤네는 천국을 보았네요. 새 터, 새 하늘, 새 사람들을 만났네요. 부려먹는 주인도 없고 복종해야 할 종도 없으니까요. 달콤하고 먹음직스러운 엿은 새 삶을 얻은 쇤네가 우리 마을 사람들에게 바치는 이바지 음식이랍니다. 쇤네는 배곯아 죽은 우리 마누라와 새끼들 먹인다는 생각으로 지극정성 엿을 만들어요. 내가 고아낸 엿, 맛나게 먹는 사람이 한 식구지요. 보람차요. 그래서 자꾸 또 만들고 싶어요. 쇤네는 죽는 날까지 엿을 만들어 우리 마을 사람들 입을 즐겁게 할 거구면요. 이문 남길 생각 같은 건 전혀 안 해요. 나 배 안 곯고 재료값만 벌면 그만이어요. 이렇게 살다가 하늘나라에 돌아가면 알라께 갖은 엿 만들어 공양할 거 구면요."

봇물 터지듯 풀어내는 엿장수의 사연은 기구했다.

"광대패라면 쌍둥이 형제도 해당하는가?"

"그럼요. 쇤네 생명의 은인이라니까요."

인보를 독살한 것으로 의심되는 용의자 쌍둥이가 개경 근처 들판에 나자빠져 죽어가는 노비를 구한 적이 있다고?

"네놈들은 유랑걸식하는 처지에 무슨 여력이 있어서 그런 선행을 했느냐?"

새끼줄에 손이 묶인 쌍둥이 형제가 말없이 십자가 목걸이를 꺼내 보이고 있다고 전추산이 일러줬다.

"전 장군, 그대도 십자가 목걸이를 하고 있나?"

혹시나 해서 물었다.

"이 마을 사람들은 죄다 하고 있는걸요. 탁연 스님까지도요."

"불교 승려이면서 동시에 경교도일 수도 있는가? 그건 세계관의 문제인데."

나는 탁연 쪽에 대고 물었다.

"우리가 서 있는 발밑, 땅속에는 지하수가 거미줄처럼 흐르고 있소. 누가 샘을 파건 수맥에만 닿으면 물이 나는 것이지 샘 판자가 유교도인가, 불교도인가, 선교도인가, 경교도인가를 가리어 샘물이 나는 건 아니오. 도는 하나고 취하는 방식만 다른 거란 말씀이오. 우리 해동에 불교의 등불이 전해진 지 어언 구백 년이나 되었소이다. 다행히 우리의 전통 신앙에 불교적 요소가 들어 있어서 바로 불이 붙었지요. 하지만 시간은 모든 걸 녹슬게 만드오. 천 년 가까운 세월 동안 피로가 누적됐고 물때가 낄 만큼 꼈지요. 사람들은 의례적인 행사치레로 변질돼버린 불교에 식상해 있소. 승정이 아시다시피 지금 이 나라에 발로 차이는 게 놀고먹는 불교 승려요. 그들 대부분 껍데기만 승려일 뿐 진짜 중이 몇이나 될 것 같소?"

언제 들어도 현란한 탁연의 변설이었다.

"그래서 먹물 들인 중 옷을 입고서 그 해괴한 경교도가 되셨다?"

나는 그렇게 탁연을 비꼬았다.

"허허허, 나는 먹물옷을 안 입고 있소이다."

"무슨 소리요?"

"차차 알게 될 게요. 무엇이건 낯선 건 으레 해괴해 보이기 마련이오. 유교도 불교도 이 땅에 처음 들어왔을 때는 다 해괴하게 보였을 게요. 순교자가 있은 뒤, 혹은 공공연해진 뒤에야 비로소 우리 것이 되는 게지. 우리 해동의 인습은 여간해서 종교를 탄압하지 않소. 공존해도 아무 문제가 없다는 걸 잘 알기 때문이오.

하나만 물읍시다. 고려국 사람들이 몽골군에게 짓밟히고 고통받을 때 부처는 어디에 있었다죠? 중생구제한다는 불교 맞소? 정말 해괴한 건 중생의 고통을 외면하고 자기들 배만 불리는 승려들이오."

탁연의 논박에 반론하기가 궁색했다. 나는 더 이상 말장난에 말려들고 싶지 않았다.

"그래서 네놈들은 신성한 경판의 부처님 목에 사특한 십자가를 새겨넣었더냐? 그래서 무엇을 얻으려 했던 것이냐?"

나는 강공으로 맞섰다.

"우리는 모르는 일이오. 김승 촌장을 만나 물으시오. 아, 그리고 아까 말했듯 나는 먹물 들인 옷을 입고 있지도 않소이다."

탁연이 또 특유의 미꾸라지 전법을 쓰고 나왔다.

"중 옷이 아니면?"

"백의민족답게 흰옷을 입었다오."

"뭣이? 하긴 무슨 옷을 입었건 그야 문제될 건 없고. 너희 경교는 이 난리통에 무엇을 할 수 있단 말이냐? 죄 없는 사람이나 죽게 만들지 않았더냐?"

눈이 멀어 옷 색깔을 구분할 수 없는 내 처지가 초라하고 곤혹스러웠다. 그래서 살해당한 인보 얘기를 꺼냈다.

"알라하는 한없는 사랑과 기적을 행하시오. 우리는 그분의 권능에 힘입어 전쟁과 민란, 전염병이 창궐하는 이 지옥 같은 세상한 귀퉁이에다 천국을 세웠소이다."

"기적? 내가 눈멀고 내 부하가 독살당한 이 판국에 그런 흰소리가 가당키나 한가? 그의 이름으로 지금 당장 내 눈을 뜨게 하고 죽은 인보 스님을 살려내보라. 그리하면 그대들이 숭배하는 알라하인지 메시아인지를 인정하지."

나는 조롱하듯 내뱉었다. 마리아가 음양의 교접 없이 잉태했다거나 그의 아들이 십자가에 못 박혀 죽었다가 부활했다는 허무맹랑한 이야기는 사람들을 현혹시킨다. 고달픈 현실을 망각하고 막연한 영생의 꿈을 꾸게 만든다. 내가 아는 경교는 이처럼 허황된 이야기로부터 출발한 종교다.

"좋아요. 승정 어른께 기적이 일어나면 그때 가서 딴소리 없기예요? 인정하겠다는 그 말씀 저버리지 마시라고요."

가온이 기다렸다는 듯이 나타나 내가 한 말에 쐐기를 박았다.

"또 너냐? 내가 얼마 전 국제 무역상에게 듣기로 그리스도를 믿는 대진국과 마호메트를 믿는 대식국이 벌써 백오십 년 넘게 끔찍한 십자군전쟁을 해오고 있다더구나. 그리스도교와 너희 경교가 같은 뿌리임을 안다. 너희가 믿는 신은 전쟁의 신이 아니더냐! 심지어 몽골 침략군 가운데도 경교도가 있느니라."

나는 가네야마 강수 밑에서 일하던 마팔국 항해사의 말을 기억해내어 통쾌한 반론을 날렸다.

"스님, 같으면서도 다르고 다르면서도 같을 수가 있는 거예요.

그들과 우리가 믿는 신은 이름만 같을 뿐이에요. 무엇이 그렇게 두려우신가요? 그처럼 마음을 꼭 닫아걸고서 무엇이 보이기를 원하세요? 지금까지 눈이 보지 못한 것, 귀가 듣지 못한 것, 손이 만지지 못한 것, 마음에 떠오르지 아니한 것이 스님께 다가올 수도 있답니다."

어린 가온이 나를 가르치듯이 말했다. 나는 가차 없이 무시해버렸다.

"긴 말 필요 없다. 내가 눈을 뜨고 인보 스님이 되살아오는 것 외엔 다른 건 기적이 아니니 그리 알라. 전 장군, 쌍둥이를 데리고 약초골로 가겠다."

나는 마루에서 몸을 일으켰다.

"점심 시간이 다 됐습니다. 요기나 하고 가시죠."

경황이 없어서일까. 좀처럼 시장기를 느낄 수가 없었다. 어쩌면 눈이 멀어서 상황을 보지 못하기에 배고픈 줄 모를 수도 있었다.

임시로 마당에 건 가마솥에서 구수한 토장국 끓는 냄새가 진동했다. 마을 대동계에서 마련한 점심이었다.

점심을 먹고 나니 전추산이 패독산 탕제를 올려서 놀랐다. 이른 아침에 숙소를 나왔으니 점심때는 당연히 거른다고 생각했다.

"이 와중에 약탕기와 약을 말에 싣고 온 건가?"

"그럼요. 약은 정성이래유. 잡숫는 시간을 잘 지켜야지유."

성실, 그 자체였다. 콧날이 시큰했다.

7

약초골은 화전민촌과도 한참 떨어진 깊은 골짜기였다. 이렇게 외진 곳에 대장간이 있었다. 그것도 수십 칸이나 되는 큰 규모였다. 여러 채의 건물이 마당을 공유하며 둥그렇게 모여 있다고 했다. 여느 대장간처럼 농기구나 벼리는 데가 아니었다. 입구 쪽에서 놋쇠를 두드리는 망치 소리가 나긴 했지만 대장간이라기보다 공방에 가까웠다. 숙련된 일류 장인들이 금과 은, 백동, 적동으로 금속세공품을 만들고 있었던 것이다. 귀고리, 팔찌, 반지, 떨잠 같은 귀족 여인들의 화려한 장신구와 정병, 향로, 사리함, 주전자 등은 강도나 개경, 서경 그리고 남경은 물론 외국으로까지 팔려 나간다고 했다.

"이 공방은 장야서 관할일 테지?"

장야서는 금속세공품 제작을 맡아보는 관청이었다.

"전란으로 시국이 어수선하여 관리가 소홀해졌다오. 지금은 우리 마을에서 자체적으로 운영하고 있소만."

탁연이 대수롭지 않게 일렀다.

"금괴와 은병을 취급하면서 나라의 관리를 받지 않는다고? 큰일 낼 수작 아닌가?"

나의 추궁에 누구도 대꾸하지 못했다. 이 마을은 수상쩍은 일 천지다. 이 일만 해도 국법으로 엄히 다스릴 일이었다. 값비싼 금과 은은 채취가 어려웠다. 몽골이 공물로 바치라고 윽박질러도 고려 조정은 갖은 평계를 대면서 미뤄오고 있었다. 몽골의 거듭된 침공은 고려가 몽골이 요구하는 공물을 제대로 바치지 않아서 비롯되었다. 그 가운데 금과 은이 가장 큰 비중을 차지했다.

"은을 다룬 지 얼마나 됐는가?"

정병에 은입사를 하고 있는 장인에게 물었다. 알 수 없는 말로 두런거린다. 얼핏 북방오랑캐 족속의 말로 들렸다. 내가 의아해하자 공방 감독이라는 자가 나섰다.

"거란족 출신 장인입니다. 귀화인이지요."

"귀화인에게 값비싼 은을 만지게 한다? 기술이 뛰어난 장인이라는 얘기로군. 은병이 귀한데 어디서 공급하나?"

"일본 상선과 교역하오."

"일본? 그 은병 좀 보세."

공방 감독이 오동나무 상자를 들고 왔다. 작은 일본산 은병들이 수북했다. 탁연이 남해 분사대장도감 경관과 맞바꿔 가지고 올라온 은병들로 보였다. 변명의 여지가 없는 물증이었다. 하지만 남해 경관 도난사건을 이 자리에서 캐묻고 싶지 않았다.

"왜인 장인도 있나?"

"칼을 만드는 장인이 둘 있습니다."

"이거 숫제 오랑캐 집합소로구나! 설마 몽골인은 없겠지?"

공방 감독의 안내를 받으며 구석구석을 둘러보던 내가 지나가는 말로 물었다. 그런데 전추산의 대답이 뜻밖이었다.

"몽골인들은 산 너머 마상치에 많슈."

점점 모를 소리들뿐이었다. 고려를 침공해 생지옥을 만들어놓은 족속들이 왜 여기까지 기어들어와서 버젓이 살고 있는가.

"마상치?"

"말을 기르는 방마장입니다. 몽골군 가운데 전쟁이 싫어서 고려에 투항한 자들이 모여 살지유."

"그들이 왜 이 마을에 있는 건가?"

"인연이 닿아 하나둘 흘러들어 오다보니⋯⋯"

"왜? 이 산골이 천국이라서?"

나는 탁연이 들으라고 부러 그렇게 조롱했다. 국적도 다양한 뜨내기, 오사리, 송사리 들을 죄다 모아다놓고 감히 천국을 세웠

다고 하다니. 혹세무민하는 사이비 종교 집단답다. 그때 가온이
또 나섰다.

"불교에서는 마음이 부처라고 한다면서요. 똑같아요. 천국은
내 안에 있고 스님 안에도 있어요. 먼 공중에 따로 동떨어진 나라
가 있는 게 아니에요."

승려인 내가 해야 할 말을 가온이 하고 있었다. 이 아이는 어떤
상황이건 이렇듯 간명하게 정리한다. 그걸 알면서도 나는 좀처럼
받아들일 수 없었다.

"불교《화엄경》의 중심 사상은 모든 것이 오로지 마음에서 비
롯되었다는 것이다. 이른바 일체유심조一切唯心造다. 노자는 소국과
민을 말했다. 이웃 나라의 닭 우는 소리가 들릴 정도로 작은 나라
에 적은 수의 백성들이 사는 걸 이상적으로 생각했던 거지. 허허
허, 너희가 지금 내게 이 수상한 마을이 그렇다고 우기는구나."

나는 어려운 수사修辭로 가온을 제압하려 들었다. 가온은 대꾸
하지 않았다. 사람의 혀란 의식을 표현하는 아주 중요한 발성기
관이지만 이따금씩 진심을 배반하기도 하는 입 속의 칼날이다.
그 세 치 칼날을 입 안에서 함부로 휘둘러서 짓는 죄가 바로 구업
이다. 눈이 보이지 않는 나로서는 구업을 짓더라도 기선을 제압
할 수밖에 없었다.

"감독 네놈은 이실직고하렷다. 어제 인보 스님은 뭔가 이상한
낌새를 채고 이 공방을 둘러보았다. 그러다 변을 당했던 거고. 안

그런가?"

"감찰 나왔다면서 꼼꼼히 둘러보긴 했지만 그로 인해 변을 당한 건 아닙니다."

"그래? 광대패를 대동하고 마을을 돌던 쌍둥이 형제도 공방에 들렀다고 했지?"

"그렇습니다."

쌍둥이 형제가 대꾸했다.

"너희는 어제 왜 여길 왔다 갔느냐?"

"제작 의뢰받은 물품 목록을 전하려고요."

형이 말했다.

"광대패가 그런 일도 한다고?"

"강도의 아는 분 부탁을 받은 겁니다."

"아는 분 누구?"

"어느 귀부인입죠."

"귀부인이 너희 같은 광대를 상대한다고?"

"개인적인 친분이 있습죠. 주로 금귀고리나 보석함 같은 걸 주문하죠."

"강도 귀부인이 이런 시골 공방에서 패물을 주문한다? 냄새가 풀풀 난다. 그 귀부인이 비구니 출신 심경이렸다? 최항 지주사의 첩."

"그게……"

"물은 내가 잘못이지. 아무래도 좋다. 그건 차차 밝히기로 하고. 여긴 언제 왔다 갔느냐?"

"지금보다 조금 늦은 오후 새참 무렵에요."

"인보 스님과는 언제 떨어졌느냐?"

"이 공방에서요. 그 스님은 안쪽으로 들어가더니 더는 우릴 따라오지 않았어요."

"가온이 네가 여기서 인보 스님을 만나 엿을 주었다지?"

"예. 해가 서산에 이울기 시작할 무렵이었어요."

그때는 몇 시진이 흘러, 마을을 돌던 쌍둥이 형제가 도장바위 밑에서 광대패와 다시 만나 삼거리 주막에 당도할 무렵이었다. 인보는 이 공방에 혼자 남아서 뭔가를 밝혀내려 했던 게 분명했다. 그러다 가온을 만났던 것이다. 김숭의 편지를 확보한 인보가 더 밝히고자 했던 게 뭘까?

"가온이 넌 왜 여길 왔던 거지?"

"어머니 모셔다드리고 내려가는 길이었어요. 낮에 마을에 오셨었거든요."

가온의 어머니, 전추산의 누이동생은 약초골 맨 위쪽 폭포 근처에서 혼자 살고 있다고 한다. 여기서도 몇 마장 더 올라가야 하는 골짜기였다. 가온의 어머니가 사는 산막 말고 더 이상 민가는 없었다. 인보에게 엿을 건넨 가온은 곧바로 내려왔고 인보만 남았던 모양이다. 공방 앞을 서성이던 인보는 곧 사라졌다는 것이다. 이후 장인들 가운데 인보를 본 사람은 아무도 없었다.

"유도화 군락지는 어디인가?"

"저 건너 개울가에 흐드러지게 피어 있답니다."

밖으로 나오니 공방의 쇳가루 냄새 때문에 맡지 못했던 특이한 향기가 코를 자극했다. 나는 그 향기를 따라 걷기 시작했다. 전추산이 다가와 지팡이를 내밀었다. 지팡이를 짚고 더듬더듬 걷던 발걸음이 어느새 사뿐사뿐하게 변했다. 그러다 아예 지팡이를 의식하지 않게 되었다. 발이 땅에 닿지 않는 것 같은 환각에 빠졌다. 창호지에 물이 배어드는 것처럼 그 향기에 젖어들었다. 나는 먼지 내린 기억 속에서 이 향기의 정체를 찾으려고 애썼다. 그래, 나는 이 냄새를 알 것도 같다. 겉으로 드러난 향기 속에 스며 있는 이 깊은 냄새를 나는 본능적으로 알고 있다. 그것은 내가 여태껏 까마득히 잊고 있었던 원형질의 냄새다. 어머니의 젖무덤과 샅에서 맡던 그 냄새가 아련한 유년의 기억으로 잠재돼 있었던 것이다.

기억의 냄새 하나가 더 겹친다. 지난 봄날 황궁 앞 격구장에서 아찔한 현기증을 불러일으켰던 바로 그 냄새다. 수기 스승을 따라 집정 최이에게 머리를 조아리는데 기녀 하나와 그만 눈이 마주치고 말았었다. 여인은 느실난실 한쪽 눈을 찡긋해 보였다. 진한 분내가 휘감겨 왔다. 일순 정신이 아뜩했었다.

탐스러운 유도화 꽃송이에 코를 박았다. 볼을 스치는 꽃잎은 부드럽고 매혹적이었다. 나는 두 손으로 꽃송이들을 쓰다듬었다. 숨어 있던 본능이 내 손끝에서 깨어나고 있었다. 꽃잎에 손끝이 닿을 때마다 음악 소리가 피어났다. 그것은 지금까지 내가 한 번도 들어보지 못한 천상의 음악이었다. 손끝에서 열 개의 눈이 열렸다. 눈앞에 황홀경이 펼쳐졌다. 《화엄경》 변상도 따위는 아무것도 아니었다. 복숭아꽃이 만발한 무릉도원에 선녀들이 날아와 꽃향기로 목욕을 하고 있었다. 어느새 꽃잎이 된 선녀들은 꽃술을 감싸고 있었다. 꽃술을 들여다보니 내 얼굴이 보였다. 내가 꽃술이었다. 나는 온몸을 떨었다. 치명적인 쾌락이 주는 떨림이었다. 나는 손을 움켜쥐었다. 선녀의 가녀리고 미끈한 허리가 잡혔다.

"위험해요! 맨손으로는 절대 꺾지 마세요!"

뒤쪽에서 인간의 소리가 울렸다. 나는 화들짝 환각에서 깨어났다. 골치가 지끈거렸다. 나는 어느새 꽃밭 한가운데 서 있었다. 그런 나를 사람들이 우려 섞인 눈빛으로 바라보았다. 이 꽃은 향기로 사람을 유혹해 끝내 죽음에 이르게 하는 독을 지녔다고 한다. 인보도 나와 똑같이 이 향기에 취했을 거였다. 말리는 사람이 없었으므로 무심코 꽃을 꺾었는지도 모른다. 아예 꽃잎을 깨물어 먹지 않았을까. 목숨 걸고 꽃을 탐닉하는 승려라니 너무 음탕해 보이지만 어쩌겠는가. 누구라도 걸려들면 놓여나기 어려웠을 게다.

마을에서 산 쪽으로 골바람이 불었다. 골바람에는 연꽃 향기가 실려 있었다. 저 아래 연못에서 건너온 바람이었다. 나는 한껏 그

바람을 들이마셨다. 마치 내 안의 독을 중화시키기라도 하려는 듯. 해가 이울고 나면 골바람은 산바람으로 바뀌리라. 날카로운 유리 조각들을 한입 가득 씹었다고 여기자 차츰차츰 환각에서 깨어나 머릿속이 명징해졌다.

등 뒤에서 크르렁 컹컹, 사자견이 울었다. 무엇인가 퍼덕거리며 날아오는가 싶더니 이내 잠잠해졌다.

"공중에서 날아온 매가 가온의 어깨에 내려앉았네유."

전추산이 일러줬다. 매사냥은 어디서나 흔한 일이다. 잘 길든 고려의 매는 몽골이 요구하는 공물 가운데 하나였다.

"가온이도 매사냥을 하나?"

"아뇨."

"그럼? 옳아! 쪽지가 왔구나! 김승 촌장한테서 말이야."

내 추측은 적중했다. 이들은 매로 사냥을 하는 게 아니라 통신을 하고 있었다.

"오늘밤은 산속에서 철야기도를 하시겠답니다. 새벽에 보자시네요."

매의 발목에서 쪽지를 풀어 읽은 가온이 말했다.

"괘씸한 작자들!"

김승은 이쪽 사정을 죄다 알고 있다. 내가 마을에 들어오면서 눈이 먼 사실, 인보의 죽음, 내가 조사하고 있는 걸 낱낱이 전달받았을 것이기에. 그러면서도 당장 내려오지 않고 시간을 끄는 건 무슨 꿍꿍이속인가.

"어디라는가?"

"원효굴요."

메아리 울리는 바위굴을 찾아다니며 수행했던 원효는 공붓벌레였다. 원효굴은 전국적으로 수십 군데나 된다.

"여기서 먼가?"

"반나절 거리에 있구먼유. 내소사 뒤 우금바위에 있습죠."

"불교를 버리고 경교로 개종한 작자가 원효굴은 왜 갔던가?"

"촌장님은 무섭게 용맹정진하는 분이구먼유."

"모양새는 다 갖추고 싶은가보지. 그 쪽지 좀 다오."

가온이 내게 쪽지를 내밀었다. 나는 휴대용 먹물과 붓을 꺼내 김승이 보낸 쪽지 뒤에 간단히 적는다.

일이삼왕 一二三往

삼이일래 三二一來

　　　지밀

한 걸음 두 걸음 갔던 길로 되밟아 오라.

그 어떤 감정도 배제하고 담백하게 쓴 내용이다. 나는 가온에게 쪽지를 건넸다. 매의 발목에 쪽지를 묶은 가온이 그 매를 날렸다. 바람을 일으키며 날아가는 매를 향해 사자견이 컹컹 짖었다.

나는 다시 의지를 다진다. 김승을 만나기 전에 인보의 사인을 보다 확실히 밝혀둘 필요가 있었다.

"승정 어른, 그만 내려가보시죠. 곧 해가 저물겠네유."

전추산이 채근했다.

"내려가다니! 나는 올라가보련다. 가온 어머니 집으로 가자."

내 말에 모두가 뜨악한 표정을 지었다.

"예? 어둑어둑해지면 마을에 돌아가기가 어려워져유. 게다가 비탈길이 좁고 험해서 말을 타고 갈 수가 없단 말여유."

전추산이 말했다.

"그럼 걸어서라도 가봐야지. 필시 인보가 밟았던 길일 텐데."

"날이 저물어가니까 내일 다시 옵시다."

탁연이 제안했다.

"지금 가겠소."

누가 말린다고 의지를 꺾을 내가 아니다. 날이 어두워진다고 여기서 포기할 수는 없다. 어차피 눈먼 내게는 밤낮을 가릴 게 없다. 나를 돕는 일행들이 불편해질 뿐이었다. 지금은 그들을 배려할 때가 아니다. 이게 중도다. 불교의 핵심 사상인 중도란 이런 것이다.

"쌍둥이는 대장간에 말들을 맡기고 횃불 두 자루 만들어 따라와라 잉."

그렇게 지시한 전추산이 내 무릎 앞에 대뜸 등을 들이댔다.

"업히셔유. 좁은 벼랑길에 돌부리가 많아서 위험해유."

전추산의 등과 어깨는 산처럼 우람하고 실팍했다. 나를 업은
그는 가풀막을 성큼성큼 타고 오르기 시작한다. 등짐 없이 홀가
분한 몸으로 걸어도 힘겨운 산길이었다. 뒤따라오는 가온과 탁연
의 밭은 숨소리를 들어보면 안다. 전 장군은 용력이 대단한 사내
였다. 결코 왜소하다고 할 수 없는 나를 업고도 곧잘 간다. 중이
제 몸뚱이 하나 건사 못 하고 남의 등에 업혀서 산에 오르는 게
멋쩍다. 그나마 황소 같은 이 사람을 진작 알아보고 장군이라고
불러온 게 위안이라면 위안이다. 눈이 멀고도 사람을 제대로 알
아봐서 가까스로 체면이 섰다.

"중이 중생을 업어야 하거늘 중생이 중을 업었구나."

나는 남 말하듯 두런거린다. 생각해보면 이 땅에 불교가 들어
온 이래 언제 중이 중생을 업은 적이 있었나 싶다. 중생들이 늘
중을 업고 시봉해왔다. 중 뒤에는 금불상이 돈 달라고 손을 내밀
고 있었다. 중들은 그저 업보를 말하고 구원 장사를 했다. 중생들
은 피와 땀을 절집에 보태고 위로를 받았다. 그 때문에 중생들의
살림살이는 점점 궁핍해지는데 절집은 대궐처럼 커져만 갔다.

불성을 지닌 모든 존재를 붓다로 만드는 것이 불교의 목적이
다. 그리하여 마침내 불국토를 이루면 불교가 있는지 없는지조차
모르게 된다. 사람이 숨을 쉬면서도 공기의 고마움을 모르는 것
과 같은 이치다. 그렇다. 끝내는 불교 그 자체의 존재감까지도 없

어져야 이 세상은 극락이 된다. 불교뿐 아니라 세상의 모든 종교가 있는지 없는지도 모르게 돼야 인간의 마을은 천국이 된다. 역설이지만 성인의 말씀을 오롯이 실천하는 참 종교인만 사는 세상에는 군이 종교가 필요 없기 때문이다. 강을 건넜으면 뗏목은 버리고 가는 것이므로.

뗏목이 땀을 흘린다. 가파른 고개를 넘어가는 인간 뗏목이 땀을 흘린다. 그 뗏목을 타고 가는 이 얼치기는 눈먼 승정이요, 감찰이다.

"무술을 배우던 한창때는 말씀이죠. 산을 경중경중 건너뛰어 넘을 수도 있다고 생각했지유. 지금처럼 몸이 불지도 않았을 때라 날다람쥐처럼 날랬으니께유. 두 길쯤이나 되는 담도 훌쩍 짚고 넘어다녔어유. 눈밭에 누워 있으면 불덩이 같은 내 심장 땜에 눈이 다 녹아버리면 어쩌나 우려했슈. 펄펄 날아다니다가 목이 마르면 또 걱정거리가 생겼쥬. 샘가에 엎뎌 쭉 들이켜면 바닥까지 말릴 것만 같았으니께유. 그래서 적당히 마시고 말았다 아닙니껴. 호랑이나 멧돼지쯤은 맨주먹으로 때려잡으려 들었구유."

숨을 거칠게 몰아쉬면서 전 장군이 말한다. 순박하고 호쾌하다. 웃음이 나온다. 사내라면 대개 열아홉 스무 살 무렵, 그런 때를 겪는다. 장군의 꿈을 꾸는 것이다. 그러다가 세상 돌아가는 이치와 현실적인 벽을 알아채면 스스로 그 꿈을 접고 난쟁이가 된다. 꿈이 더 커진 자들이 소수 있긴 하다. 하나같이 돈과 권력을 가진 자들이다. 세상은 점점 기울어가는데 그들은 더 많은 돈, 더 큰 권력을 쟁취하려 든다. 대다수 백성들의 절망에 뿌리박은 그들만의 꿈은 욕망과 폭력에 다름 아니다. 폭력은 살생을 부르고, 욕망은 그 속성상 견제가 없으면 탐욕으로 이어진다.

"상현달에서 쨍그랑 소리가 나네요."

가온이 등 뒤에서 말한다. 얼마나 쾌청하면 달에서 쇳소리가 난다고 할까. 길섶의 갈잎에 내 다리가 스치면서 바스락거린다. 뒤쪽에서 달음박질 소리가 난다.

"왜 이렇게 늦은 게야? 하나는 맨 앞으로 와!"

언제 앞장을 섰는지 탁연의 볼멘소리가 앞에서 울린다.

쌍둥이의 횃불이 도착한 모양이다. 하지만 나는 그 불빛을 감지하지 못한다. 나는 빛과 점점 멀어져가고 있다. 흑암이 내 안을 채우고 혼돈이 등나무 덩굴처럼 뻗친다.

"달빛이 더울 때도 있네유."

전 장군이 발을 멈춘다. 얼마나 고되면 달빛이 덥다고 할까? 겸연쩍다. 하지만 내려달라고 할 수가 없다. 그가 내 바짓가랑이를 잡았던 손 하나를 얼른 떼어 얼굴 땀을 훔쳐낸 다음 다시 잡는다. 백 근이 넘게 나가는 내 뼈와 살, 배 속에 든 똥과 오줌을 그가 짊어지고 뚜벅뚜벅 올라간다. 충직한 사람이다.

쏴아.

바람 소리가 난다. 거센 바람 소리다.

"다 왔네요. 여기서부터 저 아래 폭포까지는 가파른 내리막길이구먼요."

"폭포?"

"폭포 곁 산막이 누이동생 집여유."

전 장군이 나를 반석 위에 내려놓았다. 거센 바람 소리는 폭포 떨어지는 소리였던 것이다. 낙차가 크고 수량이 많은지 소리가 우렁차다. 저 아래로 이백 보쯤만 내려가면 산막이 한 채 있고 그곳에 가온의 어머니가 산다고 했다. 왜 이런 데서 혼자 사는지 묻지 않았다. 저마다 앞을 다퉈 산과 바다, 깊고 험한 데로 숨어들어가서 목숨을 보전하는 시절이므로.

차갑고 축축한 물보라 속에서 심호흡한다. 이끼 낀 고목 냄새가 난다.

"조심조심 걸어 내려가보시죠."

전 장군이 손을 잡는다. 나는 소스라치게 놀라며 그 손을 털어낸다. 그 듬직하던 손길이 나무뿌리처럼 메마르고 시체처럼 싸늘하게 느껴진다. 무엇인가 무겁고 칙칙한 것이 내 속으로 파고든다. 뒷골이 당기면서 경련이 일었다. 나는 신음을 내며 그 자리에서 무너져내렸다.

"왜 그러십니까?"

"승정 어른! 승정 어른!"

일행이 나를 부르는데 그 소리가 꿈결처럼 아득했다.

"어서 둘러업고 산막으로!"

"옴짝달싹도 안 하는데요."

"무슨 애기야?"

"바위에 달라붙어버린 것처럼 꼼짝도 안 해요."

"지밀 승정! 지밀 승정!"

사람들의 외침이 마치 벌떼가 윙윙거리는 소리처럼 울렸다. 뭐라고 대꾸하고 싶은데 혀가 꼬이고 굳어서 말이 나오지 않는다. 내 말은 신음으로 변해버린다. 반석 위에 쓰러진 내 초췌한 모습이 보인다. 이렇게 혼이 뜨는 것인가. 모든 것이 정지돼 있고 내 의식만 간간이 끊겼다 이어진다.

극한상황에서 나는 오던 길 쪽으로 손가락을 뻗었다.

"도로 내려가자고요?"

나는 가까스로 고개를 끄덕였다. 전 장군과 쌍둥이 형제가 나를 일으켜 세웠다. 허깨비처럼 가뿐히 들렸다. 전 장군이 나를 업자마자 나는 정신을 놓아버렸다.

"옴 소마니 소마니 훔 하리한나 하리한나."

한참 있다 깨어난 내가 뱉은 주문이었다. 마귀를 항복시키고 지옥문을 닫는 진언이다.

"아직도 헛소리네요. 거봐요. 귀신 들린 거라니까요."

어느 늙은이의 말에 사람들이 웅성거린다. 한여름 밤에 장작불을 땠는지 방이 쩔쩔 끓는다. 내 숙소의 방과 마루에 마을 사람들이 가득하다. 약초골 공방에서부터 수레에 실려 왔다고 한다. 전장군과 쌍둥이가 내 팔다리를 주무른다. 눈에는 더운 물수건이 덮였다. 약물에 적신 물수건이다.

"그렇게 안 봤는데 참 무모한 사람이로고."

꼬장꼬장하고 강퍅한 성정의 의원 늙은이다.

나는 숨을 몰아서 내뱉는다.

"신경을 그렇게 곤두세우고서 눈이 떠지길 바라는 거요? 댓바람부터 밤중까지 함부로 쏘다니면서? 폭포가 내뿜는 장기瘴氣에 혼절했던 거 아오?"

그가 땀으로 범벅된 나를 일으켜 앉혀 탕약을 먹이려 들었다. 나는 손을 뻗어 거절했다.

"모두들 돌아가시오. 나는 내일 날이 밝는 대로 포구에 나가 강도 가는 배를 탈 거요. 인보 스님 주검이나 소금에 절여주시오."

이런 약이 다 무슨 소용인가. 이미 지옥에 떨어진 몸인데. 의원 늙은이는 내가 혼절한 까닭을 폭포가 내뿜은 장기에서 찾았지만 나는 그렇게 보지 않는다. 나는 분명히 보았다. 아주 이물스러운 존재가 나를 찾아왔다. 가온이라는 계집아이 말이 옳았다. 지금까지 눈이 보지 못한 것, 귀가 듣지 못한 것, 손이 만지지 못한 것, 마음에 떠오르지 아니한 것이 나를 뒤흔들어놓고 장악해버렸다. 나는 이 마을에 도사린 불가항력 앞에서 두 손을 든다. 더 버텨내지 못하고 항복한다. 하지만 나는 그것을 받아들이는 건 거부한다. 눈먼 내가 할 수 있는 일은 여기서 바로 철수하는 것이다. 머뭇거리다가 이 수상쩍은 마을 사람들처럼 되는 걸 나는 원치 않는다.

나는 이제 감찰로서의 소명의식도 미련도 없다. 나는 마귀를 잡으러 왔다가 도리어 사로잡힌 패배자다. 내 목에 차고 있는 금강저는 저들이 차고 있는 십자가에 대적하지 못했다. 나는 지옥의 순례자, 여기서 살아 돌아갈 수 있을지나 모르겠다.

8

가온과 전 장군, 탁연 그리고 의원 늙은이만 숙소에 남았다.

"편지는 어딨소?"

이 상황에서도 나는 인보가 지녔던 편지를 챙겨 갈 생각이었다. 눈이 멀어서 필체를 볼 수 없지만 숭경했던 백부의 묵적이었다. 편지 내용 가운데 '차라리 굶주릴지언정 무인정권 최씨 일가에게 문인의 자존심을 판 적이 없고, 부처에게 우리 집안 잘되게 해달라고 복을 빌어본 적이 없다'는 대목은 내 심장을 뜨겁게 달군다. 부당한 정권에 맞선 대가로 몰락의 그림자가 짙어졌지만 나는 우리 가문이 자랑스럽다. 내가 세속에서건 절집에서건 자부심을 잃지 않은 이유다. 나는 입때껏 냉철한 지성이길 포기한 적이 없다. 그것은 온갖 기도와 불사 명목으로 신비주의를 파는 절집에서 살면서 여간해서는 지켜내기 힘든 미덕이었다. 붓다는 복을 주는 신이 아니다. 먼저 깨달은 자일 뿐이고 앞서 간 스승일 뿐이다.

"그 편지는 김승 촌장 거요. 인보 스님이 허락 없이 가져간 것이오."

탁연이었다. 편지를 건네주지 않겠다는 뜻이 분명했다. 한동안 고분고분하더니 내가 수사를 그만두고 철수하겠다니까 생각을 바꾼 것인가.

체념한 나는 돌아눕는다.

"탕약은 마시는 게 좋겠소."

의원 늙은이가 내 몸을 일으킨다.

"필요 없소!"

나는 버럭 성화를 낸다.

"마지막 한 삼태기 흙이 모자라 산을 쌓지 못한다면 얼마나 어리석은 노릇인가."

의원 늙은이는 혀를 끌끌 차며 사라졌다. 다른 이들도 군말 없이 자취를 감췄다. 요망한 것들! 다 꺼져버려라. 날이 밝는 대로 염장한 인보의 관을 수레에 싣고 이 지옥을 벗어날 참이다. 수기 스승은 기겁을 하겠지. 당신이 몸소 내려와 진상을 규명하려 들지도 모른다. 무장한 별초군들이 동행하리라. 겁박하고 물고를 낼지도 모른다. 그러거나 말거나 내가 알 바 아니다. 서해, 아니 동해 울릉도 같은 섬에 깊이 숨어들어가 남은 생을 하루하루 지워가리라. 이렇게 꺾이고 말 인생이었거늘 뭐가 잘났다고 그리 데데하게 굴고 시시콜콜 따졌던 걸까. 대체 이 어지러운 세상을 구하는 진리가 있기는 한가.

한여름 밤 산중의 밤공기는 무겁고 축축하다. 한기를 느낀 나는 방바닥에 몸을 뉜다. 뜨겁게 덥힌 온돌이 시원하다. 아직까지도 내 안에 덜 달궈진 냉기가 남아 있는 것 같다. 칙칙한 뭔가가 들어와서 어슬렁거리는 것 같다. 나는 땀을 뺀다. 물속 같은 적막이 내려와 낮게 깔린다. 나는 두꺼운 그 적막의 무게에 짓눌려 몸을 뒤챈다. 문득 이 세상에 나 혼자뿐이라는 절대고독을 느낀다. 하지만 나는 이내 실소하고 만다. 나는 나 혼자일 수 없는 이치를 잘 알고 있기 때문이다. 이 세상은 그물망처럼 촘촘한 관계들로 얽혀 있다. 죽는 순간에도 그 관계는 끊어지지 않는다. 죽음은 우리가 모르는 다른 존재들과 새롭게 연결되기 때문이다. 그게 돌이나 바람 같은 무정물일 수도 있을 게다. 그러므로 나는 살아서도 죽어서도 관계의 그물에서 빠져나갈 수가 없다. 나는 발버둥친다. 내 안을 채우고 있는 흑암의 하늘 가장자리로 별똥별 하나가 아스라이 떨어져내린다.

"지밀 스님, 찬물 좀 마셔요."

혼곤한 잠결 속으로 파고들어온 가온이 물사발을 들이민다. 목
이 마르던 참이라 벌컥벌컥 소리 내 마신다. 달고 시원하다.

"우리 마을에서 약과 차를 달일 때 쓰는 석간수예요. 스님 드리
려고 제가 방금 떠 왔어요."

"날은 밝았고?"

"아직요."

"왜 벌써 일어났어?"

"스님 모시고 가볼 데가 있어요."

가온은 나에게 옷을 입히고 갓신을 신긴다. 나는 바지런한 가
온의 손길을 뿌리치지 못하고 그대로 둔다. 전 장군이 그랬다면
콩팔칠팔 따져 묻고 안 간다고 버텼을 거였다.

가온이 스스럼없이 내 팔짱을 낀다. 기대기에는 다소 여리지만
편안한 길라잡이다. 가온의 인도를 받으며 골목길을 나선다. 얼
마 있다 다른 발소리를 만난다. 발소리는 점점 더 많아진다. 하지
만 서로 주고받는 말이 없다. 나도 입을 다물고 걷기만 한다. 오
르막길이 나온다. 언덕 같다.

더없이 높은 하늘이 깊이 경탄을 드리고

대지가 거듭해서 평화를 염원하오며

인간의 본성이 믿고 의지하는 것은

이 셋을 아우르시는 자애로운 아버지 하느님입니다

모든 선한 백성이 지성으로 예배드리고

모든 지혜로운 마음이 찬송하며

모든 진실한 이들이 귀의하나니

성스럽고 자비로운 빛을 받아 마귀에서 벗어나 구원받습니다

우렁우렁 노랫소리가 울려나온다. 커다란 동굴 속 같다. 가온이 나를 안으로 이끌어 노래하는 사람들 틈에 앉힌다. 내 무릎을 두 손으로 다독인 그 아이는 어디론가 가버리고 나는 귀를 쫑긋 세우고서 노래의 뜻을 캔다.

이제 알겠다. 어제 새벽, 집 뒤쪽 산에서 났던 이상한 소리의 정체는 이들이 예배하며 부른 찬송가였다. 멀리서 들으면 꼭 짐승 우는 소리처럼 들린다. 짐승들이 우는 한복판에 내가 영문도 모르고 이끌려와 앉아 있다. 이교도들이 믿는 신을 내가 경배할 이유가 없다. 나는 정신을 바짝 차리고 가사 내용을 새겨듣는다.

자애로운 아버지, 눈부신 아들, 성령이여

왕 중의 왕이시며 여러 세존 가운데서도 진리의 황제시도다

…… 구원의 뗏목으로 불의 강에서 표류하는 저희를 구하소서

세존이 법황, 곧 법의 황제, 진리의 황제인 건 맞다. 그런데 이들이 말하는 세존은 불교의 세존과 같으면서도 다르다. 메시아를

뜻하는 것이다. 예수는 세존 가운데 세존이며 진리의 황제라는 것이다. 글쎄, 과연 그럴까? 혹시 과대망상이나 독단은 아닐까?

긴 찬송이 끝났다. 낮고 깊은 목소리를 지닌 사내가 기도를 한다. 절집의 새벽예불과는 형식이 많이 다르다. 목탁을 치며 암송하는 기도가 아니라 간청하는 말투로 두런댄다. 꼭 아버지 앞에서 칭얼대며 조르는 아이 같다. 조른다고 될 것 같으면 세상사 어려운 게 뭐가 있으랴. 시절이 아무리 험난해도 스스로 길을 찾아가야만 하기에 인생은 고달픈 것이다. 누가 대신 걸어줄 수 없는 게 인생살이다.

동굴 안쪽 강단에 누군가가 올라왔다. 진한 송진 냄새가 났다. 익숙한 향기다. 어제 낮에 내 방에서 맡았던 바로 그 향기다. 알 수 없는 방문자가 내 방을 한 바퀴 돌아나간 뒤, 이 향기가 났었다. 보이지 않아도, 사람들이 뭔가를 주목하는듯 팽팽한 기운이 느껴진다. 강단에 오르는 묵직한 발소리…… 저자는 틀림없이 김승이다. 드디어 김승이라는 작자와 마주하게 되었다. 그는 나를 보고 있을까. 나는 짐짓 의연한 자세를 해 보인다.

"따르는 자들이 예수께 가로되, '우리의 종말이 어떻게 될 것인지 말해주옵소서.' 예수께서 가라사대 '너희가 시작을 발견하였느뇨? 그래서 너희가 지금 종말을 구하고 있느뇨? 보아라! 시작이 있는 곳에 종말이 있을지니라. 시작에 서 있는 자여, 복되도다. 그 이야말로 종말을 알지니, 그는 죽음을 맛보지 아니하리라.'"

심령을 뒤흔드는 울림과 떨림이 동굴 안에 넘쳤다. 인간의 목소리가 아닌 초자연적인 영험의 소리가 바위벽에 정으로 쪼아 새기듯 또렷하게 가슴을 파고들었다. 나는 척추를 곧추세웠다. 선가禪家의 공안公案처럼 산뜻한데 훨씬 쉽고 명징하다. 대개 시작과 끝, 시종은 처음부터 끝까지를 뜻한다. 이에 비해 끝과 시작, 종시는 순환적 의미를 담고 있다. 끝이 시작이고 시작이 끝인 것이다. 그래서 어쨌다는 건가. 지옥이 천국의 출발점이라고 우기기라도 할 셈인가.

"사랑하는 형제자매여, 우리는 우리 자신의 시작을 모릅니다. 우리 의지대로 이 세상에 오지도 않았고 올 수도 없으며 온 순간도 알지 못합니다. 부모의 짝짓기 결과물로 어느 날 갑자기 이 세상에 태어나는 것입니다. 우리의 삶은 이렇듯 무지로부터 출발합니다. 시작을 모르면서 살다가 우리는 알 수 없는 때에 죽습니다. 오직 내가 아닌 다른 사람들에 의해서만 내 삶의 시작과 끝을 알게 됩니다. 우리가 우리 자신이 아닌 타인을 인정하고 사랑해야 할 이유입니다."

김승은 잠시 침묵했다. 동굴 안에 앉은 사람들은 숨소리조차 내지 않는다.

"……내가 죽으면 그게 세상의 끝인가요? 개체가 죽으면 종말인가요? 반대로 묻지요. 내가 태어나면 그게 세상의 시작인가요?"

아무도 대답하는 이가 없다. 처음부터 대답을 필요로 하는 물음이 아니었다.

"……나는 유한하지만 우리는 탄생과 소멸을 끝없이 반복합니다. 전쟁과 질병이 우리의 목숨을 앗아가도 우리의 본질적인 생명은 대자연, 그리고 아버지 하느님과 늘 함께합니다. 그리하여 결코 종말이 있을 수 없으며 늘 새롭게 태어납니다. 따라서 지금 당장 죽더라도 두려울 것이 없고 아쉬울 것이 없습니다. 지금 같은 고난의 연대에서도 우리 앞의 생은 늘 축복입니다. 그 축복을 어지럽히는 자들을 우리는 긍휼히 여겨야 합니다. 세상의 법을 좇아 그들을 응징하더라도 불쌍히 여겨야 합니다."

호흡을 고르는 듯 김승이 설교를 멈춘다. 그러더니 동굴이 터지도록 우렁찬 소리로 외치기 시작했다.

"지금 고려 땅이 지옥이다! 불교의 부처는 너무 높고 고려 황제는 너무 멀리 있다! 오직 구세주 예수만이 우리 곁에 가까이 계시도다! 그러므로 나는 말한다. 사자를 먹어치워라! 나를 덮치는 사자를 집어삼켜라!"

우레와 같은 박수가 터졌다. 목탁 소리가 나고 때맞춰 찬송가가 울려퍼진다. 가슴이 뻥 뚫린다. 통쾌하다. 김승의 말대로 붓다는 너무 높고 황제는 너무 멀리 있다. 서해 강화도라는 섬 가운데. 하지만 이들이 믿는 예수는 가까이서 이들의 눈물을 닦아주고 있는 것처럼 보인다. 그 예수가 어디 있는지 보고 싶다. 그러자면 나를 제압하는 사자를 먹어치워야 한단다. 사자의 심장을 움켜쥐라는 것도 아니고 사자를 먹어치우란다. 집어삼키란다. 그런데 나는 사자가 나를 삼키도록 내버려두었었다. 허세를 부리던 이면에 두려움이 컸고 그 두려움이 나를 삼켜버렸다. 내 눈을 멀게 만든 돌개바람과 나를 항복시킨 폭포의 장기는 하늘과 땅, 곧 우주의 가르침이었다. 이제 나는 더 이상 내가 아니다. 나는 이미 죽어버렸다. 이 세상에 지밀은 없다. 지밀은 사자 속에 있다. 나는 사자 안에서 뛰쳐나가 그 사자를 내 안에 가둘 수 있을까. 내가 사자를 먹어치울 수 있을까. 두려워할 것도 망설일 것도 없다. 백척간두에서 한 발 더 내딛으면 그만이다. 죽어야 산다. 다른 세상은 그 순간 열린다. 오라! 그 무엇이건 내 안에 있었나니. 내가 그것을 영접하리라!

속에서 뜨거운 것이 치밀고 올라온다. 불기운보다 더 뜨거운 무엇이다. 그 기운이 나를 감싼다. 온몸이 타는 느낌이다. 내가 발광체처럼 빛을 뿜어낸다. 그사이 내 안의 흑암이 사라지고 빛다발 천국으로 돌변한다. 나는 빛이다. 빛이 바로 나다.

놋쇠종이 울린다. 예배가 끝나가는 듯하다. 사람들이 자리에서 일어선다. 나도 따라 일어선다. 동굴 앞 제단으로 행렬이 늘어서는 것 같다. 여사제가 향로를 흔들어 향연을 뿌린다. 청정비구의 직감으로 알아챌 수 있다. 내 방에 들어왔던 바로 그 여인이다. 나를 사로잡은 사악한 기운을 몰아내려고 했던 걸까. 나는 여사

제 앞에 합장하며 향연을 듬뿍 쐰다. 얼굴을 확인하고 싶은데 눈
이 멀어서 볼 수가 없다. 되돌아 나오는데 눈앞이 희붐하다. 나는
눈을 깜박거린다. 희붐한 빛이 점점 밝아진다. 정면 바위벽에 거
대한 십자가가 걸려 있다. 희고 푸르게 빛나는 십자가다. 십자가
속에 검은 형상을 한 사람이 두 팔을 벌리고 서 있다. 환각인가.

"스님, 서방정토에 오신 걸 환영해요."

광휘로운 빛의 십자가가 나를 껴안으며 말한다. 가온이다. 머
리에서 발끝까지 빛에 감싸인 가온이 나를 축복한다. 나는 눈을
크게 뜬다. 가온이 선명하게 보인다. 거대한 빛의 십자가는 동굴
의 기다란 입구였고 가온이 그 입구에서 두 팔을 벌리고 서 있었
던 것이다. 먼동이 트는 새벽하늘로부터 빛다발이 쏟아져 들어왔
다. 보인다. 앞이 보인다. 내 눈이 보인다. 내 마음속 그 두껍던
흑암의 장막이 말끔히 걷히고 새벽빛이 쏟아져 들어온다. 드디어
내가 눈을 뜬 것이다.

"아, 관세음보살!"

나는 가온에게 합장하며 머리를 조아린다. 저절로 우러나온 숭
경의식이다. 가온은 속기를 벗어버린 자태를 하고 있었다. 손대
면 베일 것 같은 맑음. 성스러운 기운이 가온의 몸에서 뿜어져나
왔다. 거룩하고 장엄한 존자尊者의 모습이다. 이 존자는 마침내 이
동굴 안에서 내가 눈을 뜨게 되리라는 사실을 알고 있었다. 계집
아이가 하는 말이 처음부터 예사롭지 않다 했는데 이제야 이해할

수 있겠다. 그것은 사람의 말이 아니라 관세음보살의 화신이 한 말씀이었던 것이다. 이런 존자 앞에서 알량한 지식을 뽐냈던 내가 한없이 부끄러웠다.

가온은 예배를 마치고 돌아가는 사람들 하나하나를 껴안아주었다. 그때마다 사람들의 얼굴이 들꽃처럼 활짝 피어났다. 저마다 머금고 있는 생명력이 충만한 기쁨이 되어 밖으로 표현된다.

나는 눈을 비빈다. 사람들이 하나같이 기이하다. 다리가 없는 사람, 팔이 없는 사람, 눈 하나가 없는 사람, 심지어 코가 잘린 사람도 있다. 불가촉천민 집단 같다. 흉물스러운 지옥도의 풍광 그대로다. 그런데 표정들은 해맑기만 하다. 찌든 모습을 찾아볼 수가 없다. 모두가 흰옷을 입은 것도 특이했다. 승려처럼 머리를 깎은 사제들의 복장은 가사장삼과 흡사하다. 색깔이 먹물색이 아니라 흰 것만 달랐다.

"지밀 승정, 나 김승이오."

어깨를 툭 치며 그가 내 앞에 모습을 드러낸다. 부리부리한 눈을 번득이며 김승이 웃고 서 있다. 나는 김승의 얼굴을 뜯어본다. 반듯한 코와 야무진 입매 모두 준수하다. 하지만 이글거리는 눈빛이 금강석 같다. 사람을 압도하고 주눅 들게 만드는 눈빛이다. 차림새는 다른 경교승들과 같이 흰 가사장삼이다. 높다란 관모와 십자가 장식 지팡이를 든 것만 다르다.

"그간 앞이 안 보여서 고생 많으셨다고요?"

나를 대하는 김승의 말과 몸짓이 무척 자연스럽다. 마치 친하게 지냈던 옛 동료를 오랜만에 만나는 것처럼 스스럼없다. 비위가 이쯤은 좋으니까 엉뚱한 일을 꾸미는 거다. 나는 뭐라고 대꾸할 말을 찾지 못해 쩔쩔맨다. 갑자기 눈을 뜬 것도 당혹스러운데 이런 김승을 상대하자니 종잡을 수가 없다.

동굴 안쪽에서 나무통 두드리는 소리가 몇 차례 울렸다. 돌아보니 흰 가사장삼을 두른 경교승들이 동굴 벽 곳곳에 켜두었던 등잔불을 꺼나가기 시작했다. 등잔은 어른 키 높이의 벽에 홈을 파고 들여놓은 것들이었다. 등잔불이 꺼져가면서 동굴 안에 현묘한 어스름이 스며들었다. 경교승 무리가 우리가 서 있는 입구 쪽으로 걸어 나오더니 머리를 숙여 보인다. 그 가운데 하나가 김승의 장삼자락과 관모를 받아 강단에 가져다 놓은 다음 다소곳이 기다리던 무리와 합류해 산을 내려간다. 수백 명이 모여 앉았던 동굴이 텅 빈다.

"자, 예배소에서 이럴 게 아니라 조반이나 함께 하러 내려가십시다."

김승이 내 손을 잡아 이끈다. 두툼하지만 빤질빤질하다. 다림질한 견직물을 쥐는 느낌이다. 눈으로 보니 흉측한 손이다. 양손 모두 심하게 문드러져 있다. 화상을 입은 흉터다. 고려 최고의 각수장이 손으로 보이지 않았다. 이 손으로 여태껏 그 멋진 판각을 해왔다는 것인가.

동굴을 나서는데 커다란 사자 한 마리가 갈기를 출렁거리면서 달려든다. 이번에는 놀라지 않았다. 가온이 데리고 다니는 사자견 미루라는 걸 아는 터수에. 풍성한 홍갈색 털과 위풍당당한 몸짓이 고귀한 족속임을 한눈에 알게 한다. 내가 눈뜬 걸 반기기라도 하듯 미루는 덥수룩한 꼬리를 흔든다. 놈을 끌어안고 머리를 쓰다듬어준다. 놈은 내 눈을 핥는다. 사자의 위용을 갖춘 이 사나운 개의 눈초리가 처져 있다. 가온에게 길들어 순해진 것이다.

가온의 등 뒤로 짙은 안개가 깔린 마을이 보인다. 몇 그루의 배나무와 이층 누각 기와지붕, 마을 복판의 늙은 팽나무 정도만 식별할 수 있다. 인간의 세상은 이처럼 낮아서 희고 푸른 새벽안개 밑으로도 아무런 주저함 없이 조복한다. 빼어난 선경이다. 다시 열린 세상은 하나하나 쓰다듬고 보듬어 안아주고플 정도로 아름답다. 이 멋진 세상을 영영 보지 못할 뻔했다. 끔찍하다. 눈멀었던 지난 사흘간은 끔찍한 악몽이었다.

초가집을 에두른 고샅 돌담, 그 밑에 곯아서 떨어진 감마저도 정겹다. 가온과 함께 사는 김승의 집은 내 처소 바로 위에 붙어 있었다. 그 사이에 축대와 나무 울타리가 둘러쳐졌다. 맞붙은 전 장군 집에서 살림을 돌봐주고 있었다. 전 장군의 아내가 부엌일을 도맡아 했다. 안식구가 아침밥을 짓는 동안 전 장군은 김승의 방에 화롯불을 들여놓고 샘물 채운 찻주전자를 대령했다. 의자에 앉았다 일어선 나는 전 장군과 포옹했다. 이마에서부터 턱까지

축난 데 한구석 없이 통통한 얼굴, 대통을 쪼개 얹어놓은 모양의 코는 힘차고 복스러웠다. 몸통은 다부지고 뼈대는 굵다. 과연 듬직한 장군감이다.

"거 봐요, 승정 어른! 기적은 늘 일어나잖아요."

포옹을 풀고 내 눈을 빤히 쳐다본 그가 말한다. 그의 말이 맞다. 이렇듯 내가 눈뜬 건 기적이다. 어제 낮에 나는 엿장수가 보는 데서 탁연에게 내질렀다. 내가 눈을 뜨고 인보가 다시 살아나는 것, 이 두 가지가 아니면 그 어떤 것도 기적이 아니라고. 그런데 내가 정말로 눈을 떴다. 가온은 말했다. 기적은 늘 일어난다고. 그러면서 쐐기를 박았다. 내게 기적이 일어나면 메시아를 인정하겠다는 말씀 저버리지 말라고. 지금 가온은 이 방에 없다. 탁연도 엿장수도 없다. 하지만 어제 그들과 한 약속이 마음에 걸린다. 메시아는 세상을 구제하는 자라고 한다. 세상에 어느 능력자가 있어 지금 같은 세상을 구제할 수 있겠는가. 부인하자니 약속을 저버리는 것이 되고 인정하자니 부담스럽다.

아침을 먹고 숙소로 돌아와 구리거울을 보았다. 내가 보인다. 수염이 지저분하고 몰골이 말이 아니다. 나는 삭도로 머리를 파랗게 밀고 얼굴의 수염도 면도했다. 깨끗한 옷으로 갈아입고 위엄을 갖춘 다음 김승한테 갔다.

나와 마주 앉은 김승은 놋쇠대야에 철제 주전자를 기울여 물을 따른다. 그 놋쇠대야를 화롯불에 올려놓는다. 나는 식전에 차를 마시지 않는다. 식전에 차를 마시면 속이 깎이는 거 같고 식욕이 떨어진다. 김승과 나는 놋쇠대야의 물을 바라보고 앉아 있다. 그의 호흡 소리가 들린다. 내 호흡 소리 역시 그의 귀에 가 닿으리라. 그렇게 시간이 흐른다. 놋쇠대야에 담긴 물속에서 게눈 같은 물방울이 뽀르르 기어올라온다. 물이 데워지고 있다. 나는 그의 침상 머리맡에 걸린 편액으로 시선을 옮긴다.

천 년 세월이 흐른 뒤에도 使千載之下

해와 달과 함께 나란히 걸리고 與夫日月齊懸

귀신과 오묘함을 다투도록 해야 한다 鬼神爭奧

대각국사 의천의 글이다. 명품 경판을 조성하려는 국사의 발심이 비장하다. 천 년이 지나도 경판이 해와 달과 나란히 걸리고 귀신과 오묘함을 다투게 하겠다니. 지금으로부터 백오십 년 전, 국사는 불과 열다섯 글자로 저 명문장을 지었다. 왕자 신분이었던 그는 진리에의 목마름이 유달랐다. 당나라 현장, 신라의 혜초가 그랬듯 진리를 찾아 서쪽으로 모험을 단행했다. 부왕의 반대를 무릅쓰고 밀항하여 송나라로 건너간 왕자는 당대를 대표하는 고승들과 두루 교유하고 논강했다. 소동파 같은 당대 제일의 문인이 국사의 벗이 되었다. 귀국 후에는 일본의 전적典籍까지 끌어모아 경전을 판각하고 간행했다. 초조대장경에 담지 못한 경전을 집성한 교장教藏이다. 김승이 새겼을 저 구절은 구법求法을 향한 의천의 초인적인 정열과 의지의 표현이었다.

사람은 결국 문장 한 구절로 남는다. 그 문장이 바로 그 사람이다. 천지간에 무수히 왔다 가는 사람들 중에 명문장을 남기고 가는 이는 불과 얼마 되지 않는다. 석가나 공자, 노자와 장자가 위대한 것은 숱한 명문장을 쏟아놓았다는 점이다. 그 명문장들은 돌에 새겨지고 나무에 새겨지고 종이에 인쇄되어 세상 사람들의 금과옥조가 된다. 얼마나 위대한 일인가.

그런데 저렇듯 의천의 뜻을 받들고 원효굴에서 철야기도하는 사람이 불교를 버리고 경교도가 되었다. 어깃장 놓는 짓이 아니고 뭔가. 나는 대추씨처럼 야무지고 붉은빛이 도는 김승의 얼굴을 본다. 김승은 어느새 물이 끓는 화롯불 위의 놋쇠대야를 응시하고 있다. 게눈들이 무수히 늘어나면서 운무 같은 김이 피어오른다. 놋쇠대야의 물이 점점 졸아든다. 김승은 차를 끓일 기미가 없다. 차를 끓이려 했다면 처음부터 주전자를 올려놓았을 거였다.

"물 끓는 기세 한번 장쾌하다. 수만의 기마군단이 창검 기치를 휘두르며 진군해 오는 것 같지 않소?"

놋쇠대야에서 끓는 물이 기마대라면 그걸 지켜보는 나는 뇌공雷公 신장이다. 나는 문인이나 종교인의 화려한 말놀음이 가소롭다. 지금은 전란통이고 숨어 사는 고려인들은 그런 말놀음할 자격이 없다. 쌜쭉해진 내 표정을 읽었던 걸까.

"연못에 물이 다 말라가는구려."

머리가 비상한 김승이 이제까지의 관념의 언어를 버리고 사실의 언어로 바로잡으며 읊조린다. 그래도 아직 관념의 언어 찌꺼기가 남아 있다. 대야를 연못으로 비유한 대목이 그렇다. 나는 콧방귀를 뀔 뿐 대꾸하지 않는다.

"놋쇠대야가 없었다면 화롯불이 꺼졌겠지."

그가 물끄러미 화롯불을 응시하더니 말한다.

"이렇게 말이오!"

갑자기 행주를 집어들고 놋쇠대야를 들어 기울인다. 화롯불이 뿌지직, 비명 소리를 내며 꺼진다. 연기가 자욱하다. 뿌옇게 재가 날린다. 이해할 수 없는 행동이다. 나는 눈살을 찌푸리며 두 손으로 재를 밀쳐낸다.

"물과 불 같은 상극의 세월, 나는 이 나라, 이 시대를 혁명할 거요!"

단도직입적인 말이었다. 아까 예배하면서 '나를 덮치는 사자를 집어삼켜라' 외쳤던 말이 이 뜻이었나보다. 이 사람 엉뚱하기만 한 게 아니라 무모하기까지 하다. 나는 코웃음을 치지 않을 수 없다. 중이 서쪽에서 들어온 경교 물 좀 먹더니 겁대가리가 사라진 모양이었다.

"막강한 무인 세력과 무적의 몽골군이 안팎에서 옥죄는데 만용부리며 덤볐다간 괴멸밖에 더 하겠소?"

"환멸을 느낀 백성들은 새로운 세상을 기다리오. 승정이 진짜 중이라면 바른 중도를 실천해야 할 거요!"

불교의 핵심인 중도는 엉거주춤 중간만 취하는 게 아니다. 혁명할 때 혁명하는 것이 중도다. 지금이 혁명할 때임은 분명하다. 하지만 혁명이 어디 대야 물로 화롯불 끄는 것처럼 쉬운 일인가. 최씨 무인정권이 쥐어짜던 나라를 세계 최강의 몽골군이 점령하고 있었다. 무지막지한 두 세력을 무슨 수로 물리친단 말인가.

"지금은 때가 아닌 것 같소. 당랑거철螳螂拒轍의 어리석음을 범할 뿐이오. 사마귀가 두 눈 부릅뜨고 팔뚝을 걷어붙여봤자 수레바퀴를 당해내겠소이까?"

나는 김승의 눈을 뚫어지게 바라본다. 정기로 뭉친 눈이다. 실성한 사람 같지는 않다.

"대체 언제까지 마냥 당하고만 살라는 거요! 썩어들어가는 상처의 고름을 빨아먹고 사는 똥파리 인생이오? 행동해야 할 때 생각만 한다면 그게 바로 비루한 삶인 거요."

김승이 나를 숫제 똥파리 취급하는 눈치다. 모독이다. 나라고 편안히 눈감고 살겠는가. 나도 고민하고 산다. 어떻게 하면 이 지옥 세상에서 생민들을 구제할까 머리 싸매고 산다.

"칼에 칼로 맞서는 건 부처님 법이 아니오. 그건 복수를 불러올 뿐이오. 폭력의 영속화란 말이오. 차라리 지금 우리 대장도감에서 벌이는 판각사업처럼 진리를 드러내는 편이 옳소. 늦더라도 그게 옳단 말이오. 이 대목에서 묻겠소! 신성한 대장경 경판을 십자가로 더럽힌 이유가 뭐요?"

나는 그걸 알아내려고 여기에 왔고 그야말로 눈앞이 캄캄한 그 끔찍한 고생을 했으며 인보까지 잃었다. 그가 하겠다는 무모한 혁명은 내 관심사가 아니다.

"백부이신 유승단 재상과 이 김승이 주고받은 얘기는 안 궁금하시고?"

왜 안 궁금하겠는가. 몹시 궁금하다. 하지만 내 직분에 충실할 필요가 있다. 나는 대장도감 소속 승정이자 감찰이다. 따라서 공적인 것이 먼저고 사적인 것은 나중이다.

그때 문밖에서 기침 소리가 들린다. 김승이 들어오라고 말한다. 쌍둥이 형제와 삐쩍 마른 경교승 하나, 그리고 낯익은 인물이 안으로 들어와 김승에게 인사를 한다. 김승도 반갑게 맞는다. 나는 어리둥절해한다. 눈앞에 거지왕초가 나타났기 때문이다. 개경에서 수기 스승과 내가 몽골군 기마병들에게 쫓길 때 목숨을 구해준 바로 그 사람이었다.

"여길 어떻게!"

나는 의자에서 일어나 내 생명의 은인을 맞는다.

"이 마을에 본가가 있습니다."

"무슨 말이오?"

"집이 여기라니까요."

거지왕초가 태연하게 말한다. 나는 갈피를 잡지 못한다. 옛 황도 개경에서 거지노릇 하면서 의병활동을 하는 자로만 알고 있었다. 그런데 그가 이 먼 변산에 본가가 있고 김승과도 잘 아는 사이라니 몹시 놀랍다.

"모두 내 혁명동지들이라오. 탁연 스님과는 폭포 산막까지 다녀왔다지요?"

김승이 나서서 내 의문을 풀어준다. 수수깡처럼 삐쩍 마른 경교승이 탁연일 줄은 정말 몰랐다. 여하튼 나는 개경과 강도, 멀리 남해까지 얽혀 있는 이들의 점조직을 실감하고 소름이 돋는다. 이들은 꽤 오래전부터 매우 치밀한 준비를 해온 종교 집단이었다. 나는 김승을 위시해 탁연과 쌍둥이 형제, 거지왕초의 면면을 하나하나 뜯어본다. 모두가 예사롭지 않은 인물이다.

"내 딸의 근황부터 말하라."

김승에게 딸이 있었다는 건가. 입만 열면 깜짝깜짝 놀랄 얘기들이 튀어나온다. 하긴 경교도가 된 그인데 처자식이 있다고 문제될 게 없었다.

"심경 아가씨의 편지들입니다."

쌍둥이 형이 김승에게 간찰 뭉치를 바친다. 이어서 막힘없는 말주변으로 그간 강도에서 있었던 일들을 짜임새 있게 풀어놓는다. 내 앞에서 쩔쩔매던 어제와는 사뭇 다른 모습이다. 그가 거침없이 쏟아놓는 내용들은 가히 충격적이다.

초파일 연등회 화재사건은 심경과 쌍둥이 형제가 완벽하게 연출한 덫이었다. 심경은 비구니 행세를 했지만 처음부터 출가한 적이 없었다. 이 마을에 살다가 지난봄 강도로 들어간 처자였다. 미색이라면 사족을 못 쓰는 최항이 그 덫에 완벽히 걸려들었다. 그날 가게 앞에 대기시켜놓았던 물동이에는 내가 추리했던 것처럼 유도화 독이 녹아 있었다. 이 마을 약초골에서 가져간 독이었다. 김승의 딸 심경은 웃음 속에 든 칼이자 솜이불 속의 바늘 같은 존재였다. 무술과 본초학, 향료, 불교에 이르기까지 잘 훈련받은 미모의 자객이었던 것이다. 그 사실을 전연 눈치채지 못한 최항과 그의 아버지 최이 집정, 아들 최의는 꿀단지에 든 달콤한 독을 빨면서 시나브로 죽어가고 있었다.

"미인계에 고육계도 모자라 삼십육계에도 없는 온갖 계책이 고리처럼 연결돼 있군. 당신들이 믿는 그 신의 이름으로 차마 못 할 게 없나보지?"

나는 혀를 내두른다. 이들처럼 음흉하고 사악한 종교 집단을 어떻게 받아들여야 할지 난감했다. 청자빛 고려 하늘 아래 느닷없이 출현한 이 종파의 빛깔은 희면서 붉었고, 모양새는 정방형 십자가였으며, 그 냄새는 맹독성 유도화 향기였다. 게다가 이들은 인간을 도구와 수단으로 사용하는 걸 주저하지 않는다. 딸의 정조와 목숨은 물론 다른 종교까지도 방편으로 이용한다. 불교의 비구니로 위장해 최항의 품속으로 뛰어든 심경 역시 가슴에 십자가를 숨긴 경교도일 테니까.

"이 아사리판에 나를 불러들여놓고 뭘 바라는 거요?"

나도 모르는 사이에 이미 이들의 일원이 되어가고 있음을 본능적으로 느끼고, 내가 핀잔을 했다.

"천 년의 지혜를 모아 천 년 뒤의 후손들에게 물려주는 일!"

김승이 대각국사 의천의 편액을 돌아보며 변죽을 울렸다.

"허! 지금 그 말이 대답이 된다고 보는 거요?"

"그게 전부외다."

김승이 딴청을 피웠다.

"우리 대장도감에서 여태 해오고 있는 판각사업이 바로 의천 스님의 염원 아니냔 말이오?"

"말씀 잘하셨소. 의천 스님이라면 전란중에 대장경을 다시 새기는 이런 엉터리 짓거리를 하진 않았을 게요."

"닥치시오! 경전 새기는 국책사업을 엉터리 짓거리라니!"

나는 준엄하게 꾸짖었다.

"의천 스님은 진리를 따랐지, 눈 가리고 아웅 하는 거짓 불사를 하지 않았을 거라는 얘기요. 승정의 백부가 살아 계셨다면 지금 뭘 하실 것 같소이까? 바로 내가 앉은 이 자리에서 혁명을 진두지휘하고 계시지 않겠소?"

점입가경이었다.

"무슨 궤변이오?"

"집정 최이의 간자間者 인보가 훔친 편지 봤잖소."

"인보가 간자라니?"

나는 미간을 찌푸렸다.

"웬 딴청이시오? 설마 그런 생각은 해보지도 못한 숙맥은 아닐 테고. 본론으로 들어갑시다. 대장경 판각사업은 처음부터 날조된 꼭두각시놀음이오. 부인사 대장경을 몽골군이 불태웠다고 믿소? 그래서 대장경을 다시 새기면 그놈들이 물러갈 거라고? 임진년 겨울, 적들은 대구 부인사는커녕 경상도 근처에 얼씬거린 적도 없었소. 믿기 어렵다면 직접 가서 조사해보시든가, 그쪽으로 사람을 보내 알아보시오. 난 그날 이렇게 살이 타들어가는 불구덩이 속에서 똑똑히 보았소. 몽골군으로 가장한 최이의 사병과 승병 정예군을!"

김승이 양쪽 소매와 옷자락을 걷어 올려 온몸에 덕지덕지 엉겨 붙은 흉터를 드러내 보였다. 차마 쳐다볼 수조차 없을 정도로 끔찍하게 문드러진 흉터였다.

〈제2권으로〉